CARRIÈREGIDS VOOR NA DE DOOD

René van Kapel

Opgedragen aan Jan Langendoen
(1899-1984)

Colofon

Carrièregids voor na de dood is een uitgave van:
Uitgeverij TIEM
Auteur: René van Kapel
ISBN: 978-90-79272-46-4
Design: Annelies van Roosmalen, DTP-Express
Jaar: 2014

So, so you think you can tell Heaven from Hell,
blue skies from pain.
(Pink Floyd, Wish You Were Here)

1

Ik nam de sleutels van Albert in ontvangst en stapte in. Snoof de geur op van de lederen bekleding en stak voor het eerst de sleutel in het contact. Het instrumentenpaneel kwam tot leven en de motor begon te spinnen. Ik streelde de zitting van de lege passagiersstoel naast mij en liet mijn vingertoppen over het stuur glijden. Ja, dit was één van die piekervaringen waar het leven om draait. Zoiets als de geboorte van je kind. Maar waar een baby eerst een paar dagen moet uitdeuken, is een nieuwe auto gelijk een en al schoonheid.

Eerder had ik proefritjes gemaakt in een Audi, Volkswagen, Mercedes en, onder druk van mijn vrouw, zelfs in een Citroën. Ik had prijzen vergeleken en vakbladen nagelezen. Dat alles voor de vorm, want mijn keuze stond bij voorbaat vast. BMW is gewoon mijn merk. Het straalt uit wat ik belangrijk vind: ambitie, dynamiek, sportiviteit, zakelijkheid, succes... en een vleugje agressiviteit. James Bond reed niet voor niets in een Z3. Met zo'n auto rij je niet naar een klant: je zet een offensief in. BMW. Een wagen voor winnaars.

Dat past bij mij.

Ik zette hem in zijn één, liet de koppeling opkomen en schakelde pas door toen ik bij de verkeerslichten was. Vanaf Heemstede nam ik de ringweg langs Hoofddorp en ging de A4 op richting Amsterdam. Ik had vrijgenomen om eens lekker te cruisen. Ter hoogte van de Schipholtunnel vertelde een hese vrouwenstem me, heerlijk sensueel, hoe ik moest rijden. Ze sprak Italiaans. Die taal beheers ik niet, maar ik liet de instelling van het navigatiesysteem voor wat ze was. Niets is zo stimulerend als een mooie vrouwenstem waar je niet op hoeft te reageren. De weg wist ik wel.

Voorbij Purmerend werd het rustig op de snelweg en trok ik door naar 160 kilometer. De motor bleef nauwelijks hoorbaar en ik haalde iedereen in, behalve een zwart Golfje GTI, dat hardnekkig links bleef hangen en weigerde me er langs te laten. De bestuurder, een jongen met baseball cap, wilde me laten zien aan wie de weg toebehoorde. Aandoenlijk. Ik liet me niet opfokken, zakte terug naar een beheerste 140 kilometer en blèrde tot aan de Afsluitdijk mee met de muziek van Queen uit de autoradio: *"I want it all! I want it all! I want it all! And I want it now! Yeah!!!"*

Ik nam de afslag Den Oever en parkeerde aan de haven. Een paar garnalenkotters uit Wieringen en een roestige sleepboot dobberden doelloos in het donkere water. Op de kade sleutelde een man in een oranje, fluorescerend Helly Hansen-pak aan een vorkheftruck. Uit zijn radio schreeuwde een Amerikaanse rapper de Kop van Noord-Holland toe hoe hij zijn overspelige bitch te grazen zou nemen. Straks, wanneer hij uit de gevangenis kwam. Wat verderop trok een groep meeuwen krijsend het kadaver van een soortgenoot uit elkaar. Ik overwoog een kop koffie bij restaurant Basalt, maar had geen zin om mijn nieuwe trots nu al onbeheerd achter te laten. Rookte een sigaret aan de waterkant, keek een poosje naar de bleke lucht boven het wad, stapte weer in en reed richting Den Helder.

Ter hoogte van Hippolythushoef trapte ik het gaspedaal vol in en het leek of ik de motor hoorde kreunen. Het was alsof die wagen met me zat te flirten! Succes hadden we, mijn auto en ik, *me and my car*. We hadden het goed voor elkaar saampjes. Het was weliswaar een leasebak, geen auto die ik zelf had betaald, maar toch. Mijn huis daarentegen was wel mijn eigendom, al bleef het een doodgewone twee-onder-één-kapper uit de jaren zeventig. Geen uithangbord van een geslaagde maatschappelijke carrière, zelfs mijn ouders woonden vroeger ruimer, maar toch een eigen huis. Bovendien was ik met een mooie vrouw getrouwd. Chantal werd er weliswaar niet jonger op maar ze was er toch maar. *Success is having a wife and a BMW to drive*, probeerde ik te rappen, maar kon geen goede vervolgzin bedenken. *It's great to be alive.* Nee, geen goede zin. *I cut through life like a bloody knife.* Mmm… matig.

Om tien over elf stopte ik bij de Ster van Bethlehem, een tankstation iets ten zuiden van Den Helder aan de N9. Ik kocht er een fles cola, twee zakken paprikachips en een verse Panorama. Op de voorpagina stond een broodmager fotomodel met ballonborsten, deels gehuld in het onderschrift: *"Het hele jaar heet! Sexy strandvakanties in het buitenland"*. Ik dronk de frisdrank en las het stripverhaal achterin het magazine.

Terug op de weg trapte ik hem flink op zijn staart. Man, wat trok die wagen op! Alsof je werd opgetild. Gas los, mee met de bocht en op driekwart weer planken. Blazen langs het Noordhollandsch Kanaal, mijn idee van ontspanning! Dwars door West-Friesland. Blij bekeek ik het vlakke akkerland met zijn stolpboerderijen en de duinenrij die de Noordzee op zijn plek houdt.

Voor me doemde een bocht op die eerst flauw naar links en dan scherp naar rechts boog. Met 130 kilometer per uur zeilde ik er door. In mijn ooghoek zag ik een meisje op een fiets. De wind speelde met haar witte zomerjurk.

Ze doken op uit het niets. Een rode Opel met daarnaast een vrachtwagen van Dirk van den Broek. Recht voor me. De Astra, met een Alpenkreuzer aan de trekhaak, probeerde Dirk voorbij te komen. Nog even snel de boot naar Texel halen? Ik seinde met mijn groot licht. Welke idioot haalt op zo'n plaats in? Links van mij het water met hier en daar een berkje, krom gebogen door de westenwind. Rechts een fietspad met daarop een colonne waarschijnlijk veel te vroeg gepensioneerde zestigers, merkwaardig genoeg gehuld in regenkleding, hoewel er geen wolkje te bekennen was. De voorste had een rood vlaggetje op de bagagedrager. Gezellig met zijn allen een dagje uit.

Dit programmaonderdeel kregen ze er gratis bij.

Ik ging vol in de remmen. Links of rechts? Kanaal of pensionado's? Ik draaide mijn stuur in de richting van het water, schoot het asfalt af en verpulverde een kilometerpaal. De eerste deuk is het ergste.

De oever van het kanaal boog iets omhoog om dan steil naar beneden te duiken. Ik werd gelanceerd.

Het had goed af kunnen lopen.

Waarom niet? Sommige mensen vallen van een flatgebouw en lopen fluitend weg. Anderen schoppen de scooter van hun lokale hangmarokkaan omver en blijven ongedeerd. Ik beweer niet dat het vaak zo gaat, maar het gebeurt.

Het liep niet goed af.

Na het succesvol ontwijken van de Opel Astra botste ik op auto nummer twee. Op een donkerblauwe Fiat, geparkeerd op het achterdek van een binnenvaartschip. Saskia 2 stond er op de boeg. In een flits zag ik een vrouw in ketelpak, Saskia 1 nam ik aan. Ze maakte de ruit van de stuurhut schoon en trok een ruitenwisser naar zich toe. Ze heeft me nooit aan zien komen, al heeft ze me waarschijnlijk wel gehoord.

Een frontale aanrijding op een kanaal. Sommige dingen verzin je niet.

Ik bleef nog een minuut of wat bij bewustzijn. Daar heb ik niet van genoten. Vaag herinner ik me hoe ik mijn ingewanden terug probeerde te duwen. Een warme substantie sijpelde tussen mijn vingers door. Geen herinnering aan pijn. Ik hoorde de lage dreun van de scheepsdiesel en rook de geur van diesel, vermengd met benzine en smeulend rubber. Ik geloof dat ik in de verte meeuwen hoorde schreeuwen. Toen ontplofte de benzinetank.

2

In de operatiekamer hing de geur van ontsmettingsmiddelen.
Het gebliep van elektronische apparatuur was oorverdovend en
mijn lichaam leek op een verwoest maïsveld met een wirwar aan
slangetjes aan en in mijn lijf. Een operatieteam stond al babbe-
lend om mijn bed.
"Thijs-Bernard, kan ik zo mijn hockeystick bij je in de auto leggen?"
*"Geen probleem, Antoinette. Ruimte zat in mijn nieuwe Volvo Station-
car V70."*
Dat is niet wat er gebeurde.
Ik kwam bij op een stoel. Niet mijn voorverwarmde leren
BMW-fauteuil. Deze zitplaats was koud, hard en hoekig. Ik ver-
krampte en greep naar mijn maag, maar voelde geen uitpuilend
binnenwerk. Alleen de gladde stof van mijn roze Arrow-over-
hemd. Voorzichtig liet ik mijn handen over mijn borst glijden,
betastte mijn hals en gezicht. Alles voelde gaaf aan, intact.
Ik geloof niet dat ik opgelucht was of blij. Ik voelde me vooral
leeg en in de war, alsof ik naar de clou zocht van een grap die ik
niet begreep. Om me heen klonken geluiden. Holle voetstappen
hoorde ik. En een monotone bromtoon, vermengd met dof geratel van plastic op plastic. Ergens boven mijn hoofd zong Mieke
Telkamp: *Telkens Weer.* Telkens weer wat? Nog een ongeluk?
Waar was mijn BMW?
Ik zat op de laatste van een rij aan elkaar geschakelde plastic
stoelen. Tegenover me draaide een bagageband zijn rondjes. Er
lag niks op. Aan de kop van de band stonden enkele bagagewa-
gentjes. Verderop herhaalde mijn directe omgeving zich een keer

of zeven: steeds dezelfde rij stoelen en dezelfde bagageband met wat slordig geparkeerde wagentjes. Hier en daar zat een eenzame figuur zoals ik.

Ik bevond me in een grote hal. Links van me stonden systeemwanden voor een muur van matglas. Aan de andere kant verschenen en verdwenen bagagebanden in donkere openingen, met plastic lamellen afgeschut. Aan weerszijden van die openingen leidden brede trappen naar een hoger gelegen gedeelte, gehuld in duisternis. De hal zag er onberispelijk en schoon uit. Modern, dus allemaal lichte kleuren en alles kaal. Alleen op de muur tegenover me stond in koeienletters het woord ARRIVALS.

Ik liet de omgeving op me inwerken en wachtte of er iets gebeuren zou.

Dat was niet het geval.

De stem in de hoogte kweelde rustig verder.

Behoedzaam ging ik staan. Een vlijmende, helse pijn schoot door mijn lijf. Het voelde alsof mijn overhemd openscheurde en mijn ingewanden in een golf van bloed als nat wasgoed voor mijn voeten op de grond vielen.

Maar ook dat gebeurde niet. Ik stond te trillen op mijn benen, mijn armen om mijn buik geslagen, maar alle organen bleven braaf op hun plaats. Het enige fysieke ongemak werd veroorzaakt door mijn schoenen. Die had ik vorige week gekocht en knelden nog een beetje.

Ik monsterde mijn pak. Dat zag er keurig uit. Zelfs wat netter dan vóór het ongeluk, alsof ik het zojuist had opgehaald bij de stomerij. Mijn brogues glommen alsof ze gevernist waren. Hoe laat was het? Mijn nieuwe Omega Seamaster stond op zeven minuten over half twaalf. En stond stil. Teleurstellend. Als iets de crash had moeten doorstaan, was het dat dure klokje wel. Gelukkig had ik twee jaar garantie.

Het belangrijkste was dat ik nog in leven was. Wat een ongelooflijk geluk had ik gehad, behalve dan met mijn horloge. Een diep gevoel van opluchting maakte zich van me meester. Dat was me een daverende klap geweest! Ik schudde ongelovig mijn hoofd en schoot van pure nervositeit in de lach. Ik leefde. Ik leefde. Hoera, ik lééfde nog! Maar waar was mijn mooie nieuwe bolide?

Achter me hoorde ik een harde klik en ik draaide me om. Het elektronisch scherm aan de muur lichtte op toen ik ernaar keek. Ik las:

U BENT DOOD
ONTSPAN!
U WORDT SPOEDIG GEHOLPEN
PMS We care when things get rough.

Het beeld flikkerde, mijn benen begaven het en ik viel terug op mijn stoel. Een luchtballon loopt met meer waardigheid leeg. Ik liet mijn hoofd in mijn handen zakken. Verbijsterd was ik.

U bent dood?

Ontspan? Daar was weinig aanleiding voor.

U wordt spoedig geholpen? Door wie dan?

Dood… terwijl het net zo lekker met me ging in mijn nieuwe BMW. Een gevoel van woede kwam in me op. Ik voelde me besodemieterd. Waarom ik? Dit had ik toch niet verdiend? Waarom moest die Opel zo snel naar Texel toe? Nooit begrepen wat mensen in dat zure eiland zagen. Schapen heb je er, meer niet. Er kwamen tranen opzetten en ik dweilde mijn gezicht aan met mijn zakdoek. Goed, probeerde ik mezelf op te monteren, dit was in ieder geval *duidelijk*. Een groot goed is dat: duidelijkheid! Onzekerheid, dat is pas erg en eng. De woorden op het scherm lieten geen ruimte voor twijfel. Ik moest een lijk zijn. Ik was een lijk. Maar waarom klopte mijn hart dan nog? En waar was ik terecht gekomen? Ik draaide me om en las de tekst opnieuw. Het stond er nu in het Duits, daarna in het Frans en daarna weer in mijn eigen taal. De boodschap bleef hetzelfde.

Was dit het hiernamaals? Ik had de dood nog nooit geassocieerd met de aankomst op een internationale luchthaven. Toch leek dit hiernamaals daar het meeste op. Dat bracht me op een gedachte. Stel, het leek onzinnig, maar stél dat dit allemaal in scène was gezet. Een ideetje van een commercieel televisiestation. Een nieuwe variant van reality-tv. Deze kende ik nog niet:

"Succesvolle jongeman ontwaakt uit coma en wordt - de familie verleende haar toestemming om de medische behandeling te kunnen betalen - volkomen onvoorbereid losgelaten in een gesimuleerd hiernamaals. Tientallen camera's registreren zijn verwarde pogingen om grip te krijgen op de situatie. Zal hij het hoofd koel weten te houden? Hoe snel stelt hij orde op zaken?"

Een goeie! Toegegeven jongens, een hele goeie! Ik geef toe dat ik even in de rats zat. Ik borg de zakdoek weg en spiedde om me heen. Er zou vast en zeker een competitie-element in zitten met andere deelnemers, die net als ik door kijkers weggestemd konden worden. Nog een geluk dat ik het gelijk door had. Dat gaf me een strategische voorsprong. Het hoofd koel houden nu. Gewoon het spel meespelen.

Zo onopvallend mogelijk controleerde ik of ik nog was wie ik was. Ik kneep in mijn arm (dat deed pijn), duwde tegen de vloer (mijn vingers gingen er niet doorheen) en zocht het vertrek af naar ectoplasma (geen kloddertje te zien). Alles zag en voelde echt en reëel. Dan de moeder van alle testen: een geweldige wind. Die stonk als vanouds. Het bewijs was geleverd. Hier werd een poets gebakken! Ik zocht naar camera's. Je hebt van die kleintjes, niet groter dan je duim, die de AIVD gebruikt. Om nog maar te zwijgen van de camera's van de CIA, die niet groter dan een speldenknop zijn. En daar zitten er dan minstens twintig in, die alle kanten tegelijk uitkijken. Nu ik er op lette, zag ik er meteen een paar hangen. Geen kleintjes, maar van die schoenendozen met zo'n rood lampje boven de lens. Die kleine kosten een vermogen. Daar was natuurlijk geen geld voor.

Nerveus doorzocht ik mijn zakken en vond mijn mobieltje. Geen ontvangst en elf oproepen gemist. Ik was kennelijk een tijdje uit de lucht geweest. Verder vond ik een pakje sigaretten, mijn Zippo-aansteker en mijn portemonnee met daarin het visitekaartje van Albert en het bonnetje van de Ster van Bethlehem. Dit fysieke bewijsmateriaal stemde overeen met mijn herinnering. De regie had goed op de details gelet.

Het achtergrondmuziekje werd onderbroken door een elektronisch geluidssignaal en ik zag iedereen opveren. Een bekakte Britse herenstem zei: *"Mister Shoed Edmirul, gate C1. Please proceed to gate C1"*. Dat was ik. Shoed Edmirul. Sjoerd Admiraal. Goed gespeeld.

Ik stond op. Er lag geen bagage voor me op de band en ik had niet de indruk dat er nog wat zou komen. Dus stak ik mijn spullen terug in mijn binnenzak en liep houterig naar de systeemwanden. Mijn hart klopte tegen mijn huig en ik probeerde tevergeefs mijn adem onder controle te krijgen. Eerst dood, dan toch weer niet en vervolgens een volkomen onvoorbereid optreden voor de camera. Het was niet niks wat me vandaag overkwam. Tegenover me was een doorgang met een geel, verlicht bordje waar C1 op stond. Ik ging naar binnen en begon te slalommen door een nauwe tunnel. Linksaf, rechtsaf, stukje rechtdoor, als een cavia in het doolhof van een televisieshow. Op weg naar mijn prijs. Een laatste hoek om en ik stond voor een matglazen deur. Hij schoof voor me open.

Daar was het dan. Zo stel je je het hiernamaals voor. Helemaal volgens het boekje! Het verblindende licht aan het einde van de tunnel. Aartsengel Gabriël had aardig wat glitters in zijn haar gesmeerd. In een reflex sloeg ik mijn handen voor mijn gezicht. Ik twijfelde niet langer aan mijn theorie over realitytelevisie. Dit hadden ze verdraaid mooi nagemaakt. Knipperend met mijn ogen gluurde ik tussen mijn vingers door. Het schijnsel bleek afkomstig van een schijnwerper, die aan het plafond was bevestigd. Dit was een televisiestudio.

Ik hield mijn hand als een indiaan boven mijn ogen en ontwaarde drie figuren. Ze stonden voor me, leunend tegen een hekje van aluminium buizen. Gabriël stond er niet tussen. En waar was Petrus? De meest opvallende van het drietal was een enorme neger in een trainingspak van Adidas. Hij nam me vriendelijk op. Voor zijn borst hield hij een stuk papier, waar met viltstift een naam op was geschreven: *Mrs. Struwelski*. Hij kantelde het schuin omhoog, keek er demonstratief naar en ik schudde mijn hoofd. Ik was niet mevrouw Struwelski. Links van hem stond een man, gekleed in het soort leren regenjas dat in oorlogsfilms door Gestapoagenten werd gedragen. Op zijn bordje stond *Mrs. Jones*.

Naast hem een oude man, een mediterraan ogend type in een versleten, vieze nachtjapon. Aan zijn blote voeten Rucanorbadslippers. Een ingevallen gezicht met bruine ogen nam me ongeïnteresseerd op. Zijn mond week trillend uiteen en een geel gebit werd zichtbaar. Er miste een hoektand.

Was dit het ontvangstcomité? Zou ik al bonuspunten kunnen verdienen?

"Meneer Admiraal?" vroeg hij. Zijn stem was hoog en hees, als van een bejaarde die niet meer gewend is te spreken. Zoals mijn moeder aan de telefoon. Om elk misverstand uit te sluiten hield hij zijn bordje omhoog. Mijn naam stond er op.

"Dat ben ik," gaf ik resoluut toe.

Hij keek me aan alsof dat slecht nieuws was, maakte zich los van het hek en stapte op me af.

"Mijn naam is Vergilius," zei hij zacht. "Mijn passie is dichten. Al heb ik daar geen tijd meer voor. Ophalen, rondleiden en plaatsen. Dat is wat ik doe tegenwoordig. Ik ben uw gids."

Hij knikte naar me, gaf me een koude hand en een visitekaartje dat ik wegstak in mijn colbertjasje. Er viel een stilte en ik deed geen moeite die te doorbreken. Ik ben geen geweldig zwijger, maar dit leek me een geschikt moment.

"Ik zie dat u verrast bent. Begrijpelijk. Hoe groot is de kans dat je zo'n beroemdheid uit de klassieke oudheid werkelijk tegen het lijf loopt? Maar twijfelt u niet. Ik ben wie ik ben."

Hij knikte opnieuw, nadrukkelijker ditmaal. Ik had geen flauw benul waar hij het over had, nam aan dat dit bij het spel hoorde en zei voorzichtig: "Het spijt me, ik geloof niet dat ik weet wie u bent. Vergilius, zei u?"

Zijn gezicht betrok. Blijkbaar het verkeerde antwoord. Dat begon al goed, maar niet heus.

"De naam zegt u niets? Onbegrijpelijk!" Hij snoof luidruchtig en maakte een plotse hoofdbeweging, alsof hij een kei wegkopte. Ik hoorde een nekwervel knakken. "Nog nooit gehoord van Bucolica, de herdersgezangen die ik heb geschreven? Nog nooit gehoord van mijn Georgica of Aeneis?"

Ik had een prima opleiding genoten, maar dit zei me inderdaad helemaal niets. Waarschijnlijk een obscuur vak waarvoor ik een vrijstelling had verkregen. *Herdersgezangen?*

"Volgen!" commandeerde hij.

"Volgen?"

"Dat is wat men bij gidsen hoort te doen," beet hij me toe. "Ik ben uw gids."

Hij draaide zich om en ging er met grote stappen vandoor. Ik keek naar de zwarte man. Die haalde zijn schouders op. De Gestapoagent haalde een mobieltje tevoorschijn, wendde zijn hoofd af en begon een gesprek. Dus draafde ik maar achter de man in de soepjurk aan. Wat zou de opzet van dit programma zijn? Het zou een stuk schelen als iemand de moeite nam om me de spelregels uit te leggen. Ik deed mijn best om kalm te blijven, maar voelde me enorm opgefokt.

We liepen in hoog tempo door een ruime hal. Rechts van me was een muur met om de tien meter een brandblusser en borden met teksten als:

WERKEN AAN VREDE EN VEILIGHEID
PMS We care when things get rough.

en

EERLIJK EN EFFICIËNT
PMS We care when things get rough.

Aan de andere kant, langs de glazen wand van de aankomsthal, stond men - de tv-producenten, natuurlijk - de andere deelnemers op te wachten. Een paar waren al binnen. Ik herkende ze onmiddellijk aan hun verbijsterde gezichten. We passeerden deuren met de nummers B4, B3, B2, B1 en daarna A4 tot en met A1. Bij A3 kwam een vrouw in een konijntjespyjama naar buiten. Ze verstijfde in het halogeenlicht, draaide zich om en bonkte met haar voorhoofd tegen de dichtschuivende deuren. Een Indonesische vrouw in een sarong nam haar bij de arm en leidde haar weg. Verderop arriveerde een oud besje achter een rollator. Ze lachte naar haar ontvangstcomité, twee mannen in een blauw werkpak met een petje op. Opgewekt kraaide ze: "Bonjour!" en gaf beide een arm.

Qua figuranten hadden ze hun best gedaan. Dit zag er heel verzorgd uit.

Ondertussen hield mijn begeleider er flink de vaart in. Telkens als ik naast hem kwam lopen versnelde hij zijn pas, waardoor het me moeite kostte hem bij te houden. Ik vroeg me af of ik hem ergens van kende. Een soap misschien? Een of andere B-acteur of iemand van het toneel? Die lui schnabbelden graag wat bij.

"Waar gaat de reis heen?" informeerde ik buiten adem.

De man gaf geen antwoord.

"Kunt u me wat informatie verschaffen?"

Het leek alsof hij me niet hoorde. Misschien stond zijn gehoorapparaat uit. Ik voelde mezelf boos worden. Was het wel ethisch te verantwoorden wat ze met me deden? Ik had nog nergens voor getekend. Daar zou ik straks beslist een appeltje met ze over schillen. Realityshow of niet, als consument en deelnemer had ik mijn rechten!

Ik observeerde mijn omgeving. Camera's genoeg. In de paar

minuten die onze wandeling duurde, telde ik er een stuk of
dertig. Waarschijnlijk was ik *live* te zien op het internet en ik
onderdrukte de neiging om te zwaaien. Moeilijk om jezelf een
houding te geven als je nooit eerder op televisie bent geweest.
Ik moest zo natuurlijk mogelijk zien over te komen. Jezelf zijn,
dat is altijd het belangrijkste.

We bereikten een ruimte die me deed denken aan een koepel-
gevangenis: allemaal cirkelvormige gaanderijen boven elkaar. Ze
boden toegang tot honderden identieke deuren. We gingen een
spiraalvormige trap op en betraden de onderste rondgang. Onze
voetstappen echoden door de holle hal. Onverwacht hield mijn
gids stil en ik liep hem bijna omver.

We stonden voor nummer 12445. Een metalen poort met een
luikje op ooghoogte. Er zat een stuk kladpapier opgeplakt, waar
iemand in hanenpoten op had geschreven *Reserved 12.00-24.00.
PMS-Transfer.*

"Hier krijgt u een gesprek," zei hij. "Als dat goed verloopt, zien
we elkaar nooit meer."

"Oké," zei ik. Ik had niet het idee dat ik hem zou gaan missen.

"Een gesprek met wie dan? En waar moet dat over gaan?"

Hij gaf geen antwoord, klopte op het luikje en liep weg.

Dit werd me te gortig. Hij negeerde gewoon mijn vraag. De
onbeschoftheid! Hij kon me toch gewoon antwoord geven? Ik
wilde hem achterna gaan, maar kreeg er de kans niet voor.

3

De deur sprong open en een vrouw in een rood mantelpakje
stoof naar buiten. Lange zwarte krullen zwiepten om een vrolijk,
rond gezicht. Ze greep met beide handen mijn arm en begon er
aan te zwengelen alsof ik de dorpspomp was. En ze kneep. Hard.
Te hard voor een eerste ontmoeting.

"Meneer Admiraal. Fijn. Héél fijn! Welkom. Wélkom! Komt u
binnen."

Ze sleurde me de kamer in met de kracht die een visser nodig
heeft om een tonijn aan dek te trekken.

"Heerlijk dat u er bent. Was uw gids correct en voorkomend?
Dat vinden we heel belangrijk: correct en voorkomend."

Ik schatte haar op een jaar of dertig. Lichtblauwe ogen in een
wit gezicht. Niet onknap. Helemaal niet onknap. Best heel mooi,
eigenlijk. Ik stotterde van verlegenheid en hield mezelf in het
diplomatieke midden over mijn begeleider. Ondertussen probeerde ik mijn omgeving te plaatsen. Blijkbaar stond er iets te
gebeuren dat goed, maar ook fout kon gaan. Misschien kwam er
een quiz.

"Nogmaals: welkom. Wat een heerlijkheid! We zaten al op u te
wachten. Fijn dat u er bent. Ach, ik vergeet helemaal om u aan
mijn collega voor te stellen!"

Ze deed een stap opzij zonder me los te laten. Achter haar zat
een bejaarde man aan een houten tafel. Hij droeg een koffie-
kleurig C&A-pak. Zijn grijze haar lag plat achterovergekamd
op zijn schedel en achter een stalen bril zag ik twee venijnige,
geelbruine ogen fonkelen. Steunend op de leuning van zijn stoel

kwam hij overeind en slingerde een hand mijn richting in. Zijn huid voelde aan als schuurpapier.

"Mijn naam is Ron. Selecteur voor de sector Duits- en Nederlandstalig. Ik ben goed in ordenen en analyseren. Mijn passie is zeezeilen."

Zijn stem leek uit een machine te komen. Het leek me geen makkelijk mannetje, al kon dat bij de rol horen die hij moest spelen.

"U weet nog niet hoe ík heet! Ik ben Bea. Ook selecteur. Ik ben goed in het persoonlijke: het doorgronden van de mens achter de cv. Ik beschik over een hoge emotionele intelligentie. Dat blijkt uit alle tests! Mijn passie is koken. Aangenaam."

Ze speelde haar rol met verve, dat moest ik haar nageven.

Ze boog haar gezicht naar mij toe en een zoetige parfum galoppeerde mijn neus binnen. In haar ogen twinkelde een ondeugend lichtje. Ik kreeg de indruk dat ze een zwak voor me had en schonk haar mijn meest mannelijke lach. Zo een met in zich de suggestie van woeste golven die stukslaan op een palmstrand, gebronsde lichamen op surfboards, hoge glazen rum met ijs aan de bamboe cocktailbar en de aangename geur van wilde limoenen. Ik zag haar smelten en kreeg eindelijk mijn arm terug.

"Neemt u lekker plaats, dan schenk ik koffie in. U zult er wel aan toe zijn na alle… gebeurtenissen."

Ik ging tegenover de man zitten. Het vertrek maakte een afgeragde indruk. De muren waren kaal en smoezelig. De achterwand werd afgeschermd door een metalen zonwering en een verwarmingsradiator. Een versleten overlegtafel en vier eenvoudige houten stoelen vormden het enige interieur. Het deed me denken aan een verhoorkamer. Het enige dat ik miste was een doorkijkspiegel. Wat voor soort gesprekken werden hier gevoerd?

Bea zette kopjes klaar en ging aan de slag met een thermoskan. Ze gaf me een voetbad, zei pardon en schonk ook over de rand van Rons kopje heen, die snel achteruit schoof. Zenuwachtig begon ze te deppen met servetjes, die ze ergens uit haar mantel-pakje opdiepte. Of die vrouw acteerde goed, of ze was gewoon echt onhandig. Ik hield het op het laatste. Bij mooie vrouwen hield ik daar wel van. Het maakte ze, hoe zal ik het zeggen, bereikbaarder.

Ron boog zich voorover om haar te helpen en ik zag de deur. Toen pas. Ik was gewoon niet zo alert vandaag, daar konden ze op de N9 over meepraten.

Die deur, schuin achter de man, leek gemaakt te zijn van goud en stond half open. Ik had zicht op een werkelijk schitterende zaal met op de vloer donkerrood parket dat rijk glansde. Aan de gladgestuukte muren hingen grote schilderijen, waarop mannen te paard achter een vos aanjoegen of met speren een leeuw bevochten. In het midden van de ruimte hing een kroonluchter die het zonlicht brak, waardoor het leek alsof er een nevel van kristal uit de hemel neerdaalde. Het deed denken aan iets uit een parfumreclame of een advertentie voor horloges. Het ademde in ieder geval een prettige hoeveelheid poen en prestige uit. Smaakvol gedaan.

Achterin de zaal bevond zich een nis met een hoog raam. Voor dat venster stond een man. Hij was wat jonger dan ik en droeg een elegant pak van Italiaanse snit. Duidelijk maatwerk. Zijn voeten waren gevat in een glimmende etui van leer. (Het woord schoen was hier duidelijk te ordinair.) In zijn hand had hij een tablet met de dikte van een nagel waar hij nonchalant wat op stond te tikken en te swipen. Geklak van hakjes en vanaf de linkerkant verscheen een jonge vrouw. Ze had het lichaam van een mannequin en was gekleed in een nauwsluitende japon. Nu stapte ze in het zonlicht en reikte hem een vel papier aan. In het tegenlicht zag ik de contouren van haar borsten. De man glimlachte soeverein en strekte zijn hand naar haar uit.

Bea zag me kijken en met een discrete beweging duwde ze de deur dicht.

"Ja," zei ze eenvoudig, "Daar doen we het allemaal voor. Succes!

En het is zo dichtbij. Echt binnen handbereik. Straks kan ik die poort wijd open voor u gooien. Maar *furst zings furst,* eerst wat werk verzetten."

Ze nam plaats naast Ron. Beiden hadden ze een zwarte ordner voor zich liggen met daarop een sticker met mijn naam. Bea sloeg de map open, deed deze weer dicht en zei: "Nou, zal ik maar van wal steken?"

"Begin maar," reageerde Ron.

"Meneer Admiraal," zei ze op plechtige toon, "U zult u wel afvragen: Waar ben ik nu weer aanbeland?"

Ik knikte. Deze gedachte was inderdaad bij me opgekomen. Zat ik net nog zalig in mijn hagelnieuwe BMW, met heerlijke stoelen en een cockpit waar een straaljagerpiloot jaloers op zou zijn, nu bevond ik me in het bedompte voorportaal van iets wat leek op de vijfsterrensuite van een chique hotel. Ik had geen idee wat de opzet van deze televisieshow was en had zwaar behoefte aan tekst en uitleg. De onduidelijkheid had lang genoeg geduurd. Ik wilde weten waar ik aan toe was.

En waar was mijn BMW?

"Heeft u zelf een antwoord op de vraag die Bea net stelde?" knerpte de stem van Ron.

Misschien was het de vermoeidheid. Misschien de spanning of anders zijn autoritaire toon. In ieder geval schoot de vraag me in het verkeerde keelgat. Ze moesten eerst maar eens haarfijn uitleggen wat hier aan de hand was. Ik zette mijn ellebogen op tafel, richtte mijn vinger als een pistool op de man en zei: "Ik geef geen antwoorden. Ik stel vragen. Vertel me nu precies hoe dit spelletje werkt, anders speel ik het niet langer mee. Ik ben het beu, dit... gelul."

Dat laatste kwam er grover uit dan ik bedoeld had. Het viel dan ook bijzonder slecht. Bea liet geschrokken haar pen op de grond vallen, dook er achteraan en verdween even uit het zicht. Ron kneep zijn ogen halfdicht en maakte een korte, kauwende beweging met zijn kaken.

"Ik vraag u met klem u correct op te stellen," siste hij. "Dat betekent dat u onze vragen beantwoordt. U noemt het een spelletje. Russische roulette is ook een spelletje. Ik waarschuw slechts één keer."

Zijn mond klapte dicht als een nietmachine en hij keek me strak aan. Ik begreep dat er een soort powerplay aan de gang was en staarde terug. Ook heel strak.

"Hij meent het hoor," zei Bea beverig. Ze legde de pen terug op tafel en ging zitten. "Toe, heren, laten we het gezellig houden."

Ik begon te twijfelen aan mijn idee over reality-tv. De acteurs waren te goed, de decors te eenvoudig, en ik had nergens voor getekend. Een nieuw en akelig idee kwam bij me op. Ik dacht aan het gat in mijn geheugen tussen ongeluk en aankomsthal. Dat was niet normaal, zo'n gat. Stel dat er helemaal geen aankomsthal was geweest. Geen gids in nachtjapon. Zelfs geen botsing. Allemaal waanbeelden. Was ik bezig gek te worden? Zou best te begrijpen zijn. Ik had een spannende tijd achter de rug. Nieuwe baan, nieuwe auto. En niet ontbeten vanochtend, alleen cola gedronken in het benzinestation. Ik zou de eerste niet zijn die dan de kluts kwijtraakt. Ik ken collega's die zomaar verdwenen. Die zag je dan veel later terug bij de ingang van de supermarkt met een baard van drie maanden en de daklozenkrant in hun hand.

Natuurlijk. Dat moest het zijn. Daar was ik! Bij de psychiater. Om de ernst van mijn klachten vast te stellen.

Dit werd link. Ik had 'One Flew Over A Cuckoo's Nest' gezien. Dat softe circuit is levensgevaarlijk! Ik kon maar beter een coherente indruk maken. Dus sloeg ik mijn ogen neer, schraapte mijn keel en zei nederig: "Het was niet mijn bedoeling u te beledigen. Uiteraard beantwoord ik graag uw vragen."

"Excuses aanvaard!" zong Bea. Ze giechelde nerveus en keek beurtelings naar Ron en mij.

"Mag ik dan nu het antwoord?" vroeg Ron.

Het zweet brak me uit. Ik voelde me gewoon, maar blijkbaar was er iets mis met me. Moest ik zeggen dat ik me normaal voelde? Dan was ik in de ogen van iemand die echt normaal was waarschijnlijk zo gek als een deur. Ik moest mijn verwarring toegeven en tegelijkertijd laten merken dat ik praktisch genezen was. Met een beetje geluk stond ik dan zo weer buiten. Eenmaal terug in mijn nieuwe auto, met of zonder deuken, onderweg naar huis, had ik alle tijd om de stofzuiger door mijn bovenkamer te halen. Dit luisterde nauw, heel, heel nauw.

"Ik herinner me een ongelukje…" probeerde ik. "Maar misschien vergis ik me. Ik voel me prima nu. Fris als een hoentje. Ha, ha!"

Dat ging niet geweldig en ik nam trillend een slok koffie om tijd te winnen. Getver, Nescafé. Dit moest wel een gekkenhuis zijn. Alleen in de zorg serveren ze die vieze troep. Dat verklaarde ook het goedkope interieur. Behalve die gouden deur dan en de zaal erachter met hotshot en doorkijkmiepje. Als die er ook niet echt waren geweest, dan was ik inderdaad knettergek.

"Ik ben alleen een paar stukjes kwijt, kleine fragmentjes…," hakkelde ik, "maar er is niets met me aan de hand. Alles valt straks weer op zijn plaats." Ik zat te raaskallen.

"Twijfelt u vooral niet aan u zelf!" viel Bea me in de rede. Normaal gesproken hou ik niet van dominante vrouwen. In dit geval was ik blij dat ze het initiatief nam. Ze haalde een plastic insteekhoes uit haar map. Er zat een krantenartikel in dat ze me overhandigde.

"Het heeft de voorpagina van De Telegraaf gehaald. Vanwege de spectaculaire foto natuurlijk."

BIZARRE BOTSING MET BOOT luidde de kop en spectaculair was het kiekje zeker. Het toonde een schip dat afgemeerd lag aan een betonnen kade. Ik zag een brandweerwagen en een ambulance en een paar mannen in jassen met reflecterende strepen. Op het dek stonden in een innige omhelzing twee zwartgeblakerde autowrakken. Het ene was als een accordeon in elkaar gedrukt en gedeeltelijk door de railing heen geschoven, waardoor hij met de achterwielen boven het water hing. Van de andere was de voorzijde verpletterd, maar was het achterste deel onbeschadigd gebleven. Ik herkende mijn nieuwe nummerbord.

Dit deed me wat. Mijn bolide. Helemaal stuk. En ik had hem nog maar net. Om hem dan zo terug te zien. Ik was er stil van. En het hele land had die foto gezien. Klopte die nummerplaat wel? Ja, het was echt mijn BMW. Dat ik daar levend uitgekomen was. Geen wonder dat ik na die dreun geestelijk het spoor bijster was. Ik slikte iets weg en mompelde: "Daar is weinig van over."

"Leest u vooral het artikel," zei Bea.

Ik strandde bij de eerste zin: *Bij een bizarre botsing op het Noordhollandsch Kanaal waren gisteren twee doden te betreuren.*

Twee doden?

Ik staarde naar de foto. Op de kade lag iets langwerpigs onder een deken van aluminiumfolie. Het zou toch niet waar zijn?

"Misschien roept dit vragen op?" hoorde ik Ron zeggen.

"Ze hebben het over doden?" vroeg ik angstig.

"Daar bent u er één van," zei Ron resoluut.

"Gecondoleerd," mompelde Bea.

Ik probeerde het te begrijpen, de situatie te overzien, maar kreeg er geen grip op. Van gekte kun je genezen, maar de dood heeft iets definitiefs. Mijn ogen stommelden het artikel door. Er stonden geen gegevens over de slachtoffers bij.

"Niet alles geloven wat er in de krant staat," schoot het door me heen. Bovendien was het De Telegraaf. Onwillekeurig begon ik met mijn hoofd te schudden.

"Bespeur ik enige twijfel?" vroeg Bea.

Ik hield de krantenfoto omhoog en wees de ziekenwagen aan.

"Die ambulance. Ik weet niet voor wie die…"

Ron onderbrak me: "Twijfel en ongeloof komen we vaker tegen in dit deel van het gesprek. De ontkenningsfase noemen we dat. Stopt u daar maar mee. U bent er voor de volle honderd procent geweest. Geen grap. U bent echt dood."

Bea keek me samenzweerderig aan en zei: "Je hebt van die wiebelgevallen, die maandenlang met één been in het graf blijven staan. Zal ik wel of zal ik niet?" Ze zette haar hand verticaal op tafel en schommelde er mee om een langdurige doodsstrijd te suggereren. "In uw geval was het zo gepiept." Haar hand kapseisde. Ik sloot mijn ogen.

"Terwijl wij hier zitten, ligt uw overschot in zijn houten smoking op crematie te wachten. Eigenlijk overbodig, want u was al aardig geflambeerd toen ze u uit uw auto zaagden," zei ze.

"Dames en heren van de jury! Ik overhandig u bewijsstuk B: de overlijdensadvertentie." Ron gaf me een rechthoekig stukje krantenpapier. Het velletje trilde in mijn hand en ik moest het op tafel leggen om het te kunnen lezen.

Door een noodlottig ongeval is van ons heengegaan

Sjoerd Admiraal

| Den Helder | 't Zand |
| 9 mei 1973 | 4 november 2013 |

Alkmaar:	Chantal Admiraal-Veenmans
	Karel
🐾	Vlekje

| Den Helder: | Evelien Admiraal-Meulmeester |

De crematieplechtigheid zal plaatsvinden in crematorium Schagen, Haringhuizerweg 3, Schagen, op maandag 11 november om 13.00 uur. Aansluitend is gelegenheid tot condoleren in de ontvangkamer. Sjoerd hield van narcissen.

"Leuk dat poezenpootje," sprak Bea waarderend.

Nou zat ik toch te janken. Ik verborg mijn gezicht in mijn zakdoek. Dat was het dan. Geen Big Brother, geen realitysoap. Exit voor mijn hysteriehypothese. Veertig jaar oud was ik geworden: in Kongo is dat misschien een respectabele leeftijd, maar een blanke kerel uit Noordwest-Europa komt dan pas op stoom. Veertig! Met een driftig gebaar schoof ik het papier terug. Ik had niet eens een testament gemaakt. Dat je dood kunt gaan, dat voorzie je toch niet? Ik merkte dat ik haar uit mijn hoofd zat te trekken, hield daar mee op en ging op mijn handen zitten. Schor informeerde ik naar de andere overledene.

"Nummer twee! Attent dat u daar aan denkt. Pluspuntje! Dat was de vrouw van de binnenschipper. Ze stond net wat dooie vliegen van de ruit te boenen. Zonde van de moeite, zou ik zo zeggen. Was ze u opgevallen? Of was het oogjes toe dat laatste stukje? Begrijpelijk, hoor. Laat ik zeggen dat u een verpletterende indruk heeft achtergelaten. Ze zit twee kamers verderop. Wilt u even langs? Sorry zeggen?"

"Bea toe, plaag meneer niet zo," gromde Ron.

De vrouw streek met haar hand door haar krullen, haalde diep adem, leek even in de lach te schieten.

"Sorry, ik ben soms iets te enthousiast. Ik ben een Stier, dan heb je dat."

Bea schoof de krantenknipsels terug in de insteekhoes en maakte wat korte aantekeningen. Daarna begon ze snel in mijn dossier te bladeren.

"Misschien dat u in de tussentijd de vraag wilt beantwoorden?" vroeg Ron.

"De vraag?" Ik wist echt niet meer waar hij het over had. Was ook niet zo in de stemming voor vragen.

Ron maakte een kreunend geluid. Misschien deed hij dit werk te lang, dan gaat de rek er uit.

"U weet nu dat u dood bent, maar weet u ook wáár u bent?" Vertwijfeld keek ik hem aan. Hoe moest ik dat nou weten? Ik heb fysische geografie gestudeerd. Mijn blik gaat van nature naar beneden, niet naar boven. Ik heb geen affiniteit met boven. Voor de tweede keer hielp Bea me uit de brand.

"U weet dat u niet meer onder de levenden verkeert. Dan weet u, als u goed nadenkt, ook waar u nu bent."

Stilte.

"Het hier-na-maals misschien?" hielp ze, met de intonatie van een kleuterjuf.

"Het hiernamaals? Hier? Nu?"

"Dat zegt u niets? Veel mensen hebben er tegenwoordig moeite mee. Het is een te abstract begrip geworden. Maar we gaan het heel concreet voor u maken. Ron, wil jij uitleg geven? Dat doe je altijd zo goed."

De man nam zijn bril af en begon de glazen schoon te vegen aan zijn overhemd.

"Gezien uw sociaal-culturele achtergrond kan ik dit het beste als volgt uitleggen. God bestaat. Hij woont in de hemel, samen met zijn engelen en de daar geplaatsten, want Hij heeft per slot van rekening een staf nodig. Die hemel kun je zien als een soort holding. Daaronder zitten de werkmaatschappijen vagevuur en hel. Er vertrekken hier als het ware treinen die verschillende bestemmingen hebben. Uw kaartje heeft u tijdens uw leven gekocht en de bedoeling van dit gesprek is om erachter te komen welke bestemming er op staat. De vraag daarbij is waar u het beste tot uw recht komt. Nu denkt u misschien: ik wandel direct door naar de hemel. Maar dat ligt niet voor de hand. Laat ik meteen maar wat aan verwachtingsmanagement doen. Alleen de allerbesten komen daar direct terecht. Mits er een plek vrij is, natuurlijk." Hij keek tevreden naar zijn bril en zette hem weer op.

Ik was het spoor bijster, misschien door de openbaarvervoermetafoor. Ik ben meer een autorijder. Ik probeerde oogcontact te maken met Bea, maar die zat met haar krullen te spelen.

"U staat dus aan de hemelpoort," hielp Ron.

"Maar u bent Petrus niet," zei ik aarzelend.

"Nee, mijn naam is Ron."

"Zijn jullie dan engelen?" Geen idee waar ik dat vandaan haalde. Misschien was ik toch gek geworden.

De man strekte met een theatraal gebaar zijn magere armen uit en wiekte er langzaam mee, als een gigantische aasvogel zwevend op de thermiek. En passant stak hij Bea met zijn wijsvinger bijna een oog uit. Ze dook net op tijd naar achteren.

"U ziet: geen vleugels, geen veren en geen verblindend licht. Nee, engelen zijn we niet. Die wonen in de hemel. Wij zijn gestorvenen, net als u. Eenvoudige medewerkers van PMS zijn we: Post Mortem Services. Die uitvoeringsorganisatie houdt zich bezig met het doorverwijzen van cliënten. We verzorgen het hele traject tussen hel, vagevuur en hemel. Van de selectie, daar zit u nu, tot en met de feitelijke plaatsing. Met een ruime discretionaire bevoegdheid."

Bea schonk koffie bij en gaf me een bemoedigend knipoogje, terwijl de man verder ging met zijn betoog. In het kort kwam het er op neer dat het beslissen over de bestemming van de doden geen kerntaak van God meer was. De Heer vond zichzelf, zo zei Ron, sterker in strategische zaken, zoals het formuleren van een interreligieuze kaderstellende beleidsvisie op spiritualiteit in tijden van secularisatie. Bovendien schreef de huidige bedrijfsvoeringfilosofie een strikte scheiding voor tussen beleid en uitvoering. Daarom had Hij de doorverwijzing van de dode zielen uit zijn takenpakket geschrapt en bij PMS ondergebracht. "Eerlijk en efficiënt, dat is ons motto." besloot Ron. "Voordat u in Schagen door de schoorsteen van het crematorium bent, hebt u alle duidelijkheid die u maar wensen kunt."

"Vandaag stellen wij samen de rekening van uw leven op," vulde Bea opgewekt aan. "Ontspan, uw toekomst hangt af van dit gesprek!" Haar lach klonk als het salvo van een machinegeweer. Toekomst? Dat was toch mijn nieuwe baan, BMW, en natuurlijk vrouw en kind? Een toekomst in het hiernamaals? Ik voelde een zweetdruppel vanaf de zijkant van mijn hoofd koud langs mijn keel glijden. Huiverde. Een toelatingsgesprek aan de hemelpoort kon ik in principe best aan. Maar dit kwam allemaal wel erg snel achter elkaar. Zo'n fataal auto-ongeluk gaat je niet in je koude kleren zitten. En professionele begeleiding had ik tot dusver niet gekregen. Mijn overhemd kleefde aan mijn rug, maar het leek me onbeleefd om mijn colbertjasje uit te trekken. Ergens in mijn achterhoofd verdampte het laatste restje hoop op een enorme, smakeloze grap.

"Dan over hoe we met elkaar omgaan," ging Ron verder. "We zitten hier als gelijkwaardige partijen. Er is ruimte voor twee-richtingsverkeer: wij willen veel van u weten, maar andersom mag u ook vragen stellen. U hoeft daarvoor niet tot het einde van het gesprek te wachten."

Ik knikte krampachtig. Hij trok een dik document uit zijn ordner, legde het voor zich en wreef het verkreukelde papier met de rug van zijn hand glad. "Ik heb hier uw curriculum vitae."

Het kwam me niet bekend voor. Mijn cv telde slechts drie pagina's en was in een elegant lettertype afgedrukt op handgeschept papier.

"Dit document beschrijft uw leven op hoofdlijnen. U bent geboren in Den Helder. Uw vader was seiner eerste klas bij de marine, daarna marconist, baan kwijtgeraakt, arbeidsongeschikt verklaard en overleden. Moeder was huisvrouw en is thans dementerende. Die twee hoeven in ieder geval niet meer te rouwen."

Hij tuitte zijn lippen en sloeg een pagina om.

"Ik zie bij u diverse onafgemaakte opleidingen, onder andere aan de Technische Universiteit van Delft en een mislukt jaartje Zeevaartschool in Amsterdam. Uiteindelijk - hiep, hiep hoera - toch een voltooide commerciële studie. Vervolgens gaan werken. Een baan bij een autobedrijf, bij een technisch uitzendbureau, accountmanager bij de firma Trimble, korte tijd Rijkswaterstaat, nog wat andere functies en net weer een nieuwe baan. Tussen de bedrijven door vond u tijd om te trouwen en een zoon te verwekken. Hm, waar zal ik beginnen?"

Hij zette zijn bril af en wreef met duim en wijsvinger in zijn ogen. "Eerst uw thuissituatie maar. Kunt u me iets vertellen over uw levensbeschouwelijke opvoeding?"

Ik liet de vraag op me inwerken. De hele situatie was weliswaar krankzinnig, maar toch begreep ik welke kant ze op wilden. Al was het officieel geen spel, het leek er wel op: ik moest gewoon de juiste antwoorden geven en dan kwam de prijs, in de vorm van die luxe hotelsuite achter de gouden deur. Omdat deze mensen voor God werkten, was het niet moeilijk om te bedenken wat ze wilden horen. Ik moest een heilige zijn! Vroom, nobel, rechtschapen. Goed voor kinderen, bejaarden en dieren. Een christen. Gul gevend aan elke collecte. Ze wilden geloof en geloof was wat ze zouden krijgen. Gelukkig had ik op christelijke scholen gezeten. Mijn ouders namen het allemaal vrij serieus en ik hobbelde braaf mee tot ik rond mijn vijftiende het idee kreeg dat God, net als Donald Duck, door mensen was verzonnen. Het Bijbellezen thuis was nog een tijdje blijven doorsudderen, stopte ten slotte en over religieuze zaken werd daarna nooit meer gesproken.

Ik besloot de nadruk te leggen op mijn vroege jeugd en vertelde over de bezoeken aan kerk en zondagsschool. Dat scheen ze te bevallen: ze zaten braaf te knikken en Bea maakte driftig aantekeningen. Ik raakte op dreef en herinnerde me steeds meer. Met mams collecteren voor de kerk. Het gedichtje dat ik als tienjarige voordroeg bij de begrafenis van mijn oma. (Wat me troost is dat de Heer voor u zal zorgen altijd weer.) De tekeningen die ik maakte voor een Bijbelverhaal in de schoolkrant. (Om 'Jezus op weg naar Jeruzalem in een rode sportwagen' is thuis nog jaren gelachen.) In een vloeiende beweging trok ik de lijnen uit het verleden door naar het nu. Ik vertelde hoe ik mijn vrouw ondersteunde toen ze ruzie had met haar ouders. Hoe ik mijn collega's coachte in het houden van verkoopgesprekken, waardoor de omzet aantoonbaar toenam. Hoe ik een vriend die helemaal aan de andere kant van de Randstad woonde, hielp verhuizen. Ik rondde af met de terloopse mededeling dat het kerkbezoek in de drukte van studie en banen wat in het gedrang was gekomen. "Maar toch neem je dat geloof mee in je verdere leven. Een christelijke opvoeding is een kostbaar bezit en ik ben er mijn ouders nog altijd intens dankbaar voor."

Ik sloeg mijn ogen vroom neer en probeerde zonder succes een door Bea aangeboden koekje uit zijn cellofaanverpakking te bevrijden. Ze streek een paar krullen uit haar gezicht die onmiddellijk terugvielen in de oorspronkelijke positie. Keek me bewonderend aan.

"Dat is een indrukwekkend betoog," fluisterde ze hees. "U heeft tenminste normen en waarden meegekregen. U moest eens weten wat we hier soms over de vloer krijgen. Zelfs de basisbegrippen zijn bij velen onbekend."

Ze keek er verdrietig bij. Ze was een vrouw die heel mooi verdrietig kon kijken.

"Dat lijkt me inderdaad voldoende beantwoord," vond Ron. "Eens kijken naar de privésituatie, het gezinsleven…"

"Dat is het belangrijkste!" riep ik alert. "Het gezin, daar doe je het voor! De belangrijkste hoeksteen, wat heet, de sluitsteen. Ik leefde voor mijn vrouw Chantal en mijn zoontje Karel. Net vier is hij. Een mooi mannetje."

"Inderdaad een grappig baasje," zei Bea. "Toevallig heb ik wat plaatjes van hem."

Ze pakte een bruine envelop uit de ordner, haalde er een stel foto's uit en overhandigde mij er twee. Op de eerste zag ik hem bij een grachtenpand staan dat tot zijn kin kwam en ik kreeg het te kwaad. Ik snoot mijn neus, wreef een traan weg en keek naar de volgende foto, waar hij bij een containerschip poseerde. Het dek was net zo hoog als hijzelf.

"Weet u waar dit is?" vroeg Bea.

Dat was niet zo moeilijk. Madurodam. Ik vertelde het haar.

"Heel goed, maar ik heb er meer."

Op de volgende foto stond Chantal. Ze had haar ogen halfdicht en hield haar hoofd schuin. Op haar schouder zat een goudgeel doodshoofdaapje. Dan Karel die het aapje aaide, een arm van mama beschermend om hem heen. Ten slotte moeder en kind kijkend naar een groep orang-oetangs, die als oranje ninja's heen en weer slingerden in een groot mikadospel van kale boomstammen. Bea had ons familiealbum geplunderd.

"En waar is dit?" vroeg de juf.

Waar-oh-waar wilde ze heen met haar vragen? Ik had geen idee en gokte dat dit De Apenheul was geweest.

"Prima! Mijn complimenten. Dan geef ik u nu de laatste."

Het was een foto van mijn zoontje met een zak snoep in zijn handen. Hij had zijn zomerjasje met Mickey Mouse aan en staarde met open mond naar Langnek, wiens hoofd net halverwege was.

"Dat is een makkelijke. De Efteling."

"Alweer het goede antwoord, meneer Admiraal. Allemaal populaire bestemmingen voor gezinnen met kinderen. Maar waar staat u eigenlijk op deze foto's?"

Ik bekeek ze nogmaals.

"Heb ik deze niet zelf genomen?" Ik hield de afdruk omhoog met Chantal en Kareltje bij de orang-oetangs.

"Nee, die heeft een vriendin van uw vrouw genomen. Die was gezellig mee. U niet."

Ik bekeek ze nogmaals en inderdaad, ik zat er niet bij.

"Misschien heb ik wat uitstapjes gemist de laatste tijd. Ik had een drukke baan. Veel verantwoordelijkheid! Dan kun je niet zomaar vrij nemen."

"Dat viel me op toen ik uw dossier voorbereidde, daar ben ik dan weer een vrouw voor, dat u nooit met een dergelijk uitstapje mee bent geweest."

Ik was verontwaardigd. Dit was gewoon niet waar. "De auto-RAI," protesteerde ik, "daar was ik samen met die kleine man."

Ik kon me de dag goed herinneren. Ik heb staan kwijlen bij

de stand van BMW. Ze hadden hun nieuwste model sportauto uitgestald.

"Ik bedoel een uitstapje voor kinderen."

"Auto's vindt hij leuk en aan aandacht is hij niets tekort gekomen. Die pitspoezen vielen als een blok voor hem. Kleine charmeur!"

Ik zag afkeurende blikken aan de andere kant van de tafel en bond in: "Als je je strikt aan de definitie wilt houden, dan is het inderdaad niet opgezet als evenement voor kinderen. Dat geef ik toe."

"In ieder geval niet voor kinderen van onder de achttien," sprak Ron zuur.

"Wat zegt dat over u als vader?" dreinde Bea door. Ze had een verbeten blik in haar ogen gekregen. Blijkbaar was ze toch niet zo erg van me onder de indruk. Jammer. Ik koos voor de terugtocht.

"Misschien ben ik tekort geschoten. Goed dat u me er attent op maakt. Dat combineren van werk en privé blijft lastig. Mijn vrouw is destijds gestopt met werken, wat logisch is, want ik verdiende veel meer. Daarom deed zij het meeste met de kleine. Het heeft ook met de leeftijd te maken. Als ze wat groter zijn, kan je er als kerel tenminste mee voetballen. Maar u heeft gelijk, het had beter gekund. Het kan altijd beter."

"Genoeg hierover," besloot Ron, "als u voor de rest van het gesprek maar vasthoudt dat we goed zijn geïnformeerd."

"Ik zal eraan denken," beloofde ik. Ongerust keek ik naar hun paperassen. Wat stond daar nog meer in? Ze waren dik genoeg.

"Laten we doorpakken," ging Ron verder. "Dit document geeft een mooi overzicht van uw kennis en ervaring, uw sterke kanten en uw ontwikkelpunten. Maar wat ons altijd boeit is de mens achter de cv. Die kennen we nog niet. Dus meneer Admiraal, vertelt u eens: wat drijft u in uw werk?"

Ik schoof mijn stoel naar achteren. Ontspande licht. Deze vraag klonk vertrouwd. Ik kende hem uit mijn sollicitatiegesprekken.

Had 'm gesteld en beantwoord. Er waren veel varianten, maar hij was altijd gericht op hetzelfde: Het vinden van de Diepere Drijfveren van de kandidaat. Capabel zijn voor het werk bij die bank, groentezaak of tamponfabriek was onvoldoende. Je moest het, diep in je DNA, écht willen. Voor het eerst voelde ik dat ik grip kreeg op het gesprek. Dit deed ik op de automatische piloot.

"Een goede vraag die u daar stelt. Belangrijk onderwerp! Wat me drijft? Hm, begrippen die spontaan bij me opkomen zijn hogerop komen, groeien. Nieuwe dingen leren en zaken veranderen in mijn omgeving."

"Hogerop komen, dat is heel goed," concludeerde Bea tevreden. Ze tikte met haar ballpoint op de tafel. "Dat is de kern. Altijd die volgende stap willen maken."

"Willen groeien is mooi," bevestigde Ron, "maar het maakt wel uit waarnaartoe. Waar mikt u op? Op dit moment bedoel ik. Waar wilt u heen?"

Ik voelde dat dit een belangrijk moment in het gesprek was. Nu niet te voorzichtig zijn. *No guts, no glory!* Ik haalde diep adem, zette af en sprong.

"De hemel. Ik wil naar de hemel."

Ik was even bang dat ze me zouden gaan uitlachen. Maar dat was niet zo. Ze keken me ernstig aan. Vooral Bea leek onder de indruk.

"Tsss," sliste ze. "U durft."

Ron begon met zijn knokkels te knakken. "Het zal u niet verbazen dat ik die ambitie vaker uitgesproken hoor worden. Wat trekt u zo in de hemel?"

"Dat lijkt me voor de hand te liggen. Het is het meest glorieuze, het hoogst haalbare." Ik gooide mijn handen in de lucht om aan te geven hoe hoog dat wel niet was. "Een heerlijke plaats! Ik weet niet exact hoe het er daar uitziet..." even haperde ik, tot het beeld van de hotelsuite me te binnen schoot, "maar ik stel het me voor als een schitterende, modern-klassiek vormgeven wereld, waarin enthousiaste professionals eh werken, samenwerken aan een betere eh wereld."

"Het gaat u vooral om prestige?" vroeg Ron op neutrale toon. Dat beeld moest ik snel corrigeren.

"Dat klinkt wat cru, zoals u dat zegt. Misschien dat ik me onduidelijk uitdruk. Lastig om een concreet antwoord te geven. De hemel, iedereen heeft er toch een andere voorstelling van en..."

"Wat bedoelt u met andere voorstelling? Heeft u er in het recente verleden dan niet over gelezen? In de Bijbel bijvoorbeeld."

"Vanzelfsprekend, vanzelfsprekend," antwoordde ik vlug. "Het is alleen even schakelen. Ik moet even nadenken over de persoonlijke implicaties."

"Voor die persoonlijke implicaties zitten we hier, meneer Admiraal. Dus zet u eens duidelijk uw motivatie neer."

"Waarom wilt u verkeren in hogere sferen?" rijmde Bea.

Ze zaten me op mijn huid! Dit was hard werken. Sommige mensen slaan dicht onder zulke omstandigheden. Gelukkig word ik onder druk juist rustiger en ga ik sneller nadenken.

"Het is ook de verantwoordelijkheid," verzon ik ter plekke. "De hemel, dat is de top. Daar wordt alles bepaald. Het is toch het mooiste om zelf aan de knoppen te zitten."

"Spin in het web," vulde Bea knikkend aan.

"Natuurlijk is het best een verantwoordelijkheid," ging ik met haar mee.

"Echt loodzwaar." Ze zuchtte diep. "Soms ben ik blij dat ik gewoon hier zit, als werkbij."

"Maar een verantwoordelijkheid waar ik niet voor wegloop. Ik wil me met het Goede bezighouden. Dingen veranderen! Maatschappelijk relevant werk doen. Veiligheid en vrede brengen. Ik wil het verschil uitmaken en dat doe je makkelijker aan de top dan in de postkamer."

"Dat lijkt me voldoende antwoord," besloot Ron. "Naar het volgende onderwerp, Bea?"

"Prima. Tenzij meneer Admiraal zelf iets wil weten?"

Die kans liet ik me niet ontgaan. Beter tien vragen stellen dan één beantwoorden.

"Kunt u iets vertellen over de eisen die u stelt. Waaraan moet ik voldoen?" Als ze dat wat duidelijker zou maken, kon ik er straks op inspelen.

"Daar kan ik kort over zijn. Ieder werk- en denkniveau is welkom. Wat dat betreft is het hier net als in de politiek. Het gaat er niet om wat je geleerd hebt op school. Kennis? Ach, dat veroudert zo snel. Het gaat om competenties! Zoals omgevingssensibiliteit, netwerkvaardigheid en transparant handelen. En ook conceptuele flexibiliteit, waarbij de nadruk ligt op het snel kunnen schakelen tussen strategisch, tactisch en operationeel niveau. Maar de belangrijkste eisen zijn Altruïsme, Integriteit, Onbaatzuchtigheid en Gerichtheid Op Anderen. Dat rijtje geldt voor *alle* hemelfuncties, omdat ze nauw samenhangen met de kernwaarden en missie. Geeft dat een beeld?"

Ik knikte mechanisch en mompelde: "Dat geeft een beeld," al was het schimmig, gevoileerd, onscherp, koffiedikachtig, wazig en beslagen. Ik aarzelde, waardoor ik me het initiatief liet ontnemen.

"Wat denkt u dat u zou toevoegen aan de hemel?" vroeg Bea.

"Waarom zou men daar blij moeten zijn met uw komst?"

Ron knikte goedkeurend. Mij beviel deze vraag ook, want het was een standaardvraag. Ik reageerde niet meteen, nam de tijd om mijn koffie op te drinken. Vroeger gaf ik altijd zo snel mogelijk een antwoord, maar ik heb geleerd om de tijd zijn werk te laten doen. Er mag best een stilte vallen in zo'n gesprek. Kalm dacht ik na over mijn voorstelling van de hemel en over mijn eigen profiel. De verbindingen die ik tussen beide kon leggen. Het werd me duidelijk, ja, ik zag het scherp voor me. Dit zou kunnen werken.

"Ik heb veel verschillende dingen gedaan. Technicus, accountmanager, leidinggevende… Maar mijn kunstje is toch de verkoop," begon ik op rustige toon. "Ik ben goed in het mezelf verplaatsen in de ander en een brug slaan tussen zijn of haar behoeften en mijn oplossingen."

Ik pauzeerde om een moment van diepe reflectie te suggereren. Dat verhoogt de spanning.

"De *business* van de hemel is het geloof. Helaas staan de zaken er op dit moment niet optimaal voor. Weet u waarom er een haan op elke kerktoren staat? Anders komt er helemaal geen kip meer binnen. Misschien kom ik hier wel op het juiste moment." Op aarde was ik in lachen uitgebarsten om deze idioterie. Ik hield mijn gezicht met moeite in de plooi.

"Zeg maar waar het op staat, hoor," reageerde Bea. "Het gaat ronduit belabberd. De kerken staan leeg. Ze bouwen er appartementen in! Het is schandalig!"

"Precies: 'schandalig'. Dat is exact de term die bij mij opkwam! We denken er hetzelfde over! In Haarlem is er zelfs een kerk waar ze een tandartspraktijk voor kinderen in gevestigd hebben. Pijn veroorzaken op een plaats die bedoeld is om deze te verlichten, hoe cynisch kun je zijn? Waar moet dat heen met deze samenleving? Geen wonder dat de Chinezen de tent overnemen." Ik voelde me opgewonden raken en riep mezelf tot de orde. Niet gaan lopen klooien nu. Bij de les blijven.

"Toch willen de mensen graag in iets geloven. Ze zoeken hun heil alleen elders: new age, kabbala, enneagram, noem maar op. Die markt is er dus wel. Het is niet arrogant bedoeld, maar ik denk dat ik het geloof beter aan de man zou kunnen brengen dan nu gebeurt."

"Ik hoop dat ik niet uit de school klap," reageerde Bea met een schielijke blik richting Ron, "maar dat is nu precies één van de redenen waarom u door de papieren selectie heen bent gekomen. We zijn juist op zoek naar mensen met een achtergrond in marketing, communicatie en *sales*!" In haar ogen las ik oprechte bewondering.

Ron maakte een afwerend gebaar. "Laten we niet te hard van

stapel lopen. Ervaring is leuk, maar het gaat erom wat iemand ermee doet. Wat zou u, gegeven uw commerciële achtergrond, God adviseren?"

Ik had mijn antwoord al klaar: "God is een sterk merk, daar moet je niet teveel aan willen sleutelen. Maar ik kan me voorstellen dat u iets aan zijn zichtbaarheid doet. Veel mensen zouden direct gaan geloven wanneer ze een bewijs zouden krijgen van Zijn bestaan. Wat zou u denken van een exclusief interview?"

"Geen sprake van!" brieste Ron. "Dat tast de kern van het concept aan. Het heet niet voor niets geloof. Als we de boel gaan zitten bewijzen, is er geen fluit aan. Dan stroomt het vanzelf vol en wat voor kwaliteit krijg je dan binnen?"

"We willen geen kneusjes," beaamde Bea.

Ik krabbelde meteen terug. "Jullie hebben gelijk." Liet weer een functionele pauze vallen. "Je zou wat kunnen doen aan het onduidelijke imago van ons geloof," probeerde ik. "Het is tegenwoordig zo redelijk, sociaal en doorgepolderd, dat niemand meer weet waar het voor staat. Vandaar de vlucht naar de slappe B-merken enerzijds en de vechtvariant van de Islam anderzijds. Waarom groeit dat moslimfundamentalisme overal? Omdat het duidelijk, simpel en hard is. Durf te leren van partijen die succesvol op jouw markt opereren! Je moet dat fundamentalisme mainstream maken. Net zoals Madonna in haar beginperiode stijlelementen uit de punk overnam. Punk is nu vergeten, terwijl Madonna nog steeds optreedt voor uitverkochte voetbalstadions."

Ik zag het tweetal weer afhaken. "We moeten er een geloof met ballen van maken. Slogan: 'Geloven Is Topsport'. Met de sportmetafoor sluit je aan op een moderne, op competitie ingestelde samenleving. Ook een leuke: 'Ga Met God Voor Goud'. Als je die zin nou eens gebruikt in een grootscheepse mediacampagne, met een aantrekkelijk fotomodel erbij om de aandacht te trekken. Ik dacht aan Doutzen Kroes."

Dat ging er in als klokspijs. Bea zat van opwinding te wippen op haar stoel en bij Ron zag ik zowaar een mondhoek omhoog komen.

"Mijn complimenten," zei hij. "U heeft er duidelijk verstand van. Die slagzin heb ik alvast opgeschreven."

"Dat u dat zo uit uw mouw schudt," zuchtte Bea.

Ik glimlachte bescheiden.

"U noemde het verkopen daarnet uw kunstje. Kunt u me iets meer vertellen over het geheim van de goede verkoper?" vroeg Ron.

Ik knikte. "Het is vooral belangrijk om verder te kijken dan de eerste transactie. Die eerste auto verkopen is niet zo moeilijk, dat doe je met je ogen dicht. Maar verkoop dezelfde klant later ook een tweede en zelfs een derde auto. Kijk, dat is een heel ander verhaal."

Mijn toehoorders waren geïnteresseerd. "Hoe krijgt u dat voor elkaar?" vroeg Bea. "Mensen zijn tegenwoordig toch niet meer trouw aan een merk?"

"Het gaat niet om het merk, maar om de verkoper," legde ik uit. "Natuurlijk moet er een minimale klik zijn tussen merk en mens. Soms ontbreekt die. Zo is een Opel Astra-rijder waarschijnlijk ongeschikt voor een BMW. Maar cruciaal is het vertrouwen in de verkoopadviseur. Men koopt niet zo maar een BMW of een professionele GPS-ontvanger. Men koopt er een van míj. Omdat ík de koper een goed gevoel geef. Het gevoel dat ze míj kunnen vertrouwen."

"En waarom vertrouwen ze u dan?"

"Dat gevoel kun je creëren door een diepe, welgemeende persoonlijke interesse te tonen in de behoeften van de klant en daar op vaardige wijze op door te vragen. Dat doorvragen is een technische vaardigheid die je kunt leren. Het draait echter om die persoonlijke interesse."

"En u beschikt over ruime voorraden van deze persoonlijke interesse?" vroeg Ron. Ik bespeurde een cynische ondertoon, die me niet aanstond.

"Zonder dat kun je niet verkopen. In ieder geval niet véél verkopen. Zoals ik. Ja, ik ben zeer geboeid door mijn klant en zet alles in werking om zijn behoeftes helder te krijgen en er een oplossing voor te vinden. Verkopen zonder vertrouwen is als vrijen met je kleren aan. Je komt een heel eind, maar belandt niet waar je wezen moet."

Bea giechelde en frunnikte blozend aan haar ballpoint. "Wat zegt u dat grappig. U heeft vast veel taalgevoel."

"Ik kan me aardig redden, dank u."

"Meneer Admiraal," vroeg Ron, "is vertrouwen voor u een kernwaarde? Bent u altijd eerlijk tegen uw klanten?"

"Dat eh dat denk ik wel, ja," antwoordde ik. Snel overdacht ik mijn pekelzonden. Er schoten me geen misstappen te binnen.

"U denkt het wel?"

Ik koos voor de vlucht naar voren. "Ik ben er zeker van! Misschien ben ik wel een beetje een moraalridder. Wat te zuiver in de leer, tikje onbuigzaam. Zo ben ik nu eenmaal. Recht is recht en krom is krom. Daar moeten ze het mee doen. Kiezen of delen! Bij mij weet je waar je aan toe bent."

"Nou, u zegt het met zoveel nadruk... Wat denk je Bea, tijd voor een eerste flashback?"

"Prima idee, Ron. Er gaat niets boven die eerste flashback."

Rons rechterhand verdween onder het tafelblad en ik hoorde een zachte klik. Gelijk gingen de jaloezieën achterin de kamer met een ratelend geluid omhoog. Er kwam een witgeverfde muur tevoorschijn. Ron en Bea schoven wat opzij en draaiden hun stoelen om, zodat ik volledig zicht had op de muur. Het neonlicht boven mijn hoofd knipte uit en we zaten in het donker. Het leek een bioscoop. Het was een bioscoop. De voorstelling begon.

Op de witte muur was nu een smalle strook lucht te zien. Onder in het beeld lag een bruine band van nat zand, dat was gerimpeld door de golven. Er lagen schelpen, een zeester en zwarte slierten zeewier. Met water gevulde voetstappen leidden naar een paar rubberlaarzen. In die laarzen stond een man. Hij had zijn rug naar ons toegekeerd en leunde met één hand tegen de romp van een klein vaartuig. Het schip lag droog, ingeklemd tussen hemel en aarde, als een aangespoeld zeedier.

"Uw reactie?" vroeg Bea. In het donker klonk haar stem anders. Ouder. Rafeliger.

"U projecteert dit prachtig," zei ik om tijd te winnen. "Scherp beeld en mooie, diepe kleuren. Ik krijg bijna trek in popcorn."

"Dank u. Dit hebben we sinds een jaar in alle interviewruimtes. Maar waar kijken we naar?"

Ik herkende de kleuren van het schip. "Dat is een peilvaartuig van Rijkswaterstaat. Ik heb daar een jaar of tien geleden de plaatsbepalingapparatuur en een heavecompensator voor verkocht."

"Klopt als een bus. Dan zet ik nu het geluid aan."

Er klonk gekraak, als van de wind die in een microfoon waait.

"We hebben een probleem," hoorde ik iemand zeggen.

"Weer met de settings zeker?" vroeg een andere stem scherp.

"Hoe bedoel je?" antwoordde de man bij het schip, terwijl hij zich omdraaide. Een kerel van in de vijftig met een bierbuik en bakkebaarden als staalborstels. Hij hield een GSM met het formaat van een kleine stofzuiger tegen zijn hoofd gedrukt.

"Ik bedoel de instellingen die u heeft ingevoerd bij aanvang van de survey," klonk het geërgerd. Er bekroop me een onbehaaglijk gevoel. Ik kende die stem.

"Je bedoelt wat op dat papiertje stond dat ze gegeven hebben van kantoor?"

"Ik weet niet wat ze u gegeven hebben, daar ben ik niet bij betrokken geweest. Maar wat is dan precies uw probleem?"

"Mijn probleem is dat mijn berekende positie niet klopt."

"Weet u dat zeker?"

De camera zoomde in op de man. Zijn ogen schoten van links naar rechts en op zijn neus klopte een ader met het debiet van de Amazonedelta. Zijn hoofd werd langzaam rood.

"Of ik het zeker weet? Ik lig godverdomme midden op het wad. Volgens jouw kutcomputer zit ik een mijl verder, met drie meter water onder mijn kloten op het Marsdiep!"

"Heerlijk die zeelieden. Zo ongecompliceerd. Zo direct," hoorde ik Bea zeggen. "Een mooi, dramatisch moment."

"Dat heeft niets met die computer te maken, meneer Zwaan," klonk ik weer, want wie kon het anders zijn. "Het probleem is de manier waarop u met die computer omgaat."

"En wat nu? Wat motte we nu? Kunt u mij helpen?"

"Nu kan ik in ieder geval niets doen. Ik moet naar een bespreking. Ik stel voor dat u voorlopig gewoon het hoogwater afwacht. Tot ziens." De verbinding werd verbroken en de man liet het toestel zakken en keek vertwijfeld om zich heen. Het beeld bevroor.

"Tot zover," zei Ron. Het licht ging aan en de jaloezieën vielen met veel kabaal naar beneden. Hij keek me strak aan en zei: "Deze man had vertrouwen in u."

"Wacht even, dat is niet eerlijk," reageerde ik verbouwereerd.

"Er was niets mis met het product. Dat deed precies wat er van gevraagd werd."

"Die man gebruikte het en liep vast op het strand."

"Het wad," verbeterde ik hem. "Het was het wad."

"Sorry, dat strandt vast anders dan het strand," merkte Ron sarcastisch op. "Waar het om gaat is dat ze navigeerden met apparatuur die u ze verkocht."

"Nogmaals, er was niets mis met die spullen. Ze hadden een DGPS-LRK aan boord, die een positienauwkeurigheid van centimeters levert."

"Centimeters? Ze zaten er een mijl naast."

"Dat is 1852 meter," zei Bea behulpzaam. "Ik heb het opgezocht: een nautische mijl is precies 1852 meter."

"Het lag aan die mensen zelf," riep ik verontwaardigd. "Ze waren te laag opgeleid. Het was vanaf het begin duidelijk dat ze het nooit zouden leren."

"Toch heeft u ze die apparatuur verkocht."

"Anders had de concurrent dat gedaan. Nu was er tenminste nog controle op: we hebben behoorlijk ons best gedaan die apen te trainen."

Ik had gelijk spijt van die woorden, maar wat gezegd is blijft gezegd. Daar verander je niets meer aan.

Ron gaf me een lange, kille blik en zei: "Goed, we laten dit voorbeeld rusten."

"We kwamen hier op," zei Bea "omdat we het over vertrouwen hadden. Zijn er andere momenten geweest in uw leven waarop u het vertrouwen van anderen hebt beschaamd of anderszins niet integer hebt gehandeld?"

Ik was te verontwaardigd om daar een antwoord op te geven. Dit was zo onterecht. Ze sloegen de plank volledig mis. Het was verkeerd van me dat ik de verbinding had verbroken, maar dat was een incident. Normaal gesproken ben ik uiterst correct in mijn omgang met klanten. En eerlijk ben ik ook. In- en integer! Boos keek ik in mijn koffiekopje.

"Ik bespeur weinig zelfreflectie," zei Bea.

"Inderdaad," reageerde haar collega.

"Zal ik die ene opname dan maar laten zien, bij wijze van uitsmijter?"

"Ja," antwoordde hij, "doe maar."

Ze pakte een envelop uit de map en haalde er een zwartwit foto uit, die ze voor me op tafel legde. Ik keek ernaar en schrompelde in elkaar als een insect onder een brandglas. Ik zag een tenger meisje op de rug, met lang zwart haar tot aan haar billen. Daarnaast liep een grote kerel, gekleed in een grijs pak. Zijn linkerhand lag losjes om haar heup en in de andere hand hield hij een tas van Sportpaleis Alkmaar. Hij keek haar van opzij aan en zijn gezicht was goed herkenbaar. Ze liepen samen het Van der Valk motel Akersloot binnen. De foto moest vanaf het parkeerterrein zijn genomen.

"Commentaar?" vroeg Bea.

"Ik denk dat u alles al weet," antwoordde ik met een gezinsver-pakking zigzagwatten in mijn keel.

"We horen het graag van u," zei Ron. "Was deze jongedame uw echtgenote?"

Ik schraapte uitvoerig mijn keel, hoestte en ging opnieuw op mijn handen zitten. "Dat was niet mijn vrouw, maar een meisje van de administratie."

"En u ging samen een heerlijk biefstukje scoren?" vroeg Ron, gemaakt onnozel.

"We gingen niet lunchen," antwoordde ik toonloos. "We gingen naar een hotelkamer."

Ron boog de sleuf van zijn mond in de hoeken omhoog, stren-gelde zijn vingers ineen als voor een gebed en knakte met zijn knokkels.

"Voor alle duidelijkheid, meneer Admiraal, we zitten hier niet met het opgeheven vingertje van de dominee. We maken er geen drama van. Een slippertje kan voorkomen."

"Het is maar één keer gebeurd," hielp zijn collega.

"Dat klopt. U bent geen veelpleger." Hij liet zijn ogen over mijn dossier glijden. "Gelukkig voor u telt masturberen tegenwoordig niet meer mee als zonde."

Bea gniffelde en ik voelde me rood worden.

"Dus nogmaals, en denkt u dit keer eerst goed na voordat u uw mond opendoet," ging Ron verder. "Zijn er momenten geweest waarop u al uw mooie idealen rond integriteit en betrouwbaar-heid uit het oog verloor? Het is belangrijk dat u hier open over bent."

Er schoot me meer te binnen dan me lief was. Het als nieuw verkopen van showroomapparatuur. Rommelen met mijn belas-tingaangifte. Spieken tijdens Marketing 2B. Koekjes gappen uit de trommel van mijn moeder. Het claimen van een doelpunt, terwijl ik wist dat de bal de doellijn niet volledig gepasseerd was. Ik biechtte het allemaal op, liep helemaal leeg. Toen ik klaar was, merkte ik dat Bea me vrolijk zat toe te knikken.

"Dat lucht op, hè! Fijn dat u dit met ons deelt. We noemen dit de *coming out*. Het is een belangrijk moment in het gesprek, waarin je samen de lucht klaart. U zult merken dat het vanaf nu soepeler zal gaan. Dat komt omdat de spanning weg is."

Ik wist niet hoe ik daarop moest reageren en staarde naar een koffiekring op het tafelblad. Dat verdwijnen van de spanning moest nog komen, nam ik aan. Het zweet stond in mijn bilnaad.

"Maakt u uzelf geen zorgen over de consequenties van uw bekentenis. Het is niet zo erg dat u misstappen hebt begaan, als u er maar eerlijk over bent. Sowieso zijn zonden minder van belang dan u denkt. 'Wie zonder zonde is, werpe de eerste steen' zeggen we hier altijd tegen elkaar. Je bent katholiek, of niet."

"Wat dacht je ervan Ron, zullen we de tussenbalans opmaken?"

"Prima idee, Bea."

Ze draaide haar stoel een kwart slag naar hem toe en hij deed hetzelfde.

"Blijft u vooral rustig zitten," zei ze zijdelings tegen mij, "We doen dit heel transparant."

Ze boog zich voorover naar haar collega en vroeg: "Wat denk je?"

"Veel ambitie."

"Hij kan ook best wel wat."

"Zeker."

"Alleen de basiseisen…"

"Twijfelachtig."

"I en GOA?"

"Klopt, Bea, dat heb je goed gezien. Laten we de nadruk maar op GOA leggen."

De twee draaiden weer bij. Bea ging rechtop zitten, grijnsde naar Ron, en zei: "Ik geef u een tussenstand. We zien u als een redelijke kandidaat voor de hemel. Maar op het gebied van de klassieke basiseisen is het wat mager gesteld. Uw Integriteit en Gerichtheid Op Anderen, GOA dus, vormen twee ontwikkel-punten, waar u de komende tijd echt aan zult moeten werken."

"Dat doe ik graag," antwoordde ik snel. "Ik zal er direct vol tegenaan gaan. Kunt u op rekenen!"

Ik voelde mijn oksels plakken, alsof ik ze die ochtend niet met Axe Dry Antitransparant maar met een Prittstift te lijf was gegaan.

"Wij hebben alle vertrouwen in uw inzet. Maar een staffunctie in de hemel zien we uiteraard niet als de plaats om tekortkomingen te corrigeren. Daar moet het allemaal al perfect zijn. Ik zeg niet dat u daarvoor ongeschikt bent…" Ze aarzelde en keek naar Ron.

"Misschien dat u ons kunt helpen deze stip op de horizon wat dichterbij te brengen?" vroeg hij.

"Natuurlijk, fijn dat u mij die kans biedt," slijmde ik. Ik moest ineens verschrikkelijk naar het toilet en trommelde onrustig met mijn vingertoppen op tafel.

"Het is voor zo'n staffunctie belangrijk dat u laat zien dat u anderen van dienst kunt zijn, zonder dat u er zelf beter van wordt." Hij boog zijn lange, magere lijf voorover en zijn gezicht kwam vlak bij me. Een bidsprinkhaan. "Kunt u ons één duidelijk, verifieerbaar voorbeeld van naastenliefde geven? Slechts één, dat is alles wat ik van u vraag."

Mijn hoofd was een overkokende spaghettipan. Ik dacht aan alles en niets tegelijk. Het borrelde in mijn bol, kookte, liep sputterend over de randen. Maar het lukte me niet om er één gedachte uit los te trekken zonder gelijk een kluwen aan elkaar plakkende associatiesslierten mee te krijgen. Werk, vrouw, de voetbalclub, mijn moeder, Studio Sport, het was één lijmerige brei.

"We willen het nu van u horen, meneer Admiraal," zei Ron.

"Ja, graag vandaag nog," giechelde Bea.

Ik deed mijn mond open, zonder te weten wat ik zou gaan zeggen. Toch kwamen er woorden uit. Ik stamelde: "Ik heb, ik herinner, ik ben, ik heb bij de scouts gezeten. Die helpen mensen: de scouts!"

Bea slaakte een hoog kreetje van verrukking en sloeg zo hard met haar vuist op tafel dat de kopjes opsprongen van hun schoteltjes. Kletterend vielen ze terug.

"Ik wíst gewoon dat u met iets zou komen. Wat een goed voorbeeld! U heeft ons wel in spanning gehouden. Nou nou, de scouts, natuurlijk. Dat we daar niet zelf op zijn gekomen." Ze bladerde snel door mijn cv. "Hier heb ik het. In februari 1980 bent u lid geworden. En in april 1984 ging u er weer af, omdat u op voetbal wilde. Twee dingen tegelijk, dat vond uw moeder te duur. Een mooie, lange periode, waarin u alle gelegenheid moet hebben gehad tot het verrichten van goede werken. Dus geeft u eens een concreet voorbeeld. Het liefst van een karweitje zonder heitje." Ze giechelde om haar eigen grapje. "Neemt u de tijd. Het is lang geleden. U zat nog op de lagere school."

Ze begon heen en weer te wiegen in haar stoel, haar hoofd beurtelings naar links en rechts bewegend, als een vogeltje dat op het punt staat iets lekkers op te peuzelen.

Ik dacht na. Het was allemaal zo vreselijk lang geleden. Vaag stonden me de kleurige uniformen voor de geest. Wat deed ik daar allemaal? Ik geloof dat we altijd in de weer waren met hout en touw: vlotten bouwen, loopbruggen maken en hutten in elkaar spijkeren. Alsof we in de rimboe opgroeiden in plaats van in een stad in één van de dichtstbevolkte landen ter wereld. Plots zag ik een negerkindje voor me met een lege plastic fles in zijn handen. Het had van die grote donkere ogen die dwars door je heen keken. Ik herinnerde me dat ik posters had opgeplakt met dat kind erop.

"We hebben een keer een inzamelactie gehouden," begon ik. "Iets voor een goed doel. Ik geloof dat het Oeganda was."

Ze stak haar duim op. "U zit op het goede spoor! U heeft deelgenomen aan de actie 'Waterputten voor Rwanda'."

Precies, dat was het!

"Ik herinner me een fancy fair," zei ik enthousiast. "Die heeft hartstikke veel opgebracht en daar heb ik een behoorlijk steentje aan bijgedragen!"

"Perfect!" kraaide Bea. "We zijn er uit. Dit willen we zien. Geluid klaar? Camera klaar? Actie!"

Een ogenblik later zat ik weer in het donker naar de op de muur geprojecteerde beelden te kijken. Ik zag een jongetje in de motregen staan. Hij had een gele, rubberen regenjas aan. Zo'n ouderwets ding waar je van binnen harder in zweette dan dat het buiten regende. Hij peuterde in zijn neus en keek sip om zich heen.

Dat jongetje was ik.

Ik stond voor een marktkraam die was opgetrokken uit ruw, donker hout. Er hing een wit zeil overheen, dat wild klapperde in de wind. In de kraam stond een man. Hij had veel te lang haar en droeg zo'n jaren zeventig bril met een montuur van kachelpijpen.

Mijn vader.

We probeerden oude spullen te verkopen, die we van zolder hadden gehaald. Ik herkende de oude schemerlamp, die ik uiteindelijk pas heb weggegooid toen mijn moeder naar een aanleunwoning verhuisde. Verder stonden er gekleurde limonadeglazen, bekers, een buizenradio van Philips, een doos met Eppo's en het onvermijdelijke oranje fonduestel.

We hadden het zichtbaar koud.

Bea stelde vragen. Wat ik daar precies deed? Wat mijn bijdrage aan het goede doel was geweest en hoe de taakverdeling was tussen mij en mijn vader?

Ik staarde naar het scherm en vergat te reageren. Mijn vader haalde een portemonnee tevoorschijn, streek me over mijn bol en gaf me een muntje. Ik sjokte weg over het natte grasveld. Er rolde een bal voor mijn voeten, die ik zonder enthousiasme terugschopte naar een gastje van mijn leeftijd. Hij pakte de bal op en holde links uit beeld. Bij een andere kraam kocht ik een gevulde koek. Daarna liep ik terug.

Dat die grote, krachtige kerel mijn vader was geweest. De man die ik me slechts zittend in zijn groene fauteuil aan het raam herinnerde. "Doe maar stil, papa is moe." Hij was altijd moe.

"Wat wilt u ons precies laten zien, meneer Admiraal," klonk de stem van Bea, ergens aan de periferie van mijn bewustzijn. "Waar moeten we op letten? Beschrijft u de Situatie. Wat was uw Taak. Welke Actie voerde u uit? Wat was het Resultaat van die Actie?"

Ik zat op een krukje in de kraam en knabbelde van mijn koek. Papa schonk koffie uit een thermoskan.

"*Cut*," zei Ron droog. Het beeld viel weg en het licht ging aan. Ik bleef naar de muur kijken tot de Luxaflex terug op zijn plaats hing.

"Mogen wij de voorzichtige conclusie trekken dat dit weinig zegt over uw Gerichtheid Op Anderen?" vroeg de oude man.

Ik keek hem aan. Haalde slapjes mijn schouders op.

"Slecht voorbeeld," zei ik schor.

"Tja, meneer Admiraal. Ik kan natuurlijk meer fragmenten laten zien, maar we zitten hier niet bij VPRO's Zomergasten." Hij wierp een veelbetekenende blik naar zijn buurvrouw en ging door. "Tot dusver betwijfel ik, en ik denk mijn collega met mij, of u er aan toe bent om een positie te bekleden binnen het allerhoogste. U heeft gedurende dit gesprek geen nieuwe feiten aangedragen die een andere richting op wijzen. Daarom geef ik u nu, zoals de Richtlijn Gesprekstechnieken II (update 44b) voorschrijft, een officiële laatste kans. Mijn vraag luidt: "Kunt u aantonen dat u voldoet aan de gestelde functie-eisen?"

Dit ging niet goed. Dit ging mis. Alarm! Het gesprek glipte uit mijn handen. Ik was uit het lood geslagen door die confrontatie met mijn vader en het kostte me moeite om na te denken. Ik zag zijn gezicht nog voor me, zo anders dan ik het me herinnerde. Nee, concentreren nu, niet opgeven. Focus! Ik zocht mijn geheugen af naar goede daden, zoals een gelukszoeker in zijn zeef naar stofgoud zoekt. Was ik te kritisch over mezelf, dat me niets te binnen schoot? Waarschijnlijk wel. Mensen die me kenden, zouden er minder moeite mee hebben. Dat bracht me op een idee.

"Een referentie, is het mogelijk om gebruik te maken van een referentie?" vroeg ik.

"Dat is niet onze gewoonte," antwoordde Bea aarzelend. "Ik geloof niet dat we zoiets vaak doen."

Ze keek vragend naar Ron, die me dit keer niet katholiek, maar oudgereformeerd opnam.

"Niet vaak, nee. Ouderen vragen soms hun partner erbij. Ik raad het ze altijd af. Maar de kandidaat heeft er formeel het recht toe. Weet u zeker dat u dit wilt?"

Ik knikte. "Absoluut. Het is noodzakelijk." Deze kans liet ik niet lopen.

"Is het iemand die ons kan overtuigen van het feit dat u wel degelijk hoog scoort op de genoemde basiseisen?"

"Daar twijfel ik niet aan," antwoordde ik vol zelfvertrouwen. Ik had iemand op het oog, die ik intensief had gecoacht toen ik met hem samenwerkte. Hij had zich in die periode flink ontwikkeld. En ik had hem net een goede zakendeal gegund. Een sympathieke vent. We hebben destijds samen veel gelachen. Een collega, maar eigenlijk ook wel een vriend. Hij stond bij me in het krijt en het was tijd voor een wederdienst.

"De heer Spoelstra," zei ik. "Die zal zeker een aantal zeer positieve dingen over me kunnen vertellen."

Bea veerde enthousiast op, pakte de ordner en begon achterin te bladeren. Ze streek met haar wijsvinger langs de pagina's en riep: "Ik heb hem al! Albert Spoelstra, Sprankelbaan 1412, Hoofddorp. Zevenendertig jaar oud. Gehuwd met Monique van der Molen en vader van vijf kinderen: Charissa, Kevin, Wesley, Samantha en de jongste telg, baby Shakira. Hij is verkoopadviseur bij de BMW-dealer in Heemstede. Klopt dat?"

Ik knikte bevestigend. Dat van die kinderen was nieuw voor me, maar Monique was ik vijftien jaar geleden in een strak jurkje met tijgerprint tegengekomen tijdens een bedrijfsbarbecue. Dat zou ze nu wel niet meer passen. Bea haalde een telefoon uit haar zak en toetste een korte cijfercombinatie in.

"Met kamer 12445. We zitten hier met de heer Admiraal, case-nummer 20133081137B9AMDJWEI. Wij willen een referentie oproepen... Ja, dat doen we niet elke dag... Nee, dat kan niet op een ander tijdstip... Ik snap het, maar wij zijn ook druk..."

Bea schoof haar hand over de microfoon en fluisterde: "Backoffice: elke moeite is er één teveel. U kent dat wel."

Ze gaf de persoonlijke gegevens van Albert Spoelstra door en rondde het gesprek af. "Goed, dan kunt u het nu gaan regelen. Nu... Ja: nu direct!... Oh... Nou, dan is hij tenminste schoon. Bedankt."

"Het is gelukt!" riep ze, blij als een schoolmeisje.

Ik vroeg hoelang we zouden moeten wachten, want ik moest nog steeds naar de wc en bovendien had ik behoefte aan een sigaret. Er was hier vast wel ergens een rookhok.

"Tijd werkt hier anders dan u gewend bent. Hij staat zo voor de deur," antwoordde Ron. Hij overhandigde Bea twee formulieren met een aantal doorslagvellen, die ze begon in te vullen. Ik wierp een blik op mijn horloge, constateerde dat het nog steeds stil stond en zat er mee bij mijn oor te rammelen, toen er op de deur werd geklopt.

Bea stond op en een paar seconden later stapte Albert binnen. Hij zag er merkwaardig uit, zo vrijwel naakt. Ik kende hem alleen in pak met stropdas. Nu had hij alleen een kleine, blauwwit geblokte handdoek om zijn middel. Nooit geweten dat die kerel zoveel borsthaar had: een complete kokosmat! Alleen het woord 'WELKOM' ontbrak. In zijn hand hield hij een fles haarshampoo van Zwitsal. Mild voor klein en groot.

Bea heette hem op de mij inmiddels bekende, uitgelaten wijze welkom. Met veel kreetjes en schouderklopjes werd hij op de stoel naast me gezet. Zijn haar was nat en er zat scheerschuim onder zijn oor. Hij zag me zitten en het leek of hij een stroomstoot kreeg: zijn shampoo viel uit zijn hand, zijn kapsel schoot recht overeind en zijn borsthaar zette de wave in. Zijn hele lichaam begon te beven en hij bracht een onverstaanbaar, pruttelend geluid voort. Altijd een nerveus type geweest.

"Hoi Albert," zei ik. "Leuk je te zien. Sorry dat we je van onder de douche vandaan hebben gehaald."

Ron legde hem uit dat hij in het hiernamaals was, omdat hij moest optreden als referentie. Het moest allemaal een paar keer worden herhaald voor het tot hem doordrong. Toen moest hij huilen. Bea hielp hem zijn tranen te drogen en zijn neus te snuiten en gaf hem bemoedigende klopjes op zijn schouder. (Had ze bij mij niet gedaan.) Na een minuut of vijf kreeg hij weer controle over zichzelf en met zijn gezicht in zijn handen fluisterde hij: "Dus ik ben dood?"

"Natuurlijk niet!" proestte ik het uit. Wat een bak! "Je bent hier voor mij, niet voor jezelf."

Ron hief zijn hand op om me het zwijgen op te leggen. "Helaas, uw oud-collega vergist zich. U bent wel degelijk overleden. Enkele minuten geleden heeft u uw nek gebroken. U bent uitgegleden toen u uit de douchecabine stapte en naar uw handdoek greep."

"Daar zijn antislipmatjes voor," zei Bea.

"Op dit moment probeert uw vrouw de badkamerdeur te forceren. Nooit begrepen waarom mensen die deur in hun eigen huis op slot doen. Afijn, u was op slag dood."

"Suiker en melk?" informeerde Bea.

Mijn maag trok samen tot een bal van ijs. "Wat zegt u? U heeft hem laten verongelukken omdat ik om een referentie vroeg? Bent u gek geworden?"

Albert staarde me woedend aan en siste: "Nog bedankt, kanjer."

Bea keek verongelijkt. "U hoeft niet zo kribbig te doen, meneer Admiraal. U wilde dit, wij niet."

Traag stond ik op en met moeite verzette ik me tegen de aandrang om de tafel omver te gooien en het tweetal op hun gezicht te slaan. Ik kreeg het benauwd en ging bijna hyperventileren. Dit was krankzinnig. De hele situatie was krankzinnig, maar dit was de overtreffende trap. Ik begon heen en weer te lopen, mijn ademhaling hoog en hijgend. Het volk aan tafel hield ondertussen de mond dicht. Rons gezicht stond op testbeeld en Bea zat geconcentreerd de formulieren in te vullen. Albert leek in staat me naar mijn strot te vliegen, maar bleef op zijn plaats. "Dit heb ik niet gewild," zei ik met een stem die niet van mezelf leek te komen. "U kunt hem toch terugsturen? Weer levend maken?"

Ron schudde het hoofd. "Dood is dood."

Ik liet me terug op mijn stoel zakken, niet langer in staat om deel te nemen aan het gesprek. Albert wierp me van opzij giftige blikken toe en fluisterde: "Klootzak. Vuile klootzak. Vuile, vuile, vuile klootzak." Daar zou hij straks tijdens zijn eigen gesprekje nog spijt van krijgen. Ik keek tussen Ron en Bea door naar de hemelpoort, die er nu uitzag als een gewone, geelgeverfde tussendeur.

Ze begonnen vragen te stellen aan Albert. De eerste waren vrij neutraal en gingen over hoelang hij mij kende en waarvan. Daarna begon de ellende. Of Albert mij 'als mens' wilde typeren en 'als collega'. Nou, dat wilde Albertje wel. Ik kon mijn oren niet geloven. Hij beschreef een onbekende. Zijn Sjoerd was een eersteklas rotzak. Dacht alleen aan zichzelf. Altijd commentaar op andermans werk. Hing de expert uit met zijn ongevraagde adviezen, terwijl hij geen verstand van zaken had. Gelukkig snel opgerot uit de autobranche. Jaren niet gezien en onlangs was die arrogante zak komen opscheppen over zijn nieuwe baan.

Bea vroeg om voorbeelden van mijn slechte gedrag. Die gaf hij graag. In geuren en kleuren werd beschreven wat ik allemaal had uitgevreten. Eén verhaal was aantoonbaar gelogen, de rest compleet uit zijn verband gerukt.

Ik had misschien tussenbeide moeten komen, maar ik bezat er de kracht niet meer voor. Het had ook geen zin. Ik moest hangen, dat was duidelijk. Na zijn betoog werd Albert uiterst vriendelijk bedankt en doorverwezen naar een andere kamer. Ik heb hem niet aangekeken toen hij vertrok.

"Wel," zei Bea, "dat ging niet zo lekker, hè? Misschien een andere referentie? Uw vrouw? Uw kind? Iedereen is hier welkom." Ze stootte een korte hiklach uit.

Ik hield mijn kaken op elkaar geklemd en staarde naar het tafelblad. Ron schraapte zijn keel en zei: "We komen nu aan het einde van het gesprek en moeten overleggen. Transparantie is een groot goed, maar als u toch even op de gang zou willen wachten."

Buiten moest ik door mijn hurken, met mijn hand steun zoekend aan de vloer. Mijn slapen klopten en mijn ondergoed was doorweekt. Die handdoek van Albert had ik wel kunnen gebruiken. Ik moest heel dringend plassen en had behoefte aan een sigaret. Een slof sigaretten. De complete tabaksoogst van Brazilië en de Verenigde Staten samen. Ik overdacht mijn leven, alles wat me had gebracht tot waar ik nu was. De avonden voor de televisie. Chantal en Karel. De apparatuur die ik had verkocht en de vergaderingen waar ik aan had deelgenomen. Al die opleidingen en cursussen waar ik nu niets meer aan had.

De deur sprong alweer open en een stralende Bea noodde me naar binnen. Ik ging zitten en de man nam onmiddellijk het woord.

"Wat ik nu ga zeggen is mogelijk teleurstellend voor u. We hebben uw profiel bekeken en zijn tot de conclusie gekomen dat u onvoldoende beschikt over de gevraagde competenties voor een staffunctie in de hemel. U bent helaas niet de kandidaat die we zoeken. Geloof me, voor u is het ook beter om op de juiste plek te zitten. Niets zo vervelend als een verkeerde *match*."

Ik had niets anders verwacht, maar ondernam toch een laatste, wanhopige poging. "Dit moet een misverstand zijn. Ik bedoel, ik ben soms egoïstisch geweest, maar zo'n grote zondaar ben ik toch niet. Vergeleken met mijn schoonfamilie ben ik een halve heilige. Ik heb me onduidelijk uitgedrukt tijdens dit gesprek. Het is…" Ik wilde nog veel meer zeggen, maar kwam niet meer uit mijn woorden. Alles wat los en vast zit heb ik verkocht, maar mezelf kon ik niet slijten.

Ron glimlachte, voor de eerste keer tijdens het gesprek. "U bent inderdaad geen grote zondaar," sprak hij sussend. "Gaat u vooral niet aan uzelf twijfelen. Heb vertrouwen! Zo beroerd bent u er niet uit gekomen. Het is gewoon een moeilijke markt. We leggen de lat tegenwoordig vrij hoog en dan komt u net dat ene tandje tekort. Probeer het positief te zien. U gaat weliswaar naar een andere bestemming dan de hemel, maar dat hoeft niet het eindstation te zijn. Er is alle gelegenheid voor groei richting hemel. Ziet u het maar als een soort stage. We zien elkaar heus terug en dan staat u beslist steviger in uw schoenen."

Ron tekende de formulieren die Bea ingevuld had. "U krijgt van mij twee documenten. Het eerste is een afwijzingsbrief en het tweede is uw verwijsbrief. Uw begeleider weet hoe het verder gaat. Dat is zijn dagelijkse werk."

"Wat komt er nu?" vroeg ik angstig. Ik had er geen moment over nagedacht wat er zou gebeuren als het gesprek zou mislopen. Zoiets verwacht je toch niet?

"Dat weet uw begeleider."

"Maar wat is die 'andere bestemming' voor iets?"

"Dat lijkt me duidelijk: het is niet de hemel."

Ik wilde verder vragen, maar Ron sloeg de map met een resoluut gebaar dicht en begon hem in zijn aktetas te proppen. Bea stapte om de tafel heen, greep me stevig beet en trok me mee in de richting van de deur.

"Nou, dag hoor. Een prettig gesprek. Hoogst verhelderend. Informatief en boeiend. Even goede vrienden. *No hard feelings.* Tot ziens. Houdoe!"

Ze trok de deur open en met een duw in mijn rug belandde ik op de gang.

4

Ik voelde me vernederd, verloren, verlaten, ontgoocheld, ontwricht en ontzet. Alles met ver- en ont- ervoor. Verdomd ontdaan! De zwarte gaten van een migraineaanval kondigden zich aan. Ik moest me aan de balustrade vasthouden om niet onderuit te gaan. Wat een nederlaag! Verslagen door twee suffe papiervreters. Nederland-Andorra: 0-5. Terwijl ik het gesprek tot halverwege onder controle had gehad. "Kat in het bakkie," dacht ik nog. Die gouden deur, verdomme, als ik daar aan terugdacht. Zo dichtbij! Maar de vliegtuigbom die ik op een haar na had gedemonteerd, was in mijn gezicht afgegaan.

Ik was ten onder gegaan aan hun voorkennis. Mijn huis was doorzocht en ze waren niet blijven hangen in de hal. De keukenkastjes hadden ze uitgeruimd, de laden van mijn bureau ondersteboven gekeerd. Er was tussen mijn ondergoed gewroet, in het afvoerputje gepeuterd en met een zaklantaarn in de kruipruimte geschenen. Elke haar en elke kruimel vuil hadden ze in een plastic zakje gestopt en dichtgeplakt en vervolgens zorgvuldig geadministreerd. Al die gegevens hadden ze gecombineerd, verrijkt, van betekenis voorzien. En niet volgens de methoden en technieken van wetenschappelijk onderzoek. Vergeet het maar. De feiten werden gemanipuleerd, vervormd, opgewerkt tot belastend materiaal. Vervolgens hadden ze me naar de bekende weg gevraagd en zich, rustig achteroverleunend, geamuseerd om mijn zinloze pogingen hen een andere kant op te sturen. De uitslag stond bij voorbaat vast: deze kandidaat mocht het niet halen. Ik masseerde mijn schedel met mijn vingertoppen en duwde de migraine terug naar waar ze vandaan kwam. Ik had tijd nodig voor mezelf. Een pauze om alles rustig op een rijtje te zetten en me voor te bereiden op wat komen ging.

"Geen klaroengeschal?" klonk het geamuseerd, op vijftig centimeter afstand van mijn linkeroor. Twee spottende ogen in een gezicht van bruin pakpapier. Het was Giel alias Vergilius alias mijn begeleider. Dood zoals dood bedoeld is, in zijn vale lijkwade van Turijn.

"Ze zagen potentie," hield ik me groot.

"Dat is fijn voor u."

"Ik heb het in me zitten. Maar er is groei nodig. Ik krijg eerst een stageplaats."

"Een stageplaats zelfs." Hij lachte kort, zonder vreugde. "Noemen ze het tegenwoordig zo? Laat maar zien dan, die stageplaats van u."

Ik overhandigde hem de formulieren, die hij vluchtig doornam. Bij het lezen van de verwijsbrief fronste hij zijn wenkbrauwen en mompelde: "Vreemd." Vervolgens vouwde hij de documenten twee keer dubbel, lichtte zijn jurk op en stopte ze weg in de zak van een colbertjasje, dat hij er onder bleek te dragen.

"Wat is er vreemd?" vroeg ik ongerust.

Hij schonk me een afwezige blik, zei: "We gaan een plekje voor u zoeken," en liep weg.

"Wat is er vreemd?" herhaalde ik.

"Er is niets vreemd," antwoordde hij ongeduldig. "Komt u nu maar mee."

Hij rende de trap af en ik holde achter hem aan, terug naar de aankomsthal. We passeerden de gates in omgekeerde richting. Het was er rustig. Een stokoude man in een dweilwagen trok een slakkenspoor over de tegels en bij A2 stond een dame met een naambordje te wachten. Alleen bij gate B3 was het drukker. Daar hing een groep kerels rond met de houding van verveling, onbeschoftheid en nauwelijks ingehouden agressie, die ik kende van taxichauffeurs bij het Amsterdamse Centraal Station. De gla-

zen deuren gleden open en een trosje donkere mannen schuifelde angstig de hal in. Ze waren tussen de twintig en dertig
jaar en gekleed in trainingspakken en andere armoedige vrije-
tijdskleding. Een knul met dreadlocks had alleen sokken en een
witte onderbroek aan. Dan zit je tijdens een sollicitatiegesprek
niet op je gemak. Eén van de taxichauffeurs maakte oerwoudge-
luiden en zijn collega's begonnen te grinniken.

"Wat zijn dat voor mensen?" vroeg ik, om een gesprek te beginnen.

Giel hield stil en wees naar een beeldscherm, dat met staalkabels
aan het plafond hing. Ik las:

TERMINAL 1
ARRIVALS EUROPEAN ECONOMIC COMMUNITY

2013308 16:11:15	Mediterranean	b.a.	31	Africa	B3	ARR
2013308 16:11:15	Netherlands	n.c.	1	Netherlands	A1	ARR
2013308 16:11:20	France	c.a.	3	France	A2	ARR
2013308 16:11:50	Germany	n.c.	1	Germany	B2	ARR
2013308 16:11:55	Belgium	n.c.	1	France	C3	ARR
2013308 15:00:30	Denmark	n.c.	1	Denmark	--	DEL

"Kijk maar bovenaan, bij 16:11:15. Dit noemen jullie 'economische vluchtelingen'. Hun bootje is gezonken en blijkbaar niet in
het zicht van de haven."

Ik tuurde naar het scherm. "Wat betekent dat allemaal?"

"Eerste kolom: het jaar en de Juliaanse dag van overlijden. Tweede kolom: het tijdstip van aankomst in locale tijd. De plaats van
overlijden is de Middellandse Zee en b.a. staat voor '*boat accident*'.
Het gaat om eenendertig personen uit Afrika en ze arriveren via
gate B3."

"En die andere afkortingen?"

"N.c. staat voor '*natural cause*' en c.a. voor een '*car accident*'.
Die codes zijn onlangs sterk vereenvoudigd. Vroeger stond er

bijvoorbeeld 'k.w.a.k.k.' en dan moest je maar weten dat dat *'killed with a kitchen knife'* betekende. De vertraagde persoon uit Denemarken, onderaan de lijst, bungelt aan het zijden draadje van een overijverig medisch team uit Kopenhagen. Op hem heb ik net een uur voor niets staan wachten. Die artsen gunnen ons het brood in de mond niet."

Er ontstond verwarring bij de gate over wie met wie mee moest. Twee taxichauffeurs trokken aan dezelfde man, die zichzelf met een angstig gezicht probeerde los te rukken. Eén van de negers maande de groep in het Frans tot kalmte en de taxichauffeurs begonnen tegen hem te vloeken en te schelden. De man kreeg een duw en viel op de grond. Giel trok me mee.

"Omdat ze buiten de territoriale wateren zijn omgekomen, is het juridisch gezien lastig om te bepalen waar ze opgevangen moeten worden," legde hij uit. "Wat mij betreft horen ze in ieder geval niet hier thuis. Niet dat mij iets wordt gevraagd."

We liepen door en wat verderop, tegenover D2, zag ik het blauwe pictogram van de toiletten. Ik herinnerde me mijn blaas en vroeg de togadrager om een sanitaire stop.

"Als u moet, dan moet u," zei hij.

Terwijl ik de in het porselein gebakken vlieg op zijn kop piste, piekerde ik over de gebeurtenissen van de afgelopen uren. Ik was aangeslagen door het mislopen van mijn plekje in de hemel. Niet dat ik mijn onverwachte overlijden zelf al 'een plaats had gegeven', zoals dat zo mooi heet. Verre van dat. Je werkt je het schompes en dan is dit je beloning. Dan vraag je toch om ontkerkelijking? Ik ben geen klager maar daar, bij het urinoir met de Dood van Pierlala wachtend op de gang, had ik echt met mezelf te doen.

Naast het verleden waren er heden en toekomst om me zorgen over te maken. Waar was ik en waar ging ik heen? Wat was er vreemd aan dat formulier? Er schoot me een film te binnen waarin Jim Carrey een man speelt op een eiland vol met acteurs en verborgen camera's. Iedereen weet dat alles nep is, behalve hijzelf, en de hele wereld volgt zijn bestaan als serie op de televisie. Ik vergeleek mijn situatie met de zijne. Alles wat ik tot dusver had gezien was overtuigend geweest, maar niet echt occult. Zoiets viel eenvoudig in een studio na te bouwen, mits je over een flinke pot geld beschikte en een moderne houding had ten aanzien van normen en waarden. Dat laatste kon het probleem niet zijn. Jaren geleden bakten mannen op de Nederlandse televisie hun geslachtsdeel al in de margarine. Anderen maakten elkaar het leven zuur tijdens een jaar eenzame opsluiting in een villa vol camera's, om zo een prijsje te winnen. Was dit dan niet een logische volgende stap? Op zijden slofjes sloop de realitysoaptheorie weer mijn denkwereld binnen. Waar bleven de halo's? Waarom zweefde er niemand door de lucht? Waarom haalde ik adem, waste ik mijn handen en had ik zojuist gewoon geplast? Ik keek naar mijn bange gezicht in de spiegel. Zou er een camera achter zitten?

Giel stak zijn vermoeide hoofd om de hoek en zei: "Schoner worden ze niet."

Ik keek hem aan. Besloot dat het erop of eronder was.

"Giel, ik wil je een belangrijke vraag stellen. Onder vier ogen," zei ik ernstig.

"Daar heeft u het recht toe," antwoordde hij zonder enthousiasme. Hij stapte naar binnen en ik wachtte tot de dranger de deur dichtgedrukt had.

"Is dit een realitysoap?" vroeg ik.

"Pardon? Ik begrijp u niet." Hij keek me glazig aan en als hij acteerde, dan deed hij dat overtuigend.

"Ben jij een acteur?"

"Ik heb u al eerder verteld dat ik een dichter ben. Mijn naam is Vergilius."

"Dat kun je nu wel zeggen, maar is het ook waar? Ik denk van niet," daagde ik hem uit.

Op slag verschenen er rode spikkels in zijn hals en gezicht, die uiteen vloeiden tot grote, ovale vlekken.

"Waarom zou u daaraan twijfelen?" schreeuwde hij. "Ik zeg het u toch: ik ben de dichter Vergilius." Er vlogen spatjes spuug uit zijn mond en hij stampte met zijn rechtervoet op de grond van woede. En dan zeggen ze dat ik een kort lontje heb. Maar ik liet me niet koeioneren.

"Prima, dan ben je een dichter," reageerde ik ruimhartig, "maar bewijs eens dat je een dode dichter bent. En als je toch bezig bent, bewijs me dan gelijk dat ik een dode accountmanager ben."

"Hebt u wel goed opgelet de afgelopen paar uur? U was er zelf bij toen u overleed. Als het goed is hebben ze u de overlijdens-advertentie laten zien. Dat behoort tot de standaardprocedure."

Ik lachte minachtend. "Als ik daar van onder de indruk moet zijn. Zo'n advertentie knutsel ik binnen een minuut in elkaar op mijn computer."

"Maar de foto's dan," sputterde hij tegen. "De films die ze hebben laten zien en uw geheimen die ze blijken te kennen?"

"Wie heeft er tegenwoordig nog geheimen? Alle persoonlijke informatie is digitaal beschikbaar, zeker sinds de aanslagen van 11 september. Telefoontjes, sms'jes, mailverkeer, internet… alles ligt op straat! Analyseer mijn harde schijf en je weet wie ik ben."

Onwillekeurig dacht ik aan een paar bestandjes die gelukkig aan de aandacht van Bea en Ron waren ontsnapt.

"Daarnet dacht u zelf ook dat u dood was," protesteerde hij.

"Maar nu is daarnet niet. Nu is nu en nu twijfel ik. Films en foto's kunnen worden gemanipuleerd, geheimen aan het licht gebracht. Overtuig me!"

"Dat heeft geen zin," schamperde mijn gids. "Alles wat u waarneemt kan onecht zijn. Het idee van een objectief kenbare werkelijkheid ligt al een tijdje op de vuilnisbelt van de filosofie. De relatie tussen object en subject is per definitie…"

Ik voelde een lesje filosofie aankomen waar ik geen zin in had. Abstract geraaskal is niet aan mij besteed en bovendien deed hij me iets teveel aan mijn oude leraar Duits denken.

"Mond dicht!" onderbrak ik hem bot. "Academisch geneuzel kan me gestolen worden. Ik stel een duidelijke vraag en eis een duidelijk antwoord. Overtuig me ervan dat we beiden dood zijn. Nu! Of je gaat jezelf maar lopen rondleiden."

Ik ging pal voor hem staan en plantte mijn handen in mijn zij. Nu ik eenmaal besloten had boos te worden, werd ik het vanzelf. En niet zo'n beetje ook. Alle ingehouden woede borrelde omhoog. Eén verkeerd woord en ik zou hem op zijn neus geslagen hebben. Bij één goed woord trouwens ook, want ik had mezelf niet langer onder controle.

Maar de man zweeg. Hij trok zijn neusvleugels op en kneep zijn ogen samen tot schietgaten. Zijn mond werd een smalle vouw. Onwillekeurig balde ik mijn vuisten en zo bleven we tegenover elkaar staan, als twee revolverhelden zonder munitie. De seconden verstreken, terwijl ik langzaam mijn ademhaling onder controle kreeg.

"Goed," zei hij eindelijk. "Ik zal u laten zien dat we dood zijn." Hij stapte naar voren en kwam zo dicht bij me staan, dat ik mezelf moest dwingen om niet terug te deinzen. Hij rook naar ongewassen sokken en ik denk niet dat hij dagelijks zijn tanden poetste. Toen draaide hij zijn hoofd zover naar links, dat ik zicht kreeg op een kroepoekachtig oudemannenoor.

"Goed kijken," beval hij.

Hij liet zijn hoofd iets terugveren en begon het opnieuw te draaien. Zijn oor kwam voorbij en ging verder, steeds verder. Ik zag een stukje van zijn nek: wat een souplesse! De beweging vertraagde en ik hoorde een akelig kraakgeluid, als van de veer van een wekker die te strak opgewonden wordt. Vlak voor mijn ogen kwam zijn achterhoofd tot stilstand. Dit was eng, maar ook indrukwekkend. Een soort circusact. Ik wilde hem juist een compliment geven voor deze atletische prestatie, toen ik een kort, knappend geluid hoorde. Als van een tak die doormidden breekt. Zijn hoofd schoot door als een schroef die doldraait, en hij keek me weer recht aan. Grijnzend als een tbs'er op proefverlof. Het was een draai van driehonderdzestig graden. Knappe uil die hem dat nadeed.

Ik kreeg een wee gevoel in mijn maag en was zeker van mijn stokje gegaan als ik niet de kille greep van zijn diepvriesvingers op mijn gezicht gevoeld had. Het leek of hij me wilde ondersteunen, wilde voorkomen dat ik viel. Maar dan pak je iemand niet bij zijn hoofd beet.

"Hé, rustig aan," zei ik, "Je hebt me overtuigd."

"En straks opnieuw gaan twijfelen zeker," lispelde hij, "We zijn nog niet klaar." Zijn handen kneedden mijn hoofd alsof het van klei was en in een snelle beweging zette hij zijn voeten op de mijne.

"Blijf van me af," protesteerde ik. Ik trok aan zijn handen, probeerde ze los te wrikken. "Ik zit toch ook niet aan jou?"

Het leek of hij zijn vingers door mijn schedel trachtte te drukken. Hij begon te draaien. Mijn hoofd zwenkte scherp opzij, maar de rest van mijn lijf kon niet volgen, omdat het vast zat aan mijn voeten, die door de zijne aan de grond verankerd waren.

"Nee!" rochelde mijn stem hol door de toiletruimte, die om me heen begon te bewegen. Ik zag de spiegel, de pisbakken en dan de wand achter me, terwijl mijn ruggengraat werd verlengd als een stuk trekdrop. De pijn was gruwelijk, alsof er iemand met een stuk ijzerdraad in mijn ruggenmerg wroette om een verstopping te verhelpen. Mijn hals ontplofte. Ik probeerde te gillen, maar bracht slechts het geluid van een leeglopend ventiel voort. Mijn gezicht was vlak onder het gipsen plafond. Ik duikelde voorover en keek Giel recht in de ogen. Een korte beweging van zijn polsen en mijn blik ging in een schokkerige beweging omlaag. Onder me stond mijn romp te wankelen. Toen ik bijkwam zat ik op de vloer, met Giel op zijn hurken naast me. Hij hield een papieren bekertje met water voor mijn mond.

"Gelooft u me nu?" vroeg hij zacht.

"Ik geloof je."

Ik bleef op de grond zitten, terwijl hij de muur en het fonteintje met een sopje afnam. Zo nu en dan stopte hij om naar me te kijken. Hij leek zowaar bezorgd. Mijn nek voelde aan alsof iemand er sigaretten op aan het uitdrukken was, maar het goede nieuws was dat hij mijn hoofd weer met mijn romp verbond. Blijkbaar waren alle leidingen aangesloten, want ik voelde het water naar beneden glijden en haalde normaal adem. Ik krabbelde overeind, bekeek mezelf in de spiegel en constateerde dat ik eruit zag als een slordig gelijmd porseleinen beeldje. Over mijn hals liep een opgezwollen rood litteken. Op mijn pak zat brokkelige rode pasta, die Giel met een houten borsteltje eraf begon te vegen. Dat ging verbazingwekkend goed: even later was er niets meer van te zien. Ik knapte mezelf wat op aan het fonteintje. Giel duwde de deur half open en keek de gang in. "Op de kamelen nu, we zijn laat," mompelde hij. Hij stapte naar buiten. Ik droogde mijn gezicht af met een papieren handdoekje en volgde hem. Op een beeldscherm tegenover de wc zag ik dat de Deen het niet had gered.

We liepen de gang door en bereikten een rij tourniquets, die we passeerden met behulp van een pasje dat Giel aan een koord om zijn nek droeg. Daarachter lag de grootste hal die ik ooit gezien had, al zegt dat niet zoveel wanneer je zo jong sterft als ik. Aan de zijde waar wij liepen bevonden zich meerdere toegangen, waardoor voortdurend mensen naar binnen druppelden, die het vlak opgingen en oplosten in de verte.

"Kom, we moeten opschieten."

Om ons heen zag ik andere tweetallen, als wadlopers vluchtend voor het opkomend tij. De vloer lag bezaaid met afval. Ik zag handschoenen liggen, sjaals en schoenen. Attachékoffertjes en paraplu's. Brillen, damestassen en zelfs een houten been. Pluche knuffels. De wandeling duurde lang en bij elke stap voelde ik mijn enkels. Die nieuwe Bommeltjes ook, waarom was ik niet op mijn skeelers doodgegaan? Het was benauwd en ik begon dorst te krijgen. Mijn nek was gestopt met pijn doen en jeukte

als een gek, ik moest voortdurend krabben. Ik voelde me uitgeput. Verlangde naar huis. Om nu in bed te mogen liggen, met de
gordijnen dicht en de dekens over mijn hoofd. Gewoon slapen.
De man hield zijn blik gericht op de einder, waar een betonnen
muur zichtbaar werd. Eerst leek het of er langs de voet ervan
een zwarte strook aarde lag, maar eenmaal dichterbij gekomen
bleek het om een grote, donkere schare mensen te gaan. Het
waren er duizenden. Alle leeftijden en alle huidskleuren. Mannen, vrouwen en kinderen. Nooit geweten dat God er op een
doordeweekse dag zoveel over de kling joeg. Wat het, naast
het feit dat ze allemaal dood waren, extra naargeestig maakte,
was dat er niemand iets zei. Je zou lawaai verwachten bij zo'n
menigte, maar ik hoorde alleen het geschuifel van duizenden
voeten, als de ruis die een scheepsmarifoon opvangt uit de ether,
wanneer er niemand spreekt. Er bekroop me een zwaar gevoel
van verlies, voorbij, verloren. Een onvoorstelbaar verdriet.
Het was eenvoudig om de begeleiders van de nieuwkomers te
onderscheiden. De eersten waren gekleed in lompen of in een
blauw werkpak en zagen er verveeld uit, alsof ze in de rij bij
de supermarkt stonden. De nieuwelingen droegen alle soorten
kleding en blikten bang om zich heen, wiebelden zenuwachtig
heen en weer en probeerden te zien wat er voor hen gebeurde.
Giel begon de wachtenden opzij te duwen en we drongen door
tot een punt waar de massa zo dicht was geworden dat we niet
verder konden. Daar sloten we aan achter drie Chinezen in
geschroeide kokskledij. Ik vermoedde een keukenongelukje,
maar de stemming op die gele gezichten peilende, durfde ik niet
naar ontploffende woks te informeren. We waren nu dicht bij de
muur en ik zag dat er donkere openingen in zaten waarin rijen
mensen zwijgend verdwenen. Was dit het eindstation? Werden
we in een poel met pek, zwavel en kokende olie gegooid? Eindigde ik mijn veelbelovende carrière dan hier, als vleeskroket?
Een meisje wilde zich omkeren, maar werd teruggeduwd door
haar begeleider en een behulpzame nieuwkomer, die blijkbaar

een wit voetje hoopte te halen. Er werd een theedoek tegen haar mond gedrukt waar waarschijnlijk een verdovend middel op zat, want ze werd direct kalm en slap.

We werden tussen een paar dranghekken door geduwd en stapten in een donkere hal. Het stonk er naar zweet. Voor me hoorde ik iets knarsen en piepen, een hard mechanisch geluid. Ik ging op mijn tenen staan en zag dat er mensen naar beneden zakten. Nu zag je hun hoofden nog, dan waren ze weg. Was dit een gigantische vleesmolen? Waarom gilde er niemand? Aan de muur hing, in gele neonletters, de tekst:

WERKEN MAAKT WEERBAAR.
Kalm blijven
Niet dringen
Niet praten
Denk positief
PMS Samen vooruit! *Together we go forwards.*

Ik probeerde het gezicht van Giel te lezen maar dat straalde slechts verveeldheid uit. Mijn ogen zochten naar een ontsnappingsmogelijkheid, maar ik kon nergens heen. Nog een meter of drie. Twee. Daar ging ik. Vaarwel vrienden! Moest ik me niet verzetten? Het was gedaan met me.

Maar het was gewoon een trap, een stomme roltrap. Ik stapte erop en we daalden af in een schacht van gladgestreken cement, die schaars werd verlicht door kale peertjes in het plafond. Het was er muf en warm. De koks begonnen onderling te fluisteren en zo'n honderd meter lager bereikten we een langwerpige ruimte met in het midden een platform van asfalt. Aan weerszijden liep een enkel spoor, dat vier maal in een zwart gat verdween.

Er stonden honderden mensen en het spreekverbod was hier blijkbaar opgeheven, want ik hoorde een luid geroezemoes. Giel schoof geroutineerd wat mensen opzij tot we een plaats dicht bij het rechterspoor hadden gevonden. Tegenover me vormden zwarte tegels het woord CENTRAL en links en rechts ervan hingen aanplakbiljetten met teksten als 'Vooruitgang', 'Ontwikkeling' en 'Ga Met God Voor Goud'. Dat hadden ze van mij gepikt! Uit verborgen luidsprekers kabbelde Una Paloma Blanca van de George Baker Selection.

Inmiddels had ik mezelf weer een beetje bij elkaar geraapt. Ik besloot dat ik zo snel mogelijk het contact met mijn begeleider moest zien te verbeteren om informatie los te krijgen. Zolang ik niets wist, kon ik me ook nergens op voorbereiden. Het kon niet zo moeilijk zijn om hem aan het praten te krijgen. Hij maakte een eenzame indruk, wat gezien zijn sociale vaardigheden niet verwonderlijk was.

"Doe je dit werk al lang?" vroeg ik onschuldig. Mensen praten graag over hun werk en hij zou vast geen uitzondering vormen. Hij nam me kort op, bestudeerde de mensen die om ons heen stonden en keek achter zich. Boog zich toen naar me toe en fluisterde:

"Zo'n tweeduizend jaar."

"Zo'n tweeduizend jaar?" Dat leek me erg lang. Misschien was hij in de war. Een gekke gids, dat ontbrak er nog maar aan.

"Exact. Ongeveer," antwoordde hij.

"Geen jobhopper," concludeerde ik.

"Pardon?"

"Iemand die vaak van baan verandert."

"Nee, dat is iets van de laatste tijd. Mijn generatie deed dat niet. En ze kunnen ons niet dwingen."

"Ze kunnen ons niet dwingen... Verworven rechten?"

Hij knikte instemmend. "De vakbond zit er bovenop. Deze baan blijft zoals hij altijd was."

"Deze baan blijft zoals hij altijd was. Dus wat doe je dan elke dag?'

"Vrachtje ophalen bij de gate, naar het selectiecentrum brengen, daarna afleveren."

"Daarna afleveren. Tenzij iemand naar de hemel gaat, dan heb je tijd om een peukje te roken."

"Dat komt bij mij niet voor."

"Dat komt bij mij niet voor?"

Hij keek me onderzoekend aan. "Spreek ik zo onduidelijk, dat u me steeds herhaalt?"

"Sorry, gesprekstechniekje uit Neurolinguïstisch Programmeren," gaf ik toe. "Blijkbaar komt het geforceerd over. Terug naar jouw verhaal. Je zegt dat niemand bij jou naar de hemel gaat. Krijg jij dan alleen de moeilijke gevallen?"

Er wrong zich een bejaarde vrouw met paars haar tussen ons door. Ze ging voor ons staan, op het randje van het platform. Giel begon nog zachter praten.

"Nee, het is gewoon beleid. Al is je naam moeder Teresa, je wordt gewoon afgeleverd."

Vanuit het duister klonk een keiharde brul. Dan een laag, almaar luider wordend gedreun. De menigte deinsde angstig achteruit. Ik greep Giel bij zijn bovenarm en durfde hem pas los te laten, toen er een metrotrein het station binnendenderde. Het was een gedeukt exemplaar van aluminium en er stond in rode letters: '*MOBILITY MASTER - GETTING YOU THERE*'. De rijtuigen waren helverlicht en leeg. Knarsend kwam de trein tot stilstand en de deuren gingen voor onze neus open. De massa golfde naar voren en duwde ons het treinstel in. De vrouw met het paarse haar struikelde voor ons over de drempel en ging onderuit. Een kerel in een motorpak stapte op haar hand en ze gaf een hoge gil. Ik ontweek het tweetal door opzij te springen en botste tegen de mensen aan die via een andere deur naar binnen waren gekomen. Na veel geduw en getrek raakte ik in het middenpad beklemd tussen de omvangrijke lichamen van twee Oost-Europees ogende vrouwen. Giel was verdwenen. Ik stond oncomfortabel, maar de mensen met een zitplaats waren slechter af. Eerst kregen ze een medereiziger op schoot en daar werden vervolgens nog meer mensen overheen geduwd.

Met de collectieve zwijgzaamheid was het nu echt gedaan. Er werd gevloekt en geschreeuwd en er werden klappen uitgedeeld. Een vrouw begon te krijsen en kwam pas tot rust nadat haar gids, een getatoeëerde kerel met een ringbaardje, haar hard in het gezicht had geslagen. Ik heb nooit begrepen waarom dat vrouwen kan kalmeren. Achterin begon iemand 'row, row, row your boat' te zingen en in twaalf talen tegelijk werd geroepen dat hij zijn kop moest houden. Verschillende mensen waren aan het huilen. Ook volwassen kerels. God, wat haatte ik het openbaar vervoer.

Door het vensterglas kon ik zien hoe Aziatisch personeel in blauw werkpak de laatste personen naar binnen prakte. Een Japanner deelde een karatetrap uit en de deuren vouwden zich behoedzaam om het bevende mensenvlees heen, als de kaken van een python om een bokje. De metro sidderde verzadigd, stootte een diepe overwinningskreet uit, kwam in beweging en reed de tunnel in.

Terwijl de ondergrondse door het duister vloog, stond de lucht binnen stil. Ze werd al snel zwaar en begon te stinken naar urine, braaksel en zweet. De temperatuur steeg en het vocht droop van de ruiten. De vrouwen, met wie ik één groot transpirerend lichaam vormde, begonnen een verhitte conversatie in het Pools, waarbij ze mijn hoofd, dat als een geknakt bloempje tussen hun boezems hing, negeerden.

Een digitale stem zei "CENTRAL – NORTH". We remden hard af, om met een schok tot stilstand te komen. Veel mensen stapten uit en er ontstond iets meer ruimte, waardoor ik van de dames loskwam. Ik greep een glibberige stang beet om mijn evenwicht te bewaren. Instappers waren er niet en ik zocht tevergeefs naar Giel. De mensen om me heen spraken talen die ik niet kende. Ik sprak de Poolse vrouwen aan in het Engels, maar ze keerden me direct de rug toe. Wat zou er gebeuren als ik zomaar ergens uitstapte, mijn eigen bestemming koos? We vervolgden onze weg langs stations met namen als PARK

PLAZA, ACHIEVEMENT PARK en PLAZA PLAZA. Bij elke stop gingen er mensen uit. Eindelijk kwam er een zitplaats vrij en ik wilde me daar net op laten zakken, toen Giel uit het niets opdook.

"Volgende halte," zei hij.

dienst zijn?"

Ik vroeg hem wie hij was en wat voor werk hij deed.

"De naam is Philip Morris, bij leven Oracle-specialist. Kilometers code heb ik geschreven. Tot ik longkanker kreeg, want ik schreef het liefst met een sigaret in mijn mond. Nu zit ik hier, telefoontjes te beantwoorden."

"Telefoontjes te beantwoorden."

"Dat zei ik toch?"

"Dat doet-ie steeds," zei Giel.

"Sorry," zei ik schuldbewust.

"Dat napraten zul je hier snel afleren. De norm voor een gesprek is drie minuten. Dat zijn er twintig per uur en driehonderdzestig per werkdag. Maar ik doe er veel meer! Ik zit op bijna twee minuten per gesprek en slaap slechts vier uur per etmaal. Daarom ben ik de beste, kijk maar naar het prestatiebord." Zijn hoofd bewoog in de richting van de controlekamer en ik volgde zijn blik. Boven het raam hing een elektronisch bord met het opschrift 'EMPLOYEE OF THE MONTH'. Daaronder stond een rij namen en tijden. Op de eerste plaats stond: 'Mr. P. Morris 2.04.23.'.

"Binnenkort breek ik het record. Dan duik ik onder die twee minuten en word ik, als er een plek vrijkomt, plaatsvervangend assistent unitmanager. Dan mag ik hier vanaf!" Hij grijnsde gelukzalig en zijn ogen werden twee troebele vissenkommen.

"De beste van de productiestraat krijgt hok één," doceerde Giel, "en heeft privileges. Een extra maaltijd, een deken om onder te slapen en een motiverende foto naar keuze voor op het bureau." Naast de computer, een IBM-machine uit het Pleistoceen, stond een foto van een bekende Hollywoodacteur met een vuistdik horloge van TAGHeuer. *What are you made of?* stond erbij.

"En het werk," vroeg ik, "hoe is dat?"

"Op zich prima te doen." Hij wees naar het beeldscherm. "We werken voor mensen met computerproblemen, telefonieproblemen, of dingetjes met de centrale verwarming. Maar ze kunnen ook bellen voor eenvoudige storingen van psychische aard. Er zijn in het totaal vierhonderdzes standaardvragen en evenzoveel standaardantwoorden. De klant stelt een vraag, ik zoek het bijpassende antwoord en lees het voor."

"Klinkt simpel."

"Dat is het ook. Aan de andere kant moet je het niet onderschatten. De antwoorden moeten op duidelijke, heldere en vriendelijke wijze worden voorgedragen. En toch moet het razendsnel. Er wordt meegeluisterd en je krijgt bonusseconden voor de juiste dictie. Als je daarentegen betrapt wordt op een ondermaatse prestatie, krijg je direct een standje." Met zijn vingertoppen tikte hij op twee ronde koperen plaatjes die met bruin plakband aan zijn hals waren geplakt. Er zaten gekleurde kabeltjes aan, die in de achterkant van de computer waren gestoken. "De eerste keer is het vijftig volt en de tweede keer vijfenzeventig. Maar de derde keer," hij wees naar zijn kruis waar een paar stroomdraadjes in zijn vuile pyjamabroek verdween, "gebruiken ze je kloten als kookwekker!"

Er piepte iets angstig in mijn onderbroek en onwillekeurig kneep ik mijn benen samen.

"Dat voorlezen is het probleem niet. Ik ken alle antwoorden uit mijn hoofd, daar boek ik veel tijdwinst mee. Het lastige is dat ik werkelijk verstand heb van computers. Altijd in die branche gezeten. Soms stellen ze een niet-standaardvraag en, hoe gek het ook mag klinken, dan wil ik ze toch het juiste antwoord geven. Die oude liefde voor het vak hè, de inhoud. Lastig om daar volledig afstand van te nemen. Maar niet-standaardantwoorden zijn verboden. Improviseren kost tijd en de slogan is hier: 'Wat duurt is te duur'. Dus moet ik ze een verkeerd standaardantwoord geven dat niets met de vraag te maken heeft. Vooral in het begin had ik daar moeite mee."

"Valt dat dan niet op bij de klant?"

"Oh nee. Nooit!" reageerde Philip op besliste toon. Een microfoontje trilde voor zijn mond als een wesp voor een aardbeienijsje. "Ik heb een speciaal lang en complex antwoord voor niet-standaardvragen. Dat maakt dat ze aan zichzelf gaan twijfelen. Meestal zeggen ze 'Dankjewel' en hangen ze op. Een andere tactiek is ze door te verbinden met een collega. Dan zit die met het probleem. Eigenlijk is slim doorverbinden de belangrijkste truc die je moet leren om hier carrière te maken." Hij gaf me een vette knipoog.

"Fijn dat u zo'n uitgebreide toelichting geeft op dit waardevolle werk," zei Giel. "Dat geeft meneer meteen een voordeel."

"Iedereen heeft er recht op om ingewerkt te worden. Zo kijk ik ertegen aan. Aan mij hebben ze nooit iets verteld en dat gun ik een ander niet."

De beide heren knikten instemmend naar elkaar, tot het snerpende geluid van een scheidsrechterfluitje de romance verstoorde. Philip keek gelijk naar het prestatiebord en vloekte.

"Bijna gezakt naar de tweede plaats. Ik moet aan de slag, anders kom ik hier nooit weg. De assistent unitmanager zal je een plaats aanwijzen. Vergeet niet te vermelden dat ik behulpzaam was, daar help je mij ook mee." Hij draaide zich om en begon in de microfoon te praten.

Weer klonk het fluitje. Halverwege de productiestraat kwam een vrouw aanbenen. Ze had een pafferig gezicht en was gekleed in een bruin uniform. In haar hand hield ze iets dat leek op een dik stuk touw. Het was zeker twee meter lang en het uiteinde sleepte achter haar aan over de grond. Ze schreeuwde iets onverstaanbaars.

"Ik denk dat dát onze assistent unitmanager is," zei Giel opgewekt. "Laten we haar vragen waar u mag gaan zitten."

Mijn brein schakelde naar de stand voor acute noodsituaties en ik beleefde, achteraf bezien, mijn helderste moment van die dag.

"Wacht even, we moeten geen overhaaste beslissingen nemen. Je zei daarstraks dat ik hier 'stage *zou kunnen* gaan lopen'. Dan hoeft het dus niet. Toch?"

Op slag verdween zijn vrolijkheid en hij keek me vuil aan.

"*Zou kunnen* is iets anders dan *moeten*," verduidelijkte ik.

"Er bestaan alternatieven," zei Giel, "maar ik stel toch voor dat u hier aan de slag gaat. Dit is tenminste duidelijk werk met meetbare eindresultaten. Ter geruststelling: u legt uzelf niet vast, want u kunt promotie maken! Kom, ik stel u aan haar voor. Ik ken haar. Ze kan heel schappelijk zijn. Dat zweepje is vooral show. U had ook zo'n ex-kampbewaker kunnen treffen. We hebben een paar echte uit de Oekraïne."

Ze was ons inmiddels op een meter of twintig genaderd en brulde: "Jij daar. Hier komen! Inrouleren! Trek dat lelijke apenpak van je uit. Direct! Niet lullen maar bellen, je loopt nu al achter op schema!"

Voor de zekerheid keek ik om me heen, maar ze wees echt op mij.

"Ik sta op mijn rechten: eerst kijken en vergelijken," drong ik zenuwachtig aan bij Giel. Dat mens was vlakbij.

Hij haalde teleurgesteld zijn schouders op. "U moet het zelf weten."

Hij begon in de richting van de trap te bewegen. "Sorry, meneer is een keuzekandidaat. Hij wil eerst verder kijken."

"Opsodemieteren dan!" blafte de vrouw. "U verstoort het primaire proces."

Ik vloog de treden op. Giel sjokte er achteraan. Bovenaan keek ik nog één keer om en zag hoe de buurman van Philip van zijn stoel viel. Hij rolde over de vloer, greep naar de zitbal en probeerde er weer op te klimmen. De vrouw stond bij hem en bekeek het tafereel geïnteresseerd, haar hoofd een beetje schuin houdend. Toen hij zijn evenwicht eindelijk hervonden had, haalde ze uit en sloeg hem met de zweep vol op zijn rug. Hij viel opnieuw.

Ik hijgde uit in de luchtsluis. Het chemicaliënbad waar we door heen moesten lopen, maakte bruine en zwarte klonters vuil van mijn laarzen los. Er kwam een onsmakelijke damp vrij. De ventilatie schakelde naar een hogere versnelling.

"U kunt een jaartje op proef gaan…," probeerde Giel zonder

veel overtuiging.

"Ik geloof niet dat dit iets is voor mij," zei ik haastig. "Dat hele uitvoerende werk, dat voelt toch als een stap terug. En ik wil eerst goed rondkijken voor ik een beslissing neem."

"Zo'n typisch hedendaagse houding is dat," mokte hij, terwijl we door de controlekamer liepen. "Altijd denken dat het elders beter is. U zult daar nog spijt van krijgen."

6

We zaten naast elkaar in de metro, als een uitgepraat echtpaar na een onsuccesvol bezoek aan een meubelboulevard. Andere reizigers waren er niet en ik bestudeerde het rijschema met stationsnamen als FAST LANE CENTER, EVENT PLAZA en WINNERS PARK, dat schuin omhoog langs een dikke blauwe lijn stond gedrukt. Giel zat te soezen. Ik probeerde ook wat te pitten, maar zag telkens die stakker voor me, die van zijn kruk werd afgeslagen. Ik was geschokt door wat ik had gezien in het callcenter, maar voelde me ook opgelucht, ja zelfs een beetje trots op mezelf. Door eigen alertheid en initiatief was ik aan die zweep ontsnapt. Ik was geen willoos slachtoffer geweest. Dit moest het begin zijn van een verandering. Een andere Sjoerd was opgestaan. Een Sjoerd die van wanten weet en zich wakker weert! Dat positieve gevoel moest ik zien vast te houden. Deze jongen liet zich de kop niet langer van de romp rukken!

"Gaat het?" vroeg Giel ongerust. Ik had in mezelf zitten praten.

"Ik zat na te denken," legde ik uit en krabde aan mijn nek.

"Van nadenken is nooit iemand slechter geworden."

"Je zei net dat ik een zogenaamde 'keuzekandidaat' ben."

"Klopt."

"Betekent dat, dat ik mag kiezen waar ik stage ga lopen?"

"Tot op zekere hoogte," antwoordde hij behoedzaam.

"Maar blijkbaar is niet iedereen een 'keuzekandidaat'."

"Het is zelfs hoogst ongebruikelijk."

"Maar waarom ben ík er dan een?"

"Dat, mijn beste meneer Admiraal," hij haalde een plastic flesje water vanonder zijn toga, nam een slok en borg het weer op, "vraag ik mezelf ook al de hele tijd af." De metro begon af te remmen en hij ging staan. Trok zijn jurk recht.

"Misschien was dat callcenter het inderdaad niet helemaal voor u. Maar het lag zo mooi op de route. Ik wilde u er toch even aan laten ruiken..."

"Dat is dan aardig gelukt. Die poeplucht hangt nog steeds in mijn neus."

Hij deed of hij mijn boosheid niet had opgemerkt en ging opgewekt verder: "Ik ga u matsen. Onze volgende bestemming is echt een spekje voor uw bekje. U zat toch in de handel?"

"Ik zou net weer gaan beginnen in een commerciële functie," antwoordde ik voorzichtig.

"Dan zal dit u zeker liggen."

Dat nam ik met een paar kilo zout, maar het station waar we uitstapten zag er al gelijk veel beter uit. Het was brandschoon en strak vormgegeven, met veel staal en natuursteen en wanden van melkglas waarachter zich rode, groene en blauwe lichtvlekken bewogen, als van kinderen die in de mist met lampionnen lopen. Best mooi gedaan. Misschien was het een soort design of kunst.

"Dit is helemaal in lijn met uw arbeidsverleden," zei Giel, terwijl we over een rode loper naar een koperkleurige lift liepen. "Hard werken, maar ook veel vrijheid."

We gingen een verdieping omhoog en stapten uit in een marmeren hal. Er was een zithoek met leren bankjes en elegante bijzettafels van notenhout, mahonie of beuken of zoiets. Ik ben geen kenner, maar het was bruin en het glom als een gek. We liepen naar een raam en keken uit op een overdekte ruimte. Onder ons stond een soort schuur met een grote plastic vogel op het platte dak. Daarnaast een parkeerplaats en een autoweg die in de hoeken van de hal verdween achter een rij betonnen pilaren. Mijn ogen volgden een witte Toyota Avensis die met grote snelheid langs kwam rijden en links uit het zicht verdween. Ik wachtte even om te zien of hij rechts weer zou opduiken, zoals de modeltreintjes van vroeger, die verscholen achter hun wereld van gips en karton steeds terugkeerden naar hun beginpunt.

"Veertig jaar geleden was hier niets," sprak Giel op gedragen toon. "Alleen gras en koeien. Nu liggen er zes banen asfalt. Dat is vooruitgang! En het einde is nog niet in zicht. We moeten alweer uitbreiden. Deze weg wordt straks twee keer zo breed!"

"Rijden ze een rondje?"

"Goed opgemerkt! Dat doen ze inderdaad. Laat me uitleggen hoe het werkt bij sales. Dat gebouw daar beneden is een motel. De Vale Reiger is hier een begrip! Daar krijgt u elke dag een prima ontbijt en een mooi diner. De lunch is ook goed, maar wordt vaak vergeten. De mensen vinden hun werk zo leuk, dan krijg je dat! We lopen er zo naar toe om u in te schrijven. Vervolgens gaat u naar de parkeerplaats. Kijk maar naar het deel met de letter D. Daar mag u uw 'leasebak' ophalen, want u kiest nu voor een bestaan op de snelweg. Bent u een autoliefhebber?"

"Ik weet er wel wat van af," zei ik bescheiden.

"Dat komt goed uit. Het zijn allemaal prachtige wagens."

Ik leunde voorover. Bij de letter D stonden twee Audi's, een Ford Mondeo en een grote Chevrolet. Allemaal modellen van minstens vijftien jaar oud. Ik hoopte voor hem dat hij meer verstand had van gedichten. De betere auto's bevonden zich in vak A: een stuk of tien hagelnieuwe Mercedessen en een leuke lichtblauwe BMW met spoilers uit de 5-serie.

"U stapt zo dadelijk in uw auto en dan is het, ik hoop dat ik het goed zeg: 'knallen met die bak en gaan met die banaan!' De snelweg heeft een totale lengte van vierhonderdtachtig kilometer en, zoals u al raadde, u keert altijd terug bij uw vertrekpunt. Best een filosofisch gegeven, vindt u niet?"

Ik knikte beleefd.

"Onderweg doet u aan telefonische verkoop en als extra prestatieprikkel is het de bedoeling dat u elk rondje zo snel mogelijk aflegt. U wordt geklokt op het moment waarop u onder die metalen balk daar doorrijdt."

Hij wees naar een constructie met matrixborden en camera's, die boven de weg hing.

"Die balk noemen we de 'afspraak'. Als u de afspraak haalt, krijgt u punten. U haalt hem door sneller te rijden dan de vorige keer, dus eigenlijk is het een afspraak met uzelf. Elke week krijgt de beste coureur, want zo mag ik jullie wel noemen, promotie en een leasebak uit een hogere klasse. Daarnaast zijn er privileges, zoals een extra maaltijd of een overnachting in de Vale Reiger. Geloof me, dit is helemaal uw ding. Hier gaat u blij van worden!"

Eerlijk is eerlijk: dit viel me niet tegen, zeker niet in vergelijking met die telefoontuin. We passeerden een tourniquet en liepen een stenen trap af die naar het parkeerterrein leidde. Het was er koud en de lucht was verzadigd van de uitlaatgassen.

"De ventilatie is niet best," verontschuldigde Giel zich, "en ik weet dat u niet van vieze luchtjes houdt. Maar zodra u buiten rijdt is dat probleem voorbij. Als we opschieten zit u binnen een kwartier op de snelweg en dan kan het raampje wijd open. We moeten alleen even uw autosleutels, telefoon en laptop ophalen."

"Waar is die laptop voor?" vroeg ik achterdochtig.

"Die is voor uw 'Persoonlijk Statement'. Dat is dan het klusje voor naast het bellen en autorijden. Het Persoonlijk Statement is een offerte waarin u uzelf aan de man brengt, uitlegt wat uw toegevoegde waarde is. De snelste rijder uit de A-klasse presenteert zijn PS in het wegrestaurant bij het UMC: het Upward Mobility Committee. Dat werkt ongeveer hetzelfde als het verdedigen van een proefschrift tijdens een promotie, maar dan zonder al dat formele gedoe. Gewoon zakelijk. Zijn de leden van het UMC tevreden, en meestal zijn ze dat wel, dan mag u door naar een hogere functie elders."

Ik begon een beetje het selectieproces richting hemel te begrijpen. Die bestemming was kennelijk gereserveerd voor de besten, de snelsten, voor degenen die de hoogste kwaliteit combineerden met het grootste uithoudingsvermogen.

Ik hoorde het type jazzmuziek uit het gebouw komen dat op hockeyclubs werd gespeeld, toen de koude kak daar nog een eigen sociaal leven had. Uit de hoofdingang rende een groepje met champagneflessen bewapende mannen naar buiten. Ze vormden een erehaag.

"Dat zijn de nummers twee tot en met tien. Eén van hen wint waarschijnlijk volgende week. Dat is zoiets leuks: elke week is er een winnaar!"

Ze begonnen wild met de flessen te schudden, lieten de kurken knallen en besproeiden een kerel die tussen de erehaag kwam doorlopen. Hij had een grijns die vanaf de maan zichtbaar moet zijn geweest. Er werd energiek handen geschud, op schouders gebonkt en bulderend gelachen. Het leek wel een Formule 1 feestje en ik werd er zelf ook enthousiast van. Wat een verschil met daarnet! Ik zag mezelf er al tussen staan.

"Ziehier, de oogst van hard werken," zei Giel. "Erkenning, bevestiging en waardering."

De gelukkige werd een laatste keer omhelsd, maakte zich los, stak ter afscheid zijn gebalde vuist op Nelson Mandela-achtige wijze omhoog en kwam in een drafje onze kant op. Het achtergebleven groepje bleef opgelijnd staan en keek hem na, tot een dikke kerel met rood haar de formatie verbrak en naar de parkeerplaats begon te rennen. De rest stoof achter hem aan. De vetzak wurmde zich als eerste in de lichtblauwe BMW, pakte een stoepje mee en scheurde er vandoor. Op het rechterportier zag ik een flinke kras in de vorm van de letter V. Zonde. Zijn concurrenten vlogen met slippende banden achter hem aan en luttele seconden later was het parkeerterrein leeg.

De overwinnaar was ondertussen bij ons aangekomen en Giel hield hem staande. Het was een kleine, gespierde zakenman in een verkreukeld pak. Hij zag er vermoeid, maar intens gelukkig uit.

"Eindelijk een vrolijk gezicht," begroette ik hem in mijn beste Engels.

"Inderdaad. Vrolijk ben ik zeker. *Mission accomplished!* Ik ben hier klaar! Mijn naam is John Stevens. Aangenaam!" We schudden elkaar de hand.

"Sjoerd Admiraal. Eveneens aangenaam kennis te maken. Gefeliciteerd met je resultaat. Een hele prestatie. Hoe ben je hier terechtgekomen?"

"In eerste instantie bedoel je? Hartinfarct tijdens een zakenborrel. Mijn eerste en gelijk fataal. *Shit happens.* Maar ik heb een mooi leven gehad, al had ik meer moeten neuken." Hij lachte. "En wat doen jullie hier?"

Giel keek zuinigjes en zei: "Ik leid meneer hier rond. Hij mag kiezen uit een paar verschillende plaatsen van tewerkstelling."

"Dat heb je dan mooi voor elkaar." De man keek me waarderend aan. "Je boft!"

Blijkbaar verhoogde deze rondleiding mijn status. Ik vroeg hem wat hij van het werk vond.

"Zwaar, absoluut zwaar! Het vervelende was dat ik al uitgeput was toen ik hier begon. Een of andere gek had me eerst in een callcenter gestopt, vandaar."

Ik wierp een nijdige blik op Giel die met onverwachte interesse naar het plafond stond te staren.

"Daar heb ik ruim een jaar vastgezeten. Echt afzien. Alleen die lucht al die er hing, daar wende je nooit aan. Het enige aangename was het eten. Stukken beter dan dat veevoer van die Ruftende Reiger. Maar denk vooral niet dat het hier makkelijk is. Ik heb net achttien weken lang vrijwel zonder te maffen op de weg gezeten. Een continue strijd om de eerste plaats, want vanaf nummer twee ben je een verliezer. Tegelijkertijd heb je dat stomme stuk dat je moet schrijven. Maar je bent eigen baas en dat scheelt."

"Is het moeilijk om nummer één te worden?"

"Laat ik zeggen dat het een behoorlijke uitdaging is," grinnikte hij. "Maar als je het echt wilt, is het te doen. Succes is een keuze." Zijn gezicht werd serieus. "Het belangrijkste is om goed

om je heen te blijven kijken en te proberen het spel te doorgronden. Vooral de nieuwelingen zijn een gevaar voor zichzelf
en anderen. De 'hoge nummers' noemen we ze. Je krijgt een
kentekennummer dat oploopt op volgorde van binnenkomst,
dus die groentjes pik je er zo uit. Ik drukte er zeker vijf per dag
de berm in, want dat leverde bonificatieseconden op. Lullig voor
ze, maar het is een harde wereld. Blijf verder uit de buurt van
de lage nummers, zeker in het begin. Die zitten hier al tijden en
kunnen blijkbaar goed organiseren, anders zouden ze al weggesaneerd zijn. Gewoon respecteren, in de gaten houden en vrij
van blijven, tenzij je een deal kunt maken. Tenslotte heb je de
parkeerplaatsen langs de route, waar veel nieuwkomers stoppen
om te pitten. Doe dat nooit. Als je wilt weten waarom, moet je
het maar eens proberen. Het stikt er van het gespuis en voor je
het weet ben je je auto kwijt. En zonder auto ben je nergens.
Persoonlijk sliep ik liever tijdens het rijden. Je hebt een paar
lange rechte stukken. Een stuk veiliger."
Boven ons klonk het gerommel van een aankomende metro en
John begon de trap op te lopen.
"Het spijt me heren, ik moet er vandoor. Op naar de volgende
klus. Ik heb er zin in!"
"Dat Persoonlijk Statement," zei ik vlug tegen John, "dat heb je
niet langer nodig. Misschien dat ik dat zou kunnen gebruiken?
Niet om over te schrijven natuurlijk, maar als voorbeeld..."
Hij draaide zich half om en ontblootte zijn tanden. "Je leert snel!
Dan begrijp je vast ook dat voor niets de zon opgaat. Heb je iets
om te ruilen? Ik zie een heel aardig polshorloge."
"Deze meneer handelt niet, hij wordt rondgeleid," sprak Giel
streng.
"Even goede vrienden," riep hij en mijn mooie deal rende met
twee treden tegelijk de trap op. Over een gemiste kans gespro-
ken. Ik begon te begrijpen waarom mijn gids na tweeduizend
jaar nog steeds voor loopjongen speelde.
We gingen naar het wegrestaurant. Bij de ingang raapte een

bejaarde met rollator de achtergelaten champagneflessen van de straat. Hij zette ze stuk voor stuk eerst aan zijn mond en gooide ze daarna in een container.

"Santé!" riep Giel opgeruimd. Hij stapte het gebouw binnen en ik kwam aarzelend achter hem aan. Ik vond hem alweer veel te jolig worden. De lobby was laag en donker. In het midden stond een bureau. Er zat een ingedroogde vrouw achter van minstens driehonderd jaar oud. Ze was nog in klederdracht ook: zo'n witte kap met achteruitkijkspiegels. Voor haar lag een stapel laptops met de kabels er omheen gewonden. Daarnaast vier rieten mandjes met autosleutels.

"*Goe gif geem*," sliste ze. Tanden zaten er niet meer in.

Gebruik makend van het internationale telefoonalfabet begon mijn gids ijverig mijn naam te spellen. Maar mij ging het allemaal veel te snel. Als dit al zoveel beter was dan het callcenter, hoe zou de volgende optie er dan wel niet uitzien? Waarschijnlijk nog een stuk mooier. Er zijn zoveel leuke banen. Mijn verbeelding ging met me op de loop en ik zag mezelf al aan de slag als barkeeper in een hotel voor te jong gestorven fotomodellen of als testrijder voor BMW.

"Een ogenblik," kwam ik tussenbeide, "Laten we niets overhaasten. Ik wil eerst verder kijken."

Giels rode vlekken waren terug en hij keek me aan zoals eerder op het herentoilet. Voorzichtig deed ik een stap naar achteren en legde onwillekeurig een hand op mijn hals.

"Luister eens goed," zei hij vinnig. "U zult toch ergens aan de slag moeten. Probeert u het nu maar hier, dit past het beste bij u."

"*Goe gif geem*," sputterde het besje boos. Ze tikte met haar kromme wijsvinger op het formulier dat voor haar op tafel lag.

"Toch wil ik verder kijken."

"Heeft u nu eens vertrouwen! Dit kost allemaal extra tijd en ik word ook afgerekend op *output*. Mijn baas heeft er geen boodschap aan dat u toevallig een langer traject doorloopt."

"*Gif geem!*" De oude tang was opgestaan en sloeg woedend met haar knokkels op de tafel. "*Goe gif geem! Gif geem!*"

"Kom, we gaan," zei ik autoritair en zonder zijn reactie af te wachten liep ik de lobby uit.

7

Een kwartier met de metro en we waren op een rommelig
station met bankjes in zuurstokkleuren en posters aan de muur
waarop zwarte, gele, blanke en bruine mensen in vrijetijdskle-
ding gelukzalig in de lens keken. 'De maatschappij: dat ben JIJ'
stond er in tien talen onder. Een roltrap bracht ons naar een
ronde hal met zeven identieke, donkerblauwe deuren. Het deed
me denken aan een computergame: achter elke doorgang zat
natuurlijk een totaal andere wereld. Benieuwd op welk level we
zaten en wat onze score was.

In het midden van de ruimte stond een nummertjesapparaat op
een ijzeren voet, zoals je bij de bakker en de slager ziet. Op de
vloer een plastic mandje vol afgescheurde papiertjes.

"Nummertje trekken?" vroeg ik.

"Als u dat maar uit uw hoofd laat, want dan zitten we hier over
drie maanden nog. Dat is geen geintje, ik ken iemand die het
heeft uitgeprobeerd."

Het was het eerste wat we tegen elkaar zeiden sinds ons vertrek
uit het wegrestaurant en ik had het idee dat hij zich erbij had
neergelegd dat hij iemand tegenover zich had, die zich geen
knollen voor citroenen liet verkopen. Hij opende de meest
linkse deur en we wandelden een kale gang door. Aan het einde
was een splitsing. We gingen er linksaf, bereikten een volgende
splitsing, daarna nog één en raakten verzeild in een merkwaardig
doolhof van smalle, witgeverfde gangetjes. Bij elk kruispunt hingen bordjes, die naar een groot aantal gecodeerde bestemmingen
verwezen. Na een minuut of tien passeerden we voor de tweede

keer hetzelfde punt. We herkenden het omdat er een man in een oranje windjack op de grond lag te slapen. Giel hield stil om een plattegrond te raadplegen, die hij vanonder zijn toga vandaan viste.

"Het is een merkwaardig doolhof van smalle, witgeverfde gangetjes," stelde ik vast.

"Nogal," mopperde Giel. "Ik beschik over een behoorlijk richtingsgevoel en ben hier al vaak geweest. Toch heb ik elke keer mijn kaart nodig. We willen niet verdwalen, want er verdwijnen hier elke week mensen. Voorgoed. Zelfs ervaren gidsen zoals ik."

"Waar moeten we heen?" vroeg ik ongerust.

"C352."

"Naar rechts dus," hielp ik. Aan de muur hing een bordje met 'C100-C399', dat die kant uitwees. Giel schudde zijn hoofd.

"Zo simpel werkt het helaas niet. Meestal betekent zo'n pijl juist dat je de andere kant op moet. 'Reciproque redeneren' noemen ze dat. Maar er zijn uitzonderingen, waarbij je 'antireciproque' moet redeneren, dus met de pijl mee. Soms wisselen die regels onderweg en moet je halverwege alsnog de andere kant op. Maar maak je geen zorgen: je gaat het vanzelf normaal vinden en na een tijdje snap je niet meer hoe het elders werkt."

De man op de vloer maakte een kreunend geluid. We liepen door en bereikten een trap naar een hoger gelegen niveau en volgden een pijl naar sectie A. Zoals gebruikelijk hield Giel het tempo hoog, maar hij keek regelmatig achter zich om te controleren of ik hem bijhield. In dit gedeelte werden de gangen bedompt en smoezelig. Zo nu en dan moesten we over mensen heen stappen die onder stukken karton op de grond lagen te slapen.

"Die zijn de weg kwijtgeraakt," lichtte Giel fluisterend toe. "Niet wakker maken, anders hebben we dadelijk de hele bende achter ons aan. Ik heb geen zin om voor Mozes te gaan spelen." Ik begon me er oncomfortabel bij te voelen en bleef dicht achter hem, tot we een deur bereikten met het opschrift:

A141. RESTRICTED AREA
NO ENTRY.
INTRUDERS WILL BE SHOT

Mijn gids raadpleegde de plattegrond en een tabel op de achterkant en concludeerde opgelucht: "We zijn er. Dit is C352. De centrale bezoekersingang."
"Logisch," zei ik.
"Het is hun *frontoffice*."
"Logisch."
Hij keek me onderzoekend aan en vroeg: "Bedoelt u dat ironisch?"
Ik gaf toe dat het een grapje was en hij schonk me een flinterdun glimlachje.
"Ik was even bang dat u serieus was. In dat geval was u een droomkandidaat geweest."
Hij opende de deur en we stapten op een platform dat uitzag over een grote hal, die was onderverdeeld in rechthoekige vakken die leken op de speelvoorzieningen zoals men die in achterstandswijken zo graag inricht voor jongeren: asfaltvelden met bankjes van beton en afgezet door traliehekken met punten. De meeste vakken zaten vol mensen. Onder ons stond een groepje te luisteren naar een vrouw in een uitgewoond blauw mantelpakje, die een betoog hield dat ze met weidse gebaren ondersteunde. Aan de andere kant van het vak zat een grotere groep op de grond met elkaar te praten. Eén van de zijwanden was van glas en er zaten mensen, vastgeketend aan kleine bureaus, naar buiten te staren.
"Dit is hem dan," zei Giel, "uw laatste alternatief."
"Mijn laatste?"
"U mag kiezen uit drie."
Ik keek hem wantrouwend aan.
"Dat staat op uw formulier."
Ik vroeg me af of dat wel waar was, maar besloot niet met hem

in discussie te treden. Eerst maar eens zien wat dit voor iets was.
"Kan ik ze vragen stellen?"

"Dat kan zelfs in uw eigen taal, want het zijn allemaal landge-
noten. Er is alleen een praktisch probleem en dat is hoe hun
aandacht te trekken. Laten we een poging wagen."

Hij boog zich voorover en begon te schreeuwen: "Hé, hallo hier.
Hallo. Kijk eens naar boven. Hallo!"

Niemand reageerde.

Giel bleef doorgaan met schreeuwen en ik viel hem bij. Dit
hielden we een paar minuten vol, maar er gebeurde niets. Alleen
de dichtstbijzijnde figuur, een jongeman met vet zwart haar,
keek zo nu en dan schichtig onze kant op. Pas toen ik op mijn
vingers begon te fluiten keerden onze kansen. De vrouw in het
mantelpakje kreeg moeite zich verstaanbaar te maken. Een paar
van haar toehoorders draaiden zich om en begonnen naar ons te
kijken.

"Doorgaan met fluiten," siste Giel en hij probeerde het zelf
ook, maar het klonk alsof hij een serie natte winden stond te
laten. Nu ging het snel en toen iedereen ons stond aan te gapen,
stopte de vrouw met haar verhaal, brak door het groepje heen
en ging onder het platform staan met haar wijsvinger op haar
lippen.

"En we hebben contact," zei Giel zacht. "Goedendag mevrouw,
mogen wij u even storen?"

"Nee, dat mag u niet," snauwde ze. "We zitten midden in een
belangrijk proces en zijn zo zoetjes aan zover dat we richting
een consensus zouden kunnen gaan trechteren. Dat vergt op-
perste concentratie van alle betrokkenen en daarom verzoek ik
u uw mond te houden of uw biezen te pakken. Dat laatste zou
het beste zijn." Haar collega's begonnen instemmend te knikken.
Dit voorstel sprak hen aan.

"Ik begrijp dat u het druk hebt en heb daar alle, maar dan ook
alle begrip voor," sprak mijn leidsman zalvend. "Toch zouden
wij graag met u en uw collega's willen praten, wat van gedach-

ten wisselen. Ziet u het maar als een vorm van..." Hij liet een stilte vallen en sprak het volgende woord met veel nadruk uit "*inspraak.*"

Dat hakte er in. Er ging een siddering door de groep en iedereen was gelijk alert. Betekenisvolle blikken werden uitgewisseld en het woord werd onderling fluisterend herhaald. De vrouw was van haar stuk gebracht en begon op haar vingers te bijten. "I-inspraak, u z-zei inspraak?" stotterde ze.

"Inderdaad. Dat is precies wat ik zei. U heeft goed geluisterd." Giels stem bleef van suikerwerk. "Ik leid deze aardige meneer rond, de fijne meneer die hier rechts naast mij staat, deze specifieke meneer in het dure pak dus." Om misverstanden te voorkomen wees hij me aan. Ik knikte stijfjes naar het groepje. "Dat doe ik omdat hij een keuzekandidaat is. Hij zou u graag wat vragen stellen. Dat is interessant voor hem, maar zeker ook voor u. Zo hoort u namelijk wat er leeft bij de burger. De signalen uit de samenleving."

Ze likte haar lippen af, hoestte en antwoordde met schorre stem: "Natuurlijk, de samenleving, daar doen we het allemaal voor. Daar gaat het om! De... de mensen, de mensen in de samenleving."

Ze streek haar haar uit haar gezicht, nam me eens goed op en richtte haar blik weer op Giel. "Is eh, is deze vers?"

"Meneer is zojuist overleden."

Ze klakte met haar tong en begon breeduit te grijnzen. "Van buiten naar binnen! Komt u maar naar beneden."

We daalden een gammele trap af, waarvan de treden doorbogen onder mijn voeten.

"We moeten voorzichtig zijn," waarschuwde mijn begeleider, "Ik vind ze erg onrustig vandaag." Met een zorgelijk gezicht opende hij de toegangsdeur en we betraden het vak. Op een meter of vijf van de groep hielden we stil. Giel knikte kort en zei: "Goedendag. Fijn dat u wat tijd voor ons vrijmaakt. Wij stellen dit zeer op prijs."

Er steeg een instemmend gemompel op. Ze leken opgelucht door deze uitspraak, maar ook een beetje onzeker over hoe het verder moest. De vrouw ging tussen ons en het groepje in staan en nam ons scherp op. Ze droeg een bril die bij de brug met touw bij elkaar gehouden werd. Nadrukkelijk schraapte ze haar keel. Vervolgens keek ze ons strak aan en schraapte haar keel opnieuw.

"Toe maar," sprak Giel vriendelijk.

Ze begon te praten.

"Laat ik dan, met het welbevinden van mijn geachte collega's, beginnen met u welkom te heten. Mijn naam is Marjorie Tamboer en ik ben het hoofd van de afdeling Strategie en Advies. We vallen recht onder de hemel en hebben dus een direct lijntje met God."

Ze lachte wat gemaakt.

"Misschien is hoofd niet het juiste woord. We doen het immers allemaal samen en het is niet zo dat de één meer is dan de ander. Daar houden we hier niet van. Iemand moet echter bij belangrijke gelegenheden het woord doen en dat doe ik dan maar zo'n beetje."

Ze trok een mondhoek omhoog, zoals iemand het gordijn optilt om er onder te kunnen stofzuigen. Ik wilde haar een vraag stellen, maar ze ging al verder.

"Deze afdeling, deze groep mensen, is heel divers qua samenstelling. We hebben een rijke schakering aan disciplines in huis: juristen, ingenieurs, bedrijfskundigen, bestuurskundigen, een filosoof, een historicus en zelfs een ex-balletdanser die sublieme nota's voor het ministerie van Landbouw heeft geschreven. Vrijwel allemaal lieden met een universitaire titel. Die diversiteit en dat niveau hebben we hard nodig, want de problematiek zoals wij die in het hiernamaals zien ontwikkelen is ingewikkeld en het is een complexiteit die steeds verder toeneemt, eerder exponentieel dan lineair zelfs, hetgeen vraagt om de complementaire, dus elkaar aanvullende, competenties die juist in deze

multidisciplinaire samenstelling zo ruim voorhanden zijn en waarmee, mits op de juiste wijze ingezet - en de mogelijkheid om de benodigde inzet te leveren staat onder druk, niet zozeer een eenduidige druk, maar veeleer een meerduidige, in kracht fluctuerende, of zo u wilt oscillerende, en op verschillende plaatsen aangrijpende en ingrijpende pressie, wat anticiperen lastig maakt, wat me er op brengt te zeggen dat het denken in blauwdrukken, waarin op vrij instrumentele, technische wijze vooraf wordt bedacht hoe de toekomst er uit zal gaan zien, en dus ook aan welke eisen wij moeten denken qua personele bezetting, sowieso, of althans voorlopig, laat ik zeggen in het huidige tijdsgewricht, in de huidige *setting* dus, achterhaald is en we veeleer in groendrukken denken, waarmee we een organische benadering voorstaan die het beter mogelijk maakt te improviseren - op synergetische en dus slagvaardige wijze gewerkt kan worden aan het vervaardigen van onderdelen van bouwstenen voor de ontwikkeling van een voor alle direct dan wel zijdelings betrokken partijen bevredigende beantwoording van impliciet dan wel expliciet gestelde, of in de nabije of de wat verdere toekomst, want wij schuwen het over een langere periode vooruit kijken zeer nadrukkelijk niet, al praten we dan eerder over het ontwikkelen van scenario's, die zich met een zekere graad van waarschijnlijkheid zouden kunnen voordoen dan over het geven van concrete antwoorden, te verwachten beleidsvragen. Dat gezegd hebbende, is de eerste voor de hand liggende vraag: wat bedoelen we hier, in deze context, eigenlijk met beleid? Er bestaan uiteraard diverse paradigma's, maar ik zou willen proberen te trachten een aanzet te geven tot een exploratieve verkenning, die…"
Ze sprak zonder adempauzes en de zuurstof die ze gebruikte leek ze rechtstreeks uit mijn longen te zuigen. Eerst probeerde ik haar te begrijpen, toen te onderbreken en ten slotte legde ik mijn handen op mijn oren in een poging me van het drenzende geluid af te sluiten. Ik kreeg het steeds benauwder, voelde me duizelig worden en had misschien mijn bewustzijn verloren, als

Giel me niet stevig in mijn bovenarm had geknepen. "Volhouden," siste hij, "het is bijna voorbij. Kijk maar om je heen."
Inderdaad waren er al een paar geïnterneerden staande in slaap gevallen en na een paar minuten sliepen ze allemaal, terwijl de spreekster met gesloten ogen steeds langzamer en gedempter ging spreken. "Die principes staan voor samenwerking… slagvaardigheid… professiali… professionali-teit… onafhankelijkheid… en …traps…terras... terraspantite… transpans…erans… ransepans transss..." Ze viel stil en onmiddellijk begon er een zacht snurkgeluid uit haar mond te komen.
Giel trok me mee aan mijn mouw tot we op een veilige afstand stonden.
"Voor mij, als dichter, is dit echt een weerzinwekkende omgeving. Wat ze met onze taal doen is verschrikkelijk." Met een smerige zakdoek wiste hij het zweet van zijn voorhoofd. "Normaal gesproken gaat het beter, dan kun je een gewoon gesprek met ze voeren. Misschien komt het door de spanning. Het gebeurt zelden dat er mensen rondgeleid worden en ze kunnen slecht omgaan met onverwachte ontwikkelingen die direct om een reactie vragen. De volgende keer kondig ik mijn komst vooraf telefonisch aan. Dan kunnen ze zich voorbereiden. Dat werkt toch beter."
Ik wreef over mijn gezicht en probeerde weer bij mijn positieven te komen.
"Dat was ernstig," gaf ik toe. Ik bestudeerde het groepje gestalten dat voor ons stond te slapen, als pinguïns in de poolnacht. De mensen bij de glazen wand hielden ons duidelijk in de gaten, maar vermeden oogcontact. "Wat zijn dit voor mensen?"
"Allemaal beleidsambtenaren, afkomstig van de rijksoverheid. In dit vak zit schaal elf tot en met veertien. In het vak hiernaast zit de provinciale overheid en daarnaast de gemeentelijke variëteit. Net als bij tropische aquaria moet je sommige soorten gescheiden houden. Zet je ze bij elkaar, dan volgt een bloedbad. Dit compartiment wil ik u in ieder geval niet aandoen. Laten we

snel vertrekken, voordat ze wakker worden."

Ik stond op het punt hem te volgen, toen ik een luid gejoel hoorde van een andere kant.

"Oh, shit," zei Giel. "Hommeles op de afdeling Communicatie." Het leek alsof er sprake was van een opstootje. Ze stonden allemaal opgewonden te schreeuwen en ik wilde er heen te lopen om te kijken wat er aan de hand was. Giel legde een hand op mijn schouder.

"Wegblijven daar," commandeerde hij, "het ziet er niet veilig uit."

Maar ik was nieuwsgierig. Eindelijk wat leven in de brouwerij, na al dat geouwehoer. Wat actie. Bovendien had ik goede ervaringen opgedaan met het negeren van Giels adviezen. Eigen initiatief, daar gaat het om in het leven. Dus trok ik me van hem los en ging op een drafje die kant op.

Al snel was ik bij de roepende meute. Zoals ik al vermoedde, werd er in het midden gevochten. Een man en een vrouw cirkelden om elkaar heen. De man bloedde uit een wond bij zijn oor en zijn linkeroog zat dicht. Zijn opponent was een kleine vrouw, die er taai uitzag. Ik ving haar blik op, waardoor ze werd afgeleid. Meteen sloeg de man haar vol in haar gezicht. Ze wankelde op elastieken benen naar achteren en gromde: "Dat is erg kort door de bocht."

"Je hebt bij mij geen draagvlak meer," hijgde hij en gooide zijn volle gewicht achter een volgende slag. Maar de vrouw deed een stap opzij en hij sloeg in de lucht en struikelde voorover. Nu stampte ze haar elleboog tegen zijn ruggengraat en hij plofte op het asfalt. Ze aarzelde niet en schopte hem vol tussen zijn benen. "Oe-oei," kreunden alle kerels in de groep, ik incluis.

"Ik ga hier tentatief mee om," piepte de man, zijn kruis met beide handen beschermend. Dat was onverstandig, want de volgende schop trof hem in het gezicht. Ik hoorde zijn neusbeen breken. Om me heen klonken kreten van afgrijzen.

Dit werd me te gortig. Er zijn grenzen aan zinloos geweld. Thuis op de buis is het heerlijk, hoe meer bloed hoe beter, maar in de echte werkelijkheid houd ik er niet van. Het werd tijd om wat autoriteit in de strijd te gooien en zonder verder na te denken stapte ik naar voren en ging tussen hen in staan.

"Mevrouw, wilt u daar eens mee ophouden," sprak ik op de strenge toon die ik in het verleden voor mijn zoontje reserveerde. Thuis werkte dat altijd prima. Hier ook. Ze hield direct op en keek me verrast aan.

"U zei?"

"Dat u moet stoppen," zei ik. "U heeft genoeg schade aangericht. Ik zou het nu maar braaf bijleggen."

Ze nam me ongelovig op, boog zich voorover en pakte iets op van de grond. Het leek op een wandelstok en misschien was het er ook een, want er zat zo'n rubberen dop aan het uiteinde. Ze keek naar die dop, zei rustig: "Nog een liefhebber van een gerichte aanpak," en sloeg mijn kuit onder me vandaan. Ik ging tegen de vlakte en de menigte juichte. Geen idee hoe ze dat zo snel deed. Waarschijnlijk had ze aan een vechtsport gedaan. Nu liep ze nonchalant om me heen, glimlachend naar de omstanders. Haar wapen ging alweer omhoog en ik schreeuwde: "Stop!" Het antwoord was van hout en gericht op mijn ribben, waardoor ik zonder adem kwam te zitten. Ik probeerde weg te rollen en beschermde mijn hoofd met mijn armen, terwijl de dolle troep om ons heen aanmoedigingen brulde. Een klap op mijn schouderblad. Dit was link. Dit was bloedlink. "Maak 'm kapot," gilde een vrouw. "Sla die rukker stuk!"

"Is dit maatschappelijk gezien de beste oplossing?" bulderde een bekende stem.

Het werd gelijk stil en de stok bleef trillend in de lucht hangen. De vrouw keek woedend om zich heen en kraste:

"Zijn er meer liefhebbers voor een pak slaag?"

"Ik vroeg hoe u tot deze interventie bent gekomen," sprak Giel en hij stapte de cirkel binnen. "Ik ben benieuwd hoe het proces is verlopen en ik hoop dat u een adequaat antwoord heeft.

Meneer is namelijk een bezoeker en uw aanpak kan leiden tot Hemelvragen."

Bij het horen van dat laatste woord trok het bloed weg uit haar gezicht. Er ging een siddering door de groep en Giel ging snel verder.

"U heeft voor een fysieke sanctie gekozen. In principe mag dat, maar deze aanpak roept ook vragen op. Bijvoorbeeld aangaande de proportionaliteit. Ik zie dat u gebruik maakt van een stevige stok."

De vrouw liet hem zakken en keek ernaar alsof ze hem voor het eerst zag.

"Staat het slaan met die stok in juiste verhouding tot de overtreding?" vroeg Giel kritisch.

"Een bijl is beter," opperde een omstander en er werd gegrinnikt. Er kwamen behulpzame suggesties. Iemand stelde het gebruik van een mes voor. Een ander begon over een ploertendoder.

Giel verhief zijn stem en sprak kalm, met gezag: "Ook het gelijkheidsbeginsel is van belang. Wordt iedereen die een dergelijke onbenullige, ik mag wel zeggen bijzónder onbenullige opmerking maakt als deze meneer hier, op dezelfde wijze behandeld? Dergelijke vragen zult u moeten kunnen beantwoorden."

Even was de blik van mijn beul volkomen leeg. Toen klaarde haar gezicht op en haar ogen begonnen te schitteren als Chantals kristallen Swarovski-konijnen.

"Hier is nadere studie nodig," begon ze enthousiast. "Het is een zaak met beleidsmatige, juridische, politieke, economische en technische kanten. Daar moeten we een taskforce op zetten."

Om ons heen klonken instemmende reacties en haar blik werd dromerig en ze zei: "Waar zijn…? Geef ze…"

Ze begon van me weg te lopen en stamelde: "Geef ze me, jongens. Jullie mogen ook, maar ik eerst. Wie heeft ze?"

"Ik, ik heb ze!" schreeuwde een magere Surinamer. Boven zijn hoofd hield hij een blok gele *post-it* notitievelletjes. De groep

kwam in beweging als een zwerm spreeuwen na een geweer-
schot en bewoog mee met de man, die snel naar achteren liep.
Verschillende handen grepen naar het blok en uit binnenzakken
werden viltstiften tevoorschijn gehaald. Ze waren ons vergeten
en verplaatsten zich naar de zijkant van het veld, waar ik twee
flip-overs zag staan. De stokkenknokster had de geeltjes be-
machtigd en begon orders uit te delen.

Haar eerste slachtoffer kwam ondertussen kreunend overeind,
keek ons een moment lang glazig aan en begon naar ze toe te
hinken, achtervolgd door een slingerend spoor van bloeddrup-
pels. Ik probeerde op te staan, maar mijn linker onderbeen was
voor zichzelf begonnen, reageerde nergens meer op. Giel greep
me bij mijn arm en sleepte me mee naar de achterzijde van het
vak.

"We moeten snel zijn. Voor je het weet zitten we in een klank-
bordgroep en dan hebben we hulp van buiten nodig om te
ontsnappen. Die blamage wil ik graag voorkomen."

Hij probeerde de poort te openen met zijn pas, maar er gebeurde niets. Ik keek om. De vrouw stond naast een flip-over en
schreef met een viltstift woorden op de briefjes, die ze vervolgens opplakte. Om haar heen werd heftig gedebatteerd en met
geeltjes gezwaaid. Iedereen riep door elkaar.

"Pragmatische aanpak, staat dat er al?"

"Zijn er *best practices*?"

"*Pilots*, er zijn *pilots* nodig!"

Toen krijste de Surinamer: "De burger, waar is de burger?" en
er steeg een afschrikwekkend gekrijs op en de hele groep rende
op ons af. Giel vloekte, veegde zijn pas schoon aan de mouw
van zijn toga en hield hem opnieuw tegen de lezer. Er klonk
een elektrisch gebrom, we gooiden ons volle gewicht tegen het
hek en waren buiten. Hij duwde het hek dicht, vlak voordat
de meute ons bereikte. Vloekend rammelden ze aan de tralies,
schreeuwend dat we terug moesten komen. Er werd gedreigd,
gesmeekt en gevleid. Iemand riep "poele-poele-poele", alsof we

eenden waren die naar de kant gelokt moesten worden. Giel
stapte van het hek vandaan, spuugde op de grond en kwam bij
me.

"Bedankt," zei ik met trillerige stem, "dat was ontzettend stom
van me." Ik schaamde me rot.

"Fijn dat we het daar over eens zijn."

"Echt ontzettend stom, mijn excuses. Ik had naar je moeten
luisteren." Ik stroopte mijn broekspijp op en betastte een donkerblauwe plek, die van het midden van mijn kuit naar mijn
knieholte liep. Vanachter de tralies steeg hoongelach op en
iemand vroeg spottend: "Moeten we je moesje bellen?"

"Laten we een rustiger plekje zoeken," zei Giel en met een arm
om zijn schouder hinkelde ik naar een ander vak, dat er verlaten
bij lag. We gingen er op de grond zitten en ik masseerde voorzichtig mijn been. De schade leek mee te vallen. Mijn tenen kon
ik alweer bewegen. Mijn gids liet me wat water drinken.

"Over het algemeen zijn ze niet gevaarlijk. Wanneer je ze echter
direct, persoonlijk aanspreekt op hun gedrag, kunnen ze volledig
door het lint gaan. Dat heeft met onzekerheid te maken. Ze zijn
gewend als collectief te worden benaderd."

"Wat een hufters."

"Oordeel niet te streng. De meesten zitten er al een jaar of
twintig en ze worden op een heel subtiele wijze psychologisch
gemarteld. Dat doet wat met je geest."

"Geen kans op verlossing?"

"Natuurlijk wel, dat is het hele idee. Eens in het jaar krijgt er
eentje een schaal bij. Vanaf schaal vijftien komen ze in een ander
vak, waar het dagelijks leven iets minder bar is."

"En de hemel?"

"Vanaf schaal dertig. Dat was vijfentwintig, maar het is recen-
telijk opgehoogd. Ooit was het negentien." Giel keek om zich
heen en fluisterde: "Volgens mij is het een soort Catch22."

"Ik ben je even kwijt, Giel."

Hij glimlachte. "U bent niet zo'n lezer, hè?"

"Och," relativeerde ik, "ik lees best wel, vooral tijdens de vakanties. De Nederlandse toppers, zoals de boeken van Baantjer. Ik weet niet of die naam je iets zegt?"

"Nee, het spijt me. Ik lees alleen auteurs die hier minstens dertig jaar binnen zijn en van wie ik weet dat ze op aarde nog gelezen worden. Dan is de waan van de dag er af en de kans op wat moois een stuk groter."

"Dan mis je veel! Heleen van Rooijen, Giphart, eh… Baantjer dus." Ik dacht na. Je had nog zo'n lekker gebakje, dat ook lingerie ontwierp. Haar naam wilde me niet te binnen schieten.

"Allemaal Nederlanders zeker? De nationaliteit van de schrijver vind ik zo'n raar criterium voor de keuze van een boek. Je eet toch ook niet alleen bloemkool met aardappelen, als er ook bouillabaisse, paella of sushi op tafel kan staan?"

"Word je zelf eigenlijk nog gelezen?" reageerde ik gepikeerd. Zijn gezicht betrok en hij keek de andere kant op. "Sorry als dat kwetsend klonk. Ik ben geen kenner, daar ben ik eerlijk in."

"Ik word gelezen," sprak Giel zuinig. "Niet veel, maar een beperkt publiek zal er altijd zijn. Ik heb een klassieker geschreven, de befaamde Aeneas. Zegt dat u wat?"

"Sorry, ik heb geen Grieks gehad."

"Latijn."

"Whatever."

"Een gemis!"

"Ach, gemis… Je kunt er weinig mee in het dagelijks leven."

"Ik neem aan dat dat een manier is om er tegenaan te kijken," zuchtte hij. Hij ging staan en klopte het stof uit zijn toga. "Verderop zijn twee andere vakken. Daar zijn ze minder agressief. Zullen we gaan kijken?"

"Ik weet het niet, Giel. Erg enthousiast word ik niet van deze omgeving." Voorzichtig trok ik mezelf op aan het hek en probeerde of ik al zelfstandig op mijn been kon staan.

"Leuk zal het nergens zijn, dat is de opzet niet. Het idee is 'later leuk', niet 'nu leuk'."

"Moeilijk Giel, ik voel twijfel. Wat past het beste bij me? Hoe langer ik er over nadenk, hoe onzekerder ik word. Ergens heb ik het gevoel dat ik meer kan. Ik zie geen echte verbetering ten opzichte van wat ik al deed. Zijn er nergens managementfuncties vrij?"

"Natuurlijk zijn die er, maar men stroomt niet in één keer door naar het management, tenzij dat in de verwijsbrief staat."

"Mag ik die brief trouwens eens zien?"

Hij haalde zijn schouders op. "Prima, als u me niet gelooft." Hij pakte het document en vouwde het open. Bovenaan stond mijn naam en mijn nummer, daaronder kolommen met lege vierkantjes die je kon aankruisen. Daarachter telkens een code en een korte omschrijving. Er stonden vinkjes bij *48-34a: customer services, 48-12b: sales* en *54-3f: government administration*. Rechts onderaan stonden een paar vakjes met een zwart kader er omheen. Eén daarvan was ook aangekruist: *66-12a: test JFP.*

"Wat is dat, Giel?" vroeg ik en wees het vakje aan.

Hij keek ernaar en werd langzaam rood. Een mooi, egaal rozerood dat van zijn hals tot zijn oren liep. Geen vlekjes deze keer. "Dat had ik niet gezien," mompelde hij. "Dat me dat niet is opgevallen..." Hij draaide het papier om en controleerde de handtekeningen. "Het klopt wel." Opnieuw staarde hij naar het aangekruiste vakje.

"Als je het spannend wilt maken, dan lukt je dat aardig. Wat is er aan de hand?"

"Er staat dat u het recht heeft uzelf te laten testen."

"Een test? Wat is dat voor iets?"

"Iets wat u niets zal opleveren."

Ik rook een kei van een kans. "Giel, wat is het verhaal achter de test?"

Hij begon het formulier weer op te bergen en antwoordde: "In principe kunt u uzelf psychologisch laten testen. Dan krijgt u een bindend plaatsingsadvies op maat."

"Ik voel me al enthousiast worden, Giel. Een advies op maat!

Toch een aardig idee."

"Het kost tijd en energie en u wordt waarschijnlijk doorverwezen naar datgene wat al in de verwijsbrief stond. Daarom testen we bijna nooit. Het is verspilde moeite! Waarschijnlijk is dit een foutje." Hij klonk als een vader die zijn puber van een verkeerde keuze probeert af te houden en het effect was net zo voorspelbaar.

"Ik wil van deze kans gebruik maken," reageerde ik resoluut.

"De validiteit van een psychologische test ligt een stuk hoger dan die van een sollicitatiegesprek."

"Wie zegt dat? Die testbureaus zelf waarschijnlijk?"

"Kom op, Gieleke, laten we testen."

Ik dacht dat hij weer eens boos zou worden, maar in plaats daarvan begon hij te lachen.

"U bent echt onverbeterlijk. Ziet u het patroon niet? U probeert iets en vervolgens valt het tegen. Steeds opnieuw. Toch blijft u geloven in het keren van de kansen, dus hup: op naar de volgende uitdaging."

"Dat heet optimisme, Giel. Ik ben een optimist."

"We moeten helemaal terug naar waar we vandaan komen."

"Ik heb het er graag voor over."

Hij schudde zijn hoofd, mompelde iets dat klonk als "onverbeterlijk", haalde een mobieltje tevoorschijn, toetste een nummer in en meldde dat we eraan kwamen.

8

De toegang tot het testbureau zat naast de trap naar de kamer van Ron en Bea. Er hing een koperen plaat naast de deur, die breder was dan de deur zelf.

JungFreud and Partners. Second Opinions. Partner of PMS. We care even more, las ik. Vooral dat laatste boezemde me angst in.

"Daar zijn we dan," zei Giel.

"Daar zijn we dan."

"Ik hoop dat u uw best zult doen."

Ik beloofde het.

"Dat we straks niet alsnog naar de overheid of sales moeten. Moet ik weer zo'n eind..."

"Dat gaat niet gebeuren," antwoordde ik ferm. Dat dit mijn laatste kans was, begreep ik zelf ook wel.

Hij wees op een bankje. "Ik blijf daar op u wachten tot u klaar bent. Ze houden u waarschijnlijk wel een tijdje zoet. Dat geeft mij mooi de kans om mijn administratie bij te werken. Succes."

Ik deed een schietgebed, trok de deur open, stapte naar binnen en voelde me thuis. Kijk, dit was het betere werk. Een plek met stijl. Qua oppervlak schatte ik de zaal op een tennisbaan of twee, met een plafond waar je zonder hoogwerker niet bij kon komen. Alles, van de zwarte granieten vloer, de marmeren wenteltrap tot de volle lippen van het meisje achter de balie, glom alsof het zojuist gevernist was. Waar was mijn zonnebril? Dit straalde een aangename welvaart uit. Overal aan de muren hing fel gekleurde kunst: hoogspringers, verspringers, hardlopers en discuswerpers sloofden zich in zwiepende rode, witte en blauwe lijnen uit. Duidelijk een omgeving waarin het om het leveren van topprestaties ging. Ook het baliemeisje was van het prestigieuze soort. Ze droeg een getailleerd jasje met koperen knopen en daaronder een witte bloes. Haar geblondeerde haar zat strak samengebonden in een paardenstaart. Ze was niet mooi, maar wel jong en dat maakte veel goed. Op de balie stond een kristallen vaas met een boeket rozen en een geëmailleerd bordje met haar naam: Céline Chambord. Vanonder haar geëpileerde wenkbrauwen keek ze me geroutineerd-vriendelijk aan.

"U bent meneer Admiraal?" vlinderde haar stem in smetteloos Engels.

Altijd prettig wanneer het personeel je naam blijkt te kennen. Beleefd bevestigde ik mijn identiteit.

"Welkom bij JungFreud and Partners: dé makers van de perfecte *match*. Ik ben Céline en mijn passie is kerststukjes maken. U mag plaatsnemen tot u wordt opgehaald. Wilt u een kopje koffie?"

Ik bestelde een espresso en ze startte een babyblauw Italiaans designapparaat op dat over meer glimmend chroom beschikte dan een Harley Davidson. Dit leek me een goed moment om inlichtingen te verzamelen, want Giel had gewoontegetrouw niets losgelaten.

"Wie haalt me zo op?" vroeg ik zo argeloos mogelijk.

"Een collega," antwoordde ze. Ze zette de machine aan en ik dacht dat er een straaljager overkwam, maar het kabaal bleek te komen van de bonen die verpulverd werden. Dit moest een dure zijn.

"Je zult begrijpen dat ik nieuwsgierig ben," schreeuwde ik aller-poezeligst over de herrie heen. "Misschien kun je me iets vertellen over het programma. We zijn nu toch alleen met zijn twee-tjes." Ik legde mijn ellebogen amicaal op de balie en stootte bijna de vaas omver. Het was een onbeholpen poging en hij faalde dan ook volledig. Haar glimlach viel in scherven uiteen en wat overbleef was een boos en hard gezicht van dertien in een dozijn. Achter haar begon het apparaat te sissen en te rochelen.

"U merkt het vanzelf," antwoordde ze kortaf. "Gaat u maar zitten, dan breng ik u uw koffie."

"Dat kan wel wat behulpzamer," probeerde ik met overwicht in mijn stem. Ik had geen zin me door een negentienjarige af te laten poeieren en leunde over de balie heen. "Vertel me nou eens beleefd wat er gebeuren gaat. Dat is toch geen probleem?"

Dat was het wel. Ze stak haar wijsvinger uit en haar nagel wees als een dolk in de richting van de trap. Ik keek om. Er was daar een zithoek met designstoelen, een salontafel en een palm in een pot van aluminium.

"Ziet u dat zitje? U neemt daar nu plaats," zei ze scherp, "Anders bel ik de beveiliging."

Ik droop af en zat net op mijn stoel toen ze me met een plastic glimlach mijn espresso serveerde. Hij zat in een flitsend designkopje en er was zelfs zo'n lullig glaasje water bij, waarvan ik nooit begrepen heb of je het moet opdrinken, er je vingers in moet wassen of het over je rechterschouder moet gooien. Hoe dan ook, het was een enorm straffe bak en hij smaakte me geweldig. Met kleine slokjes genietend monsterde ik nogmaals mijn omgeving. Die griet was onbehouwen, maar qua entourage had ik het idee dat ik op het punt stond promotie te maken. Het was duidelijk dat het de goede kant met me opging. Ik trok mijn veters los, deed mijn schoenen uit en masseerde mijn enkels. Hoe lang was ik nu onderweg? Voor mijn gevoel was het ver na bedtijd. Zo onpraktisch dat er nergens een klok hing. Het was net een casino. Er kwamen herinneringen naar boven aan thuis, maar ik drukte ze weg. Geconcentreerd blijven.

Ik zat net met mijn broekspijp omhoog om mijn zere been te bekijken, toen ik boven me het geluid van voetstappen hoorde. Een oude dame kwam energiek de trap aftrippelen en hield halverwege stil toen ze zag dat ik haar zag. Ze had een zilverkleurig kapsel waarin een tankwagen hairspray was leeggespoten, en droeg een mauve mantelpakje met een bloesje met opstaand kraagje. Ik schatte haar rond de zeventig en ze had iets van een fraai historisch bouwwerk, dat dringend aan een restauratiebeurt toe was. Ze maakte een wuivende beweging naar me, als iemand die een lakei wenkt.

"Meneer Admiraal," klonk het bekakt, "welkom, komt u mee." Direct draaide ze zich om en liep terug naar boven. Ik schoot mijn schoenen aan en zette de achtervolging in. Bovenaan de trap was ik bij haar. Ze gaf me een hand en noemde haar naam, die ik onmiddellijk vergat. Haar passie was golf. We marcheerden een statige hal door en betraden een gang met aan weerszijden deuren van donker hout. Aan het einde van de gang was haar kantoorkamer. De muren waren fris lichtgroen geverfd. Een raam werd afgeschermd door luxaflex. Het meubilair en de computer op het bureau waren krijtwit en er hing een schilderij van een golfbal. Alles zag er aangenaam en hip uit. Ik rook hoge uurtarieven. De enige dissonant was een zwart-uitgeslagen ijzeren zeven golfclub, die naast het bureau tegen de muur stond.

"Speelt u veel, mevrouw?" vroeg ik. Dit leek me geen tante voor je en jij.

Ze glimlachte charmant. "Hier is helaas geen tijd voor sport. Maar vroeger speelde ik regelmatig, ook veel zakelijk natuurlijk. Die golfclub had ik bij aankomst bij me. Ik was één slag van de green verwijderd, van de achttiende hole nota bene, toen de bliksem me trof. *What a way to go!*"

"Ik reed mezelf dood in mijn nagelnieuwe leasebak," bood ik tegen haar op.

"Ook niet verkeerd," reageerde ze goedkeurend. "Doodgaan in actie is het beste."

We namen plaats aan een overlegtafel en Mauve Kraagje haalde een ordner tevoorschijn met mijn naam er op. Hij was identiek aan het exemplaar van Ron en Bea, en ik kreeg het gelijk benauwd. Daar gingen we weer: vraag en antwoord. Haar ogen straalden een helblauw licht uit, alsof het twee koplampen waren. Ik voelde me een konijntje op de snelweg.

"U bent zenuwachtig, hè?" stelde ze.

Ik knikte. Slikte een golfbal door. Misschien kwam het door de cafeïne, maar mijn handen beefden. Ik verborg ze onder het tafelblad.

"Dat is geen schande. Dat is iedereen hier. Zonder uitzondering. Het is nogal wat, wat u de afgelopen uren is overkomen." Ze wierp me een meelevende blik toe, die vrij natuurlijk overkwam. Ze was duidelijk een professional.

"We beginnen heel kalm, zodat u alle gelegenheid hebt om tot rust te komen. Een drankje?"

Ik accepteerde een glas synthetisch smakende sinaasappelsap. Mevrouw Mauve opende de ordner en sloeg een paar bladzijden om. Ik keek haar aan en probeerde tevergeefs haar lichaamstaal te interpreteren. Ze knikte een keer van ja, schudde van nee, tuitte haar lippen, wiegelde met haar hoofd en leek tot een besluit te komen.

"Ik zie dat uw 'sesam open u' aan de hemelpoort niet heeft gewerkt. Vervolgens wilde u niet kiezen uit de voorgestelde functies. Dat was verstandig van u. Testen is altijd de beste keuze."

Ze schonk zichzelf een glas water in en ging verder.

"Voor alle duidelijkheid: er is *niets* ernstigs aan de hand. U voldoet niet aan alle hemelse eisen, maar dat is geen schande. U moet uzelf gewoon eerst wat verder ontwikkelen. Niets meer en niets minder. De komende uren gaan we die ontwikkelpunten eens nader onderzoeken. Kijken waar het aan schort."

De vrouw nam een slok water, gorgelde luidruchtig en slikte door. "Ik heb uw dossier doorgenomen en dat geeft me een eerste beeld van uw persoonlijkheid. Hoe u zo'n beetje in elkaar steekt, zal ik maar zeggen. Maar eerlijk gezegd heb ik niet zoveel aan die informatie. Het zegt van alles over uw verleden, dat is waar, maar dat verleden is voorbij. Het gaat om uw toekomst en wat lees ik daarover? Geen woord!" Met een klap sloeg ze mijn map dicht. Haar ogen blonken opstandig. "Mij interesseert het persoonlijk geen jota wat u vroeger voor een leven hebt geleid. Mensen zijn niet statisch, zoals deze tafel of die stoel waar u op zit. Ze zijn dynamisch, veranderlijk, continu in beweging! Hoe u vandaag in het leven staat, daar gaat het om."

Ze stond op, liep naar het schilderij met de golfbal, veegde wat denkbeeldige stof van de lijst en ging weer zitten. Verontwaardigd begon ze haar hoofd te schudden. "Bovendien beschrijft een dergelijk dossier alleen het zichtbare gedrag. Het topje van de ijsberg! Wat daaronder zit aan overtuigingen, normen en waarden, dat zien we niet. Terwijl het daar juist om gaat! Er is maar één solide manier om daar achter te komen, één Weg naar de Waarheid, één betrouwbare methode." Ze keek me indringend aan. "Die methode is het assessmentcenter."

Sodeju. Een assessment. Ik moest mijn best doen om mijn opluchting niet te laten blijken. De meeste mensen schieten daarvan in de stress, maar ik dus niet. Tijdens mijn werkend bestaan had ik er een stuk of tien ondergaan. Leuk wordt het nooit en het blijft slikken wanneer zo'n psychologietrutje van vierentwintig, dat zich in haar vrije tijd door haar vriendje in elkaar laat slaan, meent te kunnen beoordelen of je in staat bent om een afdeling van honderd man te leiden. Maar een assessment is wat het is: een dure manier om de verantwoordelijkheid voor een verkeerde aanstellingsbeslissing bij een ander neer te leggen. Het goede nieuws was dat ik hier met mijn ogen dicht en mijn handen op de rug, fluitend doorheen moest kunnen fietsen. Zelfs mijn allereerste testdag was uitstekend gegaan en daarna had ik mijn strategie steeds verder geperfectioneerd. Ik nam gelijk het initiatief en vroeg waar ze me op wilde gaan testen. "Dat is een goede vraag," complimenteerde ze me. "We kunnen jammer genoeg niet alles in kaart brengen wat we zouden willen. De beschikbare tijd per cliënt is beperkt, zeker sinds die krentenwegers van PMS aan de touwtjes trekken." Ze begon in de map te snuffelen. "Kijkend naar uw dossier zie ik een veertigjarige, autochtone Nederlander, technisch en commercieel opgeleid, bedrijfsleven en overheid, accountmanagement en wat lijnmanagement. Vrij materialistisch ingesteld, maar gecorrigeerd voor het huidige Noord-Europese cultuurprofiel binnen de marges. Eens zien, beetje egocentrisch, maar toch in staat zichzelf in een ander te verplaatsen, enfin, dat past in het commerciële profiel... Nu ja, dat wordt testen op egocentrisme, altruisme en integriteit. Daar komt het trouwens meestal op neer."

"Misschien wilt u iets zeggen over het programma?" vroeg ik door.

"Ach, dat kent u toch? De onderdelen van de testdag zijn betrekkelijk standaard: intelligentietests, persoonlijkheidstests, een postbak, een gesprek met een psycholoog en een praktijksimulatie, zeg maar een rollenspel. Veel andere smaken zijn er niet."

Dat klonk eenvoudig, maar ik wilde laten blijken dat ik een volwassen, mondige kandidaat was. Dus vroeg ik kritisch wat die intelligentietests te maken hadden met de punten waarop getest zou gaan worden. Volgens mij niets namelijk. Dat viel niet in goede aarde.

Ze keek me verontwaardigd aan. "Meneer Admiraal, dit is een psy-cho-lo-gisch onderzoek! Zonder intelligentietests gaat dat niet. Het geeft toch een zekere kleur aan het totaalbeeld. En er bestaan tegenwoordig zulke mooie meetmethoden! Dat kunnen we toch niet laten liggen? We zijn nu toch met u bezig."

Ik capituleerde direct. Met psychologen treedt men nimmer in discussie. Voor je het weet vragen ze: "Waar komt uw weerstand vandaan?" en verdrink je in een moeras van vraag en antwoord. Ruimte geven, vooral veel ruimte geven.

"En als alle tests voorbij zijn?"

"Dan vat ik de uitslag samen in een mooi psychologisch rapport in een kunstleren mapje met goudopdruk, dat ik aan het einde van de dag met u bespreek. Afhankelijk van de ontwikkelcompetenties verwijs ik u naar een passende plaats van tewerkstelling."

Ze haalde een vulpen tevoorschijn en schreef iets op. Stak de gouden punt van de pen in de richting van het plafond en voegde er achteloos aan toe: "Of ik stuur u alsnog door naar de hemel."

Ik verslikte me in mijn sap. "Kan dat dan nog?" vroeg ik hijgerig, toen het spul niet langer uit mijn neus kwam.

"Natuurlijk, waarom niet?" lachte ze hartelijk en ze gaf me een servetje om mijn gezicht droog te maken. "Is u dat niet verteld? Mijn oordeel kan totaal anders uitvallen dan dat van PMS. Misschien hebben ze zitten knoeien tijdens dat gesprek. Dat zou niet de eerste keer zijn. Weet u waar volgens ons die afkorting voor staat? Voor Persistent Mistastende Snelrechters. Niet doorvertellen, hoor!" Ze giechelde.

Wauw. Daar had ik geen rekening mee gehouden. Wat een meevaller. Dan lagen alle opties gewoon open. Zo zie je maar hoe dicht succes en falen tegen elkaar aan liggen. Ik zat nog volop in de race!

"Aan de slag dan maar," besloot ik opgetogen.

Ze stond op. "Dan breng ik u naar de testruimte."

Even later zat ik in een lokaal aan het begin van de gang. Er stonden twee keer zes tafeltjes in examenopstelling. Op elke tafel lagen een notitieblok met gelinieerd papier, een potlood met een punt waarmee je een tatoeage kon zetten en een gum in een geplastificeerd hoesje van karton. Ik had plaatsgenomen aan het tafeltje links achteraan. De wand aan mijn zijde bestond uit kunststof panelen met houtmotief en de muren hadden hetzelfde groene kleurtje als de kamer van mevrouw Mauve. Verder hingen er glimmende foto's aan de muur van gladiolen, narcissen en hyacinten. Een fleurig gebeuren, dat de argeloze kandidaat de indruk moest geven dat het hier een opgewekte, ontspannen en jofele boel was.

Opgewekt was ik zeker. Door het goede nieuws van zonet, maar ook door de beeldschone testassistente die voor de klas zat. Ze was een Vlaamse met een voornaam die als een kristallen koets op de blinde muur van haar achternaam botste: Esterella Kot. Ze zat achter een modern bureau haar nagels te vijlen die, net als die van Céline, zo lang en scherp waren dat een wapenvergunning me niet overbodig leek. Achter me stond een tafel met flesjes frisdrank. Ik opende een cola en schonk een glas vol. Toen ik me omdraaide werd er een tweede kandidaat naar binnen gebracht. Het was een dikke kerel in een grijze kabeltrui, die zo te zien door zijn verziende moeder was gebreid: de kabels zaten in de knoop en links waren ze langer dan rechts. Hij ging schuin voor me zitten. Zijn achterhoofd was kaal en bedekt met huidschilfers. Hij zweette overdadig. Dan keek ik liever naar Esterella, die klaar was met haar nagels, haar stoel naar achteren schoof en haar trui met een ruk naar beneden trok, waardoor haar borsten naar voren sprongen als twee sprinters tijdens een Olympische finale. Blijkbaar waren we compleet, want ze kwam overeind, liet een lichaam zien dat thuishoorde in een computeranimatie en slenterde elegant naar de wand rechts van haar. Beroerde één van de panelen met haar vingertoppen, die met een klik opzij sprong. Erachter bevond zich een kast, waaruit ze twee stapels papieren haalde. Daarna dreef ze mijn kant op, zoals een donsveer over het water glijdt. Ging naast mijn tafel door haar hurken. Wat rook ze lekker.

Ze fluisterde: "Eerst enkele intelligentietests." Haar stem was laag en hees. Ik hou erg van laag en hees. Legde een insteekhoes voor me neer en begon uit te leggen.

"In het begin zult u de opgaven eenvoudig vinden. Werkt u echter vooral flink door. U heeft dertig minuten en dat is weliswaar een half uur, maar toch raakt men vaak in tijdnood. Want het is niet écht veel, dat lijkt alleen zo. Bovendien worden de opgaven steeds moeilijker, waardoor u steeds meer tijd per vraag nodig zult hebben. Door tijdnood raken veel kandidaten gespannen en door de spanning scoren ze slechter dan nodig. Een slechte score is niet goed voor het eindresultaat en daar heeft u dan later weer last van. Door flink door te werken komt u niet in tijdnood, waardoor u niet gespannen raakt en misschien zelfs beter scoort dan u normaal zou doen. Heeft u vragen?"

Na deze heldere uiteenzetting kon ik slechts dom grijnzend met mijn hoofd schudden. Van die sensuele dikke lippen had ze. Ze wenste me succes met een glimlach waarvoor iedere kerel per

direct zijn gezin zou verlaten, en liep naar Schilferhoofd. Daar
stak ze hetzelfde verhaal af. Ik controleerde haar lach en constateerde tevreden dat die nu iets kils en kunstmatigs had. Daarna
nestelde ze zich achter haar bureau en zei dat we mochten
beginnen. Schilferhoofd begon gelijk als een gek te werken,
maar ik rekte me eerst rustig uit en keek voor de zoveelste keer
op mijn polshorloge dat trouw stilstond op 11.37 uur. Aan de
wanden zag ik geen uurwerk hangen, dus moest ik me verlaten
op Esterella's klokkijkkunsten. Langzaam trok ik de papieren uit
de insteekhoes. Ik glimlachte. Het was een rekentest. Eentje met
cijferreeksen:

1,3,5,7,9,X   Ik schreef 11 in het lege hokje achter " X=".
7,14,X,28,35,42   X=21
40,35,30,25,20,X   X=15

Ik was op bekend terrein: dit had ik een maand geleden nog
geoefend op internet. Ik ging aan de slag en de opgaven werden
inderdaad snel lastiger. De eenvoudige systematiek van optel-
len, vermenigvuldigen en aftrekken verdween en er verschenen reeksen, waarbij elke stap naar een volgend getal uit een
hink-stap-sprong van verschillende rekenkundige bewerkingen
bestond. Pas de laatste vijf minuten begonnen de opgaven echt
ingewikkeld te worden en misschien had ik één fout gemaakt.
Toen was de tijd om en trok Esterella het papier onder mijn
handen vandaan. Ik had alles af. Applausje voor mezelf.
De tijd ging in voor de volgende test. Figuurreeksen. Op het
eerste plaatje een vierkant met een stip, op het tweede plaatje
twee stippen en op de derde drie. Er waren vijf alternatieve antwoorden en bij B stond een vierkantje met vier stippen. Een kind
kon de was doen. Ik werkte me gestaag door de eerste opgaven
heen, maar met de eenvoud was het snel gedaan. Er kwamen om
hun as roterende parachuutjes met witte, grijze en zwarte stipjes
en draaiende knikkers waar dunne en dikke stokjes uitstaken. Al

snel begonnen ook de kleuren te variëren en de meest exotische figuren klapwiekten in wisselende formaties over het papier heen. Gebruik LSD in een draaimolen en je ziet hetzelfde. Logisch dat ik het spoor snel bijster was. Het laatste kwartier voelde ik me als een speler die in het casino op de pof doorgokt, terwijl de curator zijn bezittingen al staat te taxeren en zijn vrouw naar de buurman lonkt. Tegen de tijd dat Esterella de antwoorden op kwam halen, zweette ik net zo erg als Schilferhoofd.

De derde test bestond uit hoofdrekensommen. Dat ging beter dan de vorige, maar ook hier raakte ik op driekwart de weg kwijt. Wie rekent er tegenwoordig uit zijn hoofd? Daar heb je een rekenmachine voor. Nummer vier was een taaltest. Gelukkig ben ik nogal talig.

Zich generen = a. zich voortplanten
b. zich verbazen
c. zich schamen
d. zich niet lekker voelen

Als ik me geneer voel ik me altijd onprettig in mijn buik, dus d moest het juiste antwoord zijn. De volgende opgaven waren even eenvoudig en ik maakte de oefening ruim binnen de tijd af. Ik kreeg weer wat goede moed. Het voordeel van een assessment is dat je je falen op het ene gebied kunt compenseren door je score op een ander gebied. Er kwam nog zo'n test en daarna kwam mijn mooie vriendin met een nieuwe stapel opgaven.

"Dit zijn persoonlijkheidstests," zoemde ze. "Er is geen tijdslimiet. Toch kunt u het beste flink doorwerken. Gewoon vlot en spontaan antwoord geven. Aankruisen wat in u opkomt. Dat werkt het beste."

"Dat zal ik zeker doen," beloofde ik. Ha, ha. Geen haar op mijn hoofd die erover dacht natuurlijk. Oprechtheid heeft op psychologen hetzelfde effect als de geur van bloed op een mensenhaai:

ze worden razend en scheuren je aan stukken. Ik nam een paar minuten om goed naar mijn persoonlijkheid te kijken in het licht van de gestelde eisen. De fase van herontwerp, noem ik dat. Al snel wist ik hoe ik uit de test wilde komen en waar ik de werkelijkheid daarvoor wat moest bijbuigen. Ik poetste mijn veren op, camoufleerde de twee of drie zwakke karaktertrekken waar ik last van kon krijgen en voegde enkele niet-bestaande, irrelevante tekortkomingen toe om menselijk te blijven over-komen. Met dit beeld van mezelf voor ogen was het uitgesloten dat ik tegenstrijdige antwoorden zou geven.

Ik nam het mapje door en zag dat het om vier verschillende tests ging, variërend van 50 tot 450 vragen. De vertrouwde methode van op verschillende manieren hetzelfde vragen, in de hoop een betrouwbaar antwoord te krijgen of tenminste een beeld van de onbetrouwbaarheid van de respondent. Kalm lurkte ik mijn tweede glas cola leeg en bestudeerde de rug van de andere kandidaat. Onder zijn armen waren donkere vlekken zichtbaar geworden en ik verbeeldde me dat ik hem rook. Nee, ik rook hem echt. Getverdemme.

Bij de eerste vragen schoot ik al bijna in de lach. Het werkte met een tienpuntenschaal die van *volledig eens* tot *volledig oneens* liep en ze vroegen of ik een tobber was, of ik graag alleen was en of ik vaak piekerde. Natuurlijk kruiste ik overal *volledig oneens* aan. Met tobben kom je niet ver in deze wereld, alleen willen zijn is voor contactgestoorden en piekeren is een nuttig tijdver-drijf voor arbeidsongeschikten. De volgende stellingen waren genuanceerder en kregen van mij een score rond de vijf en zes, die samen de vluchtheuvel van de tienpuntenschaal vormen. Ik ging er soepel doorheen en ook de tweede test bleek een eitje. Voor nummer drie moest ik honderdvijftig zinnen afmaken:

Een klant heeft belangstelling voor een van uw producten. U weet dat
dit product minder betrouwbaar is dan dat van de concurrent. De klant
informeert specifiek naar deze betrouwbaarheid. U zegt...

A: dat uw eigen product niet zo betrouwbaar is en
   adviseert het model van de concurrent.

B: dat het product prima in orde is en incasseert later een
   lekkere, dikke bonus.

Het was volkomen voorspelbaar wat er van me verwacht werd,
dus ploeterde ik door en na nog een test was ik klaar. Mijn
lotgenoot finishte vlak voor mij, kwam steunend overeind en
leverde zijn resultaten braaf in bij de juf. "U kunt gelijk mee-
komen voor een interview," zei ze. Dat is wat er met de beste
jongetjes van de klas gebeurt. Met zijn tweetjes verlieten ze het
lokaal en een ogenblik later kwam Esterella terug met een dien-
blad met een pakje melk, een banaan en een met folie overtrok-
ken bord met belegde broodjes.
"Ik geloof dat u ook klaar bent?"
"Helemaal." Ik glimlachte ontspannen.
"Dan kunt u gebruik maken van deze maaltijd, die wij u gratis
aanbieden. Daarna volgt een interview. Ik moet ondertussen zelf
op een andere verdieping wat papierwerk afhandelen en ben
over een kwartier terug, zeker niet eerder. Redt u het zolang
alleen?"
Ze hield haar verrukkelijke hoofdje een beetje schuin en liet
haar oogleden als zonneschermen een halve meter omlaag vallen. Die wimpers, oh die wimpers!
"Dat lijkt me erg lang en ongezellig, maar ik zal het proberen,"
antwoordde ik stoer.
Blozend nam ze mijn testresultaten mee. Ze legde alles op haar
bureau, zong een zacht "Tot straks dan," zwierde naar buiten en
ik was alleen.
Geconcentreerd keek ik naar de streepjescode op het kwartliter-
pak melk. Onder de streepjes stond een rij getallen. Ik telde ze

op en kwam uit op tweeënvijftig. Herhaalde de berekening en de uitkomst bleek vijftig. Deed het nog een keer en het was weer tweeënvijftig. Ging staan en keek om me heen. De plaats van Schilferhoofd was leeg, maar zijn parfum hing er nog. Op zijn tafel stond een onaangeroerd glas limonade. Ik pakte mijn gum en testte de punt van het potlood met mijn vinger. Liep naar het bureau van Esterella. Voor me lagen mijn testresultaten, daarnaast die van Schilferhoofd. Legde mijn hand op de stapel, dacht iets te horen en verstijfde. Het bleef stil. De deur van het lokaal stond op een kier en ik liep erheen. Keek om de hoek. Niemand op de gang. Alle deuren waren dicht.

Ik stapte terug naar het bureau, haalde diep adem en verwisselde de resultaten van mijn tweede rekentest met die van mijn concurrent. Het was simpel. Ik hoefde alleen zijn naam uit te stuffen en te vervangen door de mijne. Bij mijn eigen werk deed ik het tegenovergestelde. Gelijk oversteken heet zoiets. Het was binnen een halve minuut gedaan. Ik keek naar de andere antwoordbladen. Schilferhoofd leek me een techneut, want anders trek je niet zo'n trui aan. Bovendien had hij zijn trui ín zijn broek gepropt en dat doen alleen volbloedbèta's. Waarschijnlijk was de man briljant en dan was het beter om alle intelligentietests om te wisselen. Het kostte meer tijd dan ik had gedacht, ook om alle stukjes gumsel van het bureau te vegen en in de prullenmand te werpen. Met de persoonlijkheidstests had ik niets gedaan en ik bladerde door mijn antwoordbladen. Voor mijn gevoel was er nog tijd. Er was er één die ik verwarrend had gevonden. Als ik die nou eens ook omruilde… Nee, kolder. Over zijn intelligentie maakte ik me geen zorgen, maar zijn persoonlijkheid was een ander verhaal. Bovendien klopte die tests dan onderling niet meer. Ik legde alles terug in de oorspronkelijke positie en liep terug naar mijn tafel. Daar trok ik het folie van mijn broodjes af en begon ze naar binnen te werken.

Ik zat net op mijn laatste kadetje met zweetkaas te kauwen, toen Esterella arriveerde. We wierpen elkaar smeulende blikken toe, terwijl ze de testresultaten in twee bruine enveloppen stopte, die ze sensueel aflikte en dichtplakte. Rustig schoof ik mijn banaan naar binnen en bekeek de foto's aan de muur en vooral mijn heerlijke assistente.

De deur zwaaide open en Schilferhoofd werd teruggebracht. Zijn hoofd was rood en het leek alsof hij had gehuild. Hij probeerde oogcontact met me te maken, maar ik negeerde hem. Esterella bracht hem zijn lunch en vroeg me om mee te komen voor het interview. Twee minuten later zat ik in de overlegkamer van een jonge psychologe. Over dat gesprek kan ik kort zijn. Ik geloof niet dat ze zich heeft voorgesteld en haar verschijning was zo onopvallend, dat ik haar voortdurend in de ogen moest kijken om niet te vergeten dat ze aanwezig was. Mechanisch stelde ze de bekende vragen, waar beslist geen universitaire studie van zes jaar voor nodig is:

"Vertelt u eens iets over u zelf?"

"Hoe keken uw vrienden tegen u aan?"

"En uw collega's?"

"Wat zijn uw sterke kanten?"

"En uw minder sterke kanten, want die heeft iedereen, hi hi?"

Ik draaide mijn verhaal af, zoals een turner zijn verplichte oefeningen laat zien aan de jury. Twee keer schreef ze iets op met haar vulpotlood en binnen een half uur mocht ik terug naar het lokaaltje. Schilferhoofd en Esterella waren verdwenen en ik dronk er in mijn eentje een Fanta, tot het gerimpelde hoofd van de vrouw met het mauve mantelpakje om de hoek stak.

"Komt u mee voor het eindgesprek?" vroeg ze.

"Dat gaat vlot," zei ik verbaasd. "Is er geen rollenspel?"

"Ja, en natuurlijk de postbak," vulde ze aan. "Die zit er normaal ook bij. U bent manager, het is vrijdagmiddag, de secretaresse is ziek en u moet binnen anderhalf uur een postbak vol met uiteenlopende problemen doorwerken, omdat u volgende week op reis moet."

"Precies! Geeltjes plakken met welke acties je gaat ondernemen."

"Ach, u heeft dat soort dingen gedurende uw levende leven al zo vaak gedaan. Ik heb zoveel vertrouwen in u, dat ik hem maar heb weggelaten. Die andere tests zijn ruim voldoende."

Ik vond het allemaal best. Ik had wel meer simpele assessments meegemaakt. Vragenlijsten zijn goedkoop, terwijl je voor een rollenspel acteurs nodig hebt. Of acterende psychologen, wat nog duurder is en weinig effectief, want ze kunnen zelden goed acteren. Welbeschouwd zijn ze al niet erg overtuigend wanneer ze zichzelf zijn. Ook het analyseren van postbakresultaten vraagt veel tijd. Blijkbaar liepen ze hier de kantjes ervan af.

We namen plaats in haar kantoor. Ze ging er eens goed voor zitten, onderzocht een denkbeeldig pluisje op haar gouden broche en keek me onderzoekend aan.

"Ik ben onder de indruk," zei ze simpel, en ze zweeg. Er verstreek een halve minuut. Ik hield mijn mond dicht, want als de vis heeft gebeten laat je de lijn eerst lopen. Ten slotte deed ze mijn ordner open en begon op beverige toon te spreken.

"Wanneer ik de resultaten uit de persoonlijkheidstests koppel aan de bevindingen van mijn collega én mijn eigen indruk, dan krijg ik het beeld van, hoe zal ik dat nu eens zeggen, van een echte man. Een man die weet wat hij wil, voor de duvel niet bang is en van mooie dingen houdt. Een beetje een playboy. Verder intelligent en impulsief, maar daar komen we zo op terug. Meneer, u boeit me." Ze staarde me met halfopen mond aan en als ze niet zo ongelooflijk oud was geweest, was ik er ter plekke opgewonden door geraakt.

"Dan de resultaten van uw intelligentietests." Ze hield een vel papier omhoog, waarop een grafiek was afgebeeld. Haar nagel wees op een horizontale streep die over het midden van het blad liep. "Dit is het gemiddelde van wat we hier over de vloer krijgen. Daar zit u niet bij." Haar vinger bewoog naar een grijze stippellijn, een centimeter of zes hoger. "En dit is het gemiddelde van de slimste tien procent. Daar zit u ook niet bij. Want u…"

Haar hand ging naar de bovenzijde van de grafiek en ze tikte op een dikke rode stip die zich op de plaats bevond waar het millimeterpapier ophield. Er stond een uitroepteken naast. "U zit hier."

"Poeh," zei ik.

"Dat zei ik ook."

Een onrustig gevoel maakte zich van mij meester. Dat was een heftige score. Had Schilferhoofd me dan zomaar, zonder het te weten, de grafiek uit en de hemel in geschoten? Ik durfde het haast niet te geloven en voelde me verplicht een verklaring te geven. "Ik zat gewoon goed in mijn vel vandaag. Het ging best lekker, ook omdat u me echt op mijn gemak hebt gesteld. Dat maakt gewoon verschil. Dit resultaat verbaast me eerlijk gezegd een beetje."

"Mij ook," zei ze, "mij ook. Een beetje boel zelfs. Dit is al de tweede keer vandaag dat ik me in iemand vergis. U had ik ingeschat op HBO-niveau of misschien net academisch, want met de stand van het onderwijs in uw land weet je het tegenwoordig nooit. Bij die andere kandidaat was het juist andersom. Een internationaal schaakgrootmeester met een ELO-rating van 2540, die een testscore haalde op MBO-niveau. Op één of andere manier bent u, ook kijkende naar de persoonlijkheidstests, zo bijzonder, zo geláágd. Het is jammer dat we," ze leek even naar woorden te zoeken, "geen tijd hebben om elkaar beter te leren kennen."

"Kunnen we daar niet wat tijd voor vrij maken?" bood ik aan. Het was goed voor haar netwerk als ze een direct lijntje had met iemand die naar de hemel ging, dat begreep ik wel! Ze hield haar hoofd schuin, keek me bijna verliefd aan en sprak toonloos: "Genoeg gedold. Eén test is onbesproken gebleven. Het rollenspel."

"Dat… was er niet."

Ze kneep haar ogen dicht tot spleetjes en de omgevingstemperatuur daalde voelbaar.

"Jawel," grijnsde ze, "er was wel degelijk een rollenspel. Een eenakter."

Een bekend metaalgeratel weerklonk en de zonnewering vloog omhoog. Erachter zat een vlakke, witte muur. Het licht ging uit. De film begon. De beelden waren zwart-wit en korrelig, zoals die van beveiligingscamera's bij benzinestations, die op televisie worden getoond om overvallers op te sporen. Deze crimineel was ik zelf. Ik stond in het testlokaal, alleen, aan het bureau van Esterella. Voorover gebogen. Verschrikt keek ik op en wierp een blik naar de deur. Ging dan door met gummen. De camera moet achter in het lokaal gehangen hebben. Ergens bij het plafond. Nu wisselde ik twee stapeltjes papieren om.

"Meneer Admiraal," klonk het ijzig, "u weigert om u aan de regels te houden voor het vinden van passend werk. Daarom luidt mijn eindoordeel: wegens weigering onplaatsbaar! Ik gooi u bij deze en per direct het systeem uit. Hier heeft u de akte van uitzetting." Het licht ging aan en ze drukte me een formulier in mijn handen, stond op, greep me bij mijn elleboog en trok me de kamer uit met een kracht die ik bij zo'n oude vrouw niet voor mogelijk had gehouden. Sleepte me de gang door, lazerde me bijna de trap af en sleurde me over het donkere graniet, terwijl ik doorlopend excuses stamelde waarop ze niet reageerde. Achter de balie stonden Céline en Esterella me demonstratief met witte servetjes uit te zwaaien. Esterella sloeg haar goddelijke arm om de schouders van haar collega en fluisterde haar iets in het oor. Ze proestten het uit van het lachen. Ondertussen deed Mauve Kraagje de deur voor me open en schoof me, zonder een woord aan me vuil te maken, naar buiten. Hij sloeg achter me dicht en het was voorbij.

9

Ik bleef staan waar ik stond, wankelend op mijn benen als een bokser die zo hard knock-out is geslagen dat hij vergeet om neer te gaan. Probeerde met mijn mouw het zweet van mijn gezicht te wissen, maar het was dweilen met de kraan open. Het stroomde mijn boord binnen. Mijn oksels vormden klotsende bochten van vlees. Stonden ze te lachen achter de deur? Ingespannen luisterde ik, maar het enige wat ik hoorde was een zacht, regelmatig gesnurk.

Het was Giel, tegenover me liggend op de bank. Een arm onder zijn hoofd gevouwen en zijn knieën opgetrokken tegen zijn borst. Eén van zijn badslippers was van zijn voet gegleden en lag op de vloer. Hij zag er minder oud uit zo, zijn gezicht ontspannen, rustig ademend met zijn mond een beetje open.

Ik had op dat moment kunnen weglopen. Zoals ik dat eerder in de metro had kunnen doen. Gewoon de trap af en de aankomsthal door. Op goed geluk een trein in naar een onbekende bestemming. Maar het was te laat. Traag gleed er iets op me af. Iets dat even massief als onontkoombaar was. Iets dat ik zou moeten ondergaan. Moedeloos ging ik naast het bankje op de grond zitten wachten tot mijn begeleider wakker werd. Al na een paar minuten begon hij te bewegen. Hij draaide zich op zijn zij, rekte zich uit, wreef in zijn ogen en keek betrapt toen hij mij zag. Vlug ging hij rechtop zitten. Zijn tenen zochten naar zijn badslipper.

"Dat is rap. Hoe ging het? Laat me de papieren maar eens zien."
Ik stak ze hem toe en hij las ze door. Zijn gezicht vertrok in een

grimas en hij keek beurtelings naar mij en het document, als om vast te stellen welke van de twee niet echt was. Rode vlekken. "Onplaatsbaar?" bracht hij uit, happend naar adem. "U wordt eruit gezet? Hoe heeft u dat voor elkaar gekregen?"

"Ik heb het verknald," piepte ik als een knaagdier in een testlaboratorium.

Met zijn wenkbrauwen op zijn achterhoofd las hij verder.

"Wat zie ik hier?" Hij zwaaide het formulier als een finishvlag voor mijn neus heen en weer. "Frauderen tijdens het testen? Dacht u dat u nog op de middelbare school zat?"

"Ik weet het. Stom. Het kwam door de spanning. Ik raakte in paniek, kon niet meer nadenken."

"Fraai, heel fraai. Geweldig! Gooi uw eigen glazen maar in. Eerst was niets goed genoeg en nu heeft u alles verloren."

Tranen prikten in mijn ogen en het kostte me grote moeite om niet in huilen uit te barsten. "Wat nu?" kermde ik, "Wat gebeurt er nu?"

"Wat dacht u zelf?" beet hij me toe. "Moet alles dan voor u uitgespeld worden?"

Hij propte het document in zijn binnenzak en beende er vandoor. Als een kleine jongen draafde ik achter hem aan. Ik had gefaald. Ik was een gecertificeerd *loser*. Een übersukkel. Een mislukkeling. We staken de hal diagonaal over en kwamen bij een deur van glimmend staal, waarin ik mezelf weerspiegeld zag: bleek en bezweet en in paniek. De man duwde zijn pas in een sleuf, toetste een code in en legde zijn hand op een scanner. Drukte op een knop met een zwarte pijl, die naar beneden wees.

"De positieve kant van het verhaal is dat we niet ver hoeven te reizen," zei hij cynisch. "Het is dichtbij. De hel is altijd dichtbij." Er klonk een belletje en de deur schoof geruisloos open. De ruimte er achter was een roestvrijstalen kast waar we amper met zijn tweeën in pasten. We konden kiezen uit negenennegentig verdiepingen en volgens een LED-display zaten we op de zesenzestigste. Giel drukte nummer acht in en de deur sloeg met het geluid van een guillotine dicht. Eén lange seconde gebeurde er niets. Toen stortte de cabine als een steen omlaag. Het leek alsof mijn voeten vrijkwamen van de vloer en mijn maag slaagde er onderweg niet meer in om me in te halen.

Ondanks die snelheid duurde de afdaling lang. Het eerste stuk zwegen we. Ik had het druk met het klaren van mijn oren en het piekeren over dat drieletterwoord dat mijn bestemming aanduidde. Giel stond in zichzelf te mokken. Zo nu en dan keek hij me van opzij aan en schudde zijn hoofd. In de kleine cabine hing een zure lucht, veroorzaakt door de persoonlijke geur van mijn gids, die geen fanatiek deodorantgebruiker leek te zijn. Zelf rook ik ook niet zo formidabel. Ik las de schuttingwoorden die in de stalen wand waren gekrast. *Fuck Patrick. Fuck Jane. Fuck Manchester United.* Boven het LED-display stond *Bea is a bitch* en ik dacht terug aan mijn eerdere ondervragers. Vergeleken met Mauve Kraagje waren Bea en Ron betrekkelijk mild over me geweest. "Het is wel een stevige straf," verbrak ik de stilte, terwijl we de vijftigste verdieping passeerden.

"Vindt u dat?" Mijn begeleider nam me minachtend op. "Rotzooien met de regels van het testcentrum is als vloeken in de kerk. Dat wordt keihard gecorrigeerd."

"Als ik nou dictator was geweest, politicus of Opel-dealer, dan was het duidelijk geweest. Dan had ik zwaar en structureel fout gezeten. Dit was niet meer dan een slippertje. Ik wil het niet bagatelliseren, maar…"

"Van Opel-dealers heb ik geen verstand, maar laat ik u wat betreft dictators uit de droom helpen. Die worden nooit ingedeeld in de categorie hel. Uit onderzoek blijkt dat het doorgaans intelligente, bekwame mensen zijn, gespecialiseerd in het overleven in een vijandige omgeving. Van dergelijke vaardigheden heeft u tot dusver weinig blijk gegeven."

Vijf verdiepingen lang kauwde ik op deze informatie, zonder door te kunnen slikken. Dit ging zo lijnrecht in tegen alles wat ik van de materie wist.

"Slechte mensen horen in de hel," sputterde ik eindelijk tegen. "Het moet er vol zitten met tuig. Uitpuilen! Zeker gezien de huidige samenleving, met die normen en waarden die zijn verdwenen. En ik zat alleen maar in de verkoop! Ron en Bea zeiden ook dat ik geen grote zondaar was."

Giel slaakte een geërgerde zucht. "Ik denk dat u klassieke concepten als zonde en straf beter kunt laten voor wat ze zijn."

"Maar Bea en Ron…"

"Hou op over die Bea en Ron," snauwde Giel. Nijdig trok hij een rafel van zijn mouw en liet hem op de grond vallen. "Wat u van hen hebt gehoord is het verkooppraatje uit de folder. Het is slechts een deel van de werkelijkheid en zeker niet het belangrijkste."

"Dat snap ik niet," zei ik kleintjes.

"Het hedendaags hiernamaals draait om het zo efficiënt mogelijk inzetten van mensen in het arbeidsproces," legde hij op vermoeide toon uit. "Om van daaruit de beste mensen te vinden voor de belangrijke functies in de Hemel. En juist dat probeerde u te saboteren door te knoeien met uw assessment. Geen wonder dat ze razend werden." Hij keek me aan met een blik van oprecht, onversneden, welgemeend medelijden. "Beseft u wel dat u alles vergooid hebt?"

Ik staarde naar mijn schoenen. Voelde me verward en vertwijfeld. Dit klopte toch niet? Je rijdt door rood en krijgt geen boete maar de brandstapel. Dit was buiten alle proporties.

"In beklag," dacht ik hardop, terwijl we langs de eenendertigste vielen. "Kan ik niet ergens in beklag?"

"Ik wist dat u met zoiets zou komen," snoof hij. "Echt de mentaliteit van de huidige generatie: niet je eigen verantwoordelijkheid nemen, maar gaan reclameren. Dat klagen van u zal weinig zin hebben. Klachten worden keurig geadministreerd, maar meestal niet afgehandeld en vrijwel nooit gehonoreerd."

Schaamte. Het overheersende gevoel tijdens onze lange val

was schaamte. Ik moest denken aan een incident dat te pijnlijk was geweest om op te biechten aan Bea en Ron. Spieken op de middelbare school tijdens een tentamen geschiedenis. Het briefje onhandig op de stoel tussen mijn benen. Natuurlijk werd ik gelijk gesnapt en kreeg een één. Ik was die dag nog jarig ook. Huilend thuiskomen in een woonkamer vol visite, echt geweldig. Ik deugde gewoon nergens voor, dat was het. Ik was een verliezer. Vol van dit soort vrolijkheid viel ik verder, tot de lift bij de achtste zo abrupt tot stilstand kwam dat mijn kniegewrichten klepperden als castagnetten.

Knarsende liftdeuren. Witblauw licht. De geur van chloor. We stapten uit op de bodem van een zwembad. De vloer was bekleed met lichtblauwe tegeltjes, die vier meter de wand opkropen. Er hingen bordjes met NO SMOKING en links boven me stak de houten tong van een duikplank uit. Uit dezelfde richting hoorde ik muziek komen: Hotel California van The Eagles. Naast de chemicaliën snoof ik ook de weeë geur van kaas en tomaten op. Op drie minuten schoolslag van me vandaan, in mijn tempo, bevond zich een matglazen deur. Door het venster was een oranje schijnsel zichtbaar. Brandde er daar een vuur?

Tegenover ons was een balie aangebracht, waar een man op een kruk een tijdschrift zat te lezen. Hij merkte ons pas op toen we pal voor hem stonden en wierp ons een onverschillige blik toe, om zich vervolgens weer in zijn lectuur te verdiepen. De Eagles checkten uit en een bekend Franse hijgliedje uit de jaren zestig begon. Ik wierp een schuine blik op mijn begeleider, die de baliemedewerker zwijgend bleef aanstaren. Ten slotte vouwde hij het blad dicht, legde het voor zich neer en streek het papier glad. Plaatste zijn handen op de rand van de balie en drukte zichzelf omhoog als lijm uit een tube. De kerel was niet langer dan één meter zestig, maar wel een stuk breder. Hij droeg een te strak T-shirt met de tekst INSTANT OUTPLACEMENT en een plaatje van een geopende deur waar een pijl doorheen stak. "Goedenavond," zei Giel. "Ik heb hier een klantje voor u."

"Dat is lang geleden."

"Klopt. Het ging goed met de zaken. Tot deze meneer langs-kwam."

"En wat is de naam van deze kanjer?"

Giel knikte naar me en ik stelde me netjes voor, waarop de man een verkreukeld stukje papier uit zijn broekzak wrong, dat hij voor zich neerlegde. Hij las: "Naam: Admiraal. Geslacht: man." Keek me indringend aan en concludeerde: "Dat klopt."

"Dat klopt inderdaad," reageerde ik geïrriteerd. "Aangenaam kennis met u te maken."

"AAN-GE-NAAM?" brulde hij. De lettergrepen schalden als pistoolschoten door het lege zwembad. Zijn neusvleugels trilden als de vleugels van een kolibrie met Parkinson en hij liet me een gebit zien waarmee je de heg kon snoeien. "HIER IS NIETS AAN-GE-NAAM, HE-LE-MAAL NIETS! HOORT U!"

"Pardon," mompelde ik. Temperamentje hoor, ik was blij dat er een balie tussen zat.

"REGISTRATIENUMMER?"

Mijn Romeinse vriend haalde de akte van uitzetting tevoor-schijn en las het nummer op. De kerel noteerde het snuivend van woede op zijn kladblaadje en dook onder de toonbank om iets te zoeken. Een moment later legde hij een ordner op het ongeschuurde hout en haalde er een voorbedrukt formulier uit, met een groene, gele, grijze en roze doorslag. Met het formulier verdween hij door een deur in de wand achter hem. Het was zo'n rubberen magazijndeur met een rond oog van ondoorzich-tig doorzichtig plastic.

"Maak liever geen ruzie met hem," fluisterde Giel. "Het is een naar mannetje, hij werkt hier niet voor niets. Zijn passie is kick-boksen."

We wachtten en ik trok het tijdschrift naar me toe. Het bleek een oude Intermediair te zijn, uit de tijd dat ze nog niet volledig waren overgestapt naar digitaal. Ik had vroeger een abonnement op dat banenblad gehad, maar ik geloof dat ik deze gemist had en bladerde er doorheen zonder te registreren wat ik las. Het hijgliedje speelde ondertussen ontspannen door. *"Je t'aime, oui je t'aime,"* kreunde Jane Birkin, *"oh ouiiiiiii, je t'aime. Moi non plus."* De magazijndeur zwaaide open en de badmeester reed naar binnen met een karretje. Hij klapte een deel van de balie omhoog, manoeuvreerde het rinkelende ding er doorheen en parkeerde het naast me. Het was een winkelwagen. Eentje van de Konmar. Een hagelnieuw exemplaar, het ijzerwerk blonk me tegemoet. Aan de plastic duwstang hing een stalen ketting, die uitliep op een ijzeren ring. Hij pakte de ring beet en schoof hem open. "Uw linkerhand, alstublieft," vroeg hij. Zijn stem klonk nu zacht, hoffelijk haast. Hij glimlachte er zelfs bij. Ik keek hem niet-begrijpend aan.

"Een kort moment maar," voegde hij er verontschuldigend aan toe en ik voelde hem bijna teder mijn pols tussen duim en wijsvinger nemen. Een ogenblik later zat ik vast. Het was gebeurd voor ik er erg in had. Verbouwereerd rukte ik aan de handboei. Een winkelwagen, die gek had me vastgemaakt aan een winkelwagen! Ik keek naar Giel, maar die blikte gegeneerd de andere kant uit. De man liep terug naar zijn plaats achter de balie, legde het formulier onder mijn neus en gooide er een afgekloven balpen naast.

★★★★★★★★★★★★★★ **Pakbon** ★★★★★★★★★★★★★★

NL

Naam: Admiraal

Nummer: 20133081137B9AMDJWEI

Locatie: 8

Indicatie: Passief Actief – **WW**

Objecten:	Materiaal:	Stuks:
Tassen, boodschappen, klein	Plastic	5
Tassen, boodschappen, groot	Plastic	1
Dozen, inklapbaar/verhuis	Karton	1
Deken, opvouwbaar	Wol	1
Wagen, winkel, zwenkwielen	Metaal, plastic, rubber	1

voor ontvangst: voor uitgifte:

....

(Handtekening)   *(Handtekening)*

S. Admiraal   J.P. van Gent

                                          Senior magazijnbeheerder
                                          Sectie uitgifte

PMS

★★★★★★★★★★★★★★ *We care when things* ★★★★★★★★★★★★★★
get rough.

"TEKENEN!" blafte hij. Een dijbeenbrede wijsvinger wees naar de stippellijn en geïntimideerd zette ik mijn poot. Normaal gesproken ziet die er krachtig uit, met de A als een trotse toren en een stoer-slingerende S als een slotgracht er omheen. Vandaag was het eerder een ruïne met een greppel ervoor. De man plaatste een krabbel ernaast, die leek op een platgeslagen langpootmug, en scheurde de roze doorslag af. Hij gaf hem aan Giel, gromde: "Veel plezier ermee," en verdween door de magazijndeur, die een paar keer open en dicht klapte voor hij tot stilstand kwam.

"Tijd om te gaan," zei Giel. Hij keek me aan als een geestelijke die iemand naar het schavot brengt, terwijl hij zich afvraagt waarom hij niet gewoon fiscaal recht is gaan studeren, zoals de rest van zijn eindexamenjaar.

"Gaan we boodschappen doen?" grapte ik gespannen. Hij reageerde niet en ik volgde hem over de lege zwembadvloer naar de matglazen deur, mijn nieuwe wagen voor me uitduwend.

Hij had in ieder geval een kooiconstructie, ha ha. Ik trok aan de ketting, maar die zat stevig vast. Ongelooflijk. Dat dit mij moest gebeuren. Dit was een nachtmerrie.

"En de hel, hoe moet ik me die voorstellen?" vroeg ik. "Erger dan wat ik tot dusver gezien heb?" Mijn stem klonk hoog, meisjesachtig.

"Het onderscheid lijkt bij oppervlakkige beschouwing slechts gering, maar het verschil in eindperspectief is groot. Uw subcategorie is uiteraard een geval apart," antwoordde Giel.

"Kun je dat wat nader uitleggen misschien? In jip-en-janneketaal?"

"Dat heeft geen zin, meneer Admiraal… Sjoerd. U… je hebt straks alle tijd om te ontdekken hoe het werkt. Het is in ieder geval geen aparte fysieke plaats. Je gaat niet naar de hel. Door het geknoei met het assessment neem je de hel met je mee." Daar moest ik het blijkbaar mee doen.

We bereikten de deur met het onheilspellende, oranje licht daar achter. Op de grond lag een kapotte bril. Roestbruine vlekken op de tegels.

"Zijn er echt geen alternatieven meer?" vroeg ik. De angst kneep me bijkans de strot dicht en ik had moeite met spreken. "Iets wat je over het hoofd hebt gezien? Iets op het formulier?"

"Het spijt me voor je. Je kansen zijn verkeken. Ik meen het: het spijt me écht. Het is…" Hij zweeg, leek ergens over na te denken. Ik probeerde een boodschap af te lezen uit de wijze waarop zijn lippen woordloos bewogen, uit het knipperen van zijn oogleden en het optrekken van een wenkbrauw. Nadrukkelijk schudde hij zijn hoofd. Ik huiverde. Om deze non-verbale uiting te duiden hoefde je geen vrouw te wezen: dit zag er beroerd uit. "Dit kan ik niet voor je veranderen," besloot hij triest. "Dit is het eindstation."

"Dus ik heb het definitief verprutst."

"Ik vrees dat je dat onder ogen zult moeten zien."

"Een laatste sigaret misschien?"

Een onverwachte glimlach. "Gezien de omstandigheden lijkt me dat een gezond voorstel."

Ik schudde er twee uit het pakje. Gaf hem er één en stak hem aan. Giel moest mijn hand vasthouden om de vlam stil te houden. We rookten.

"Smaakt-ie?" vroeg hij na een poos.

Met gesloten ogen trok ik aan mijn peuk. "Beste sigaret ooit." Ik keek naar de rook en kreeg de behoefte iets vriendelijks te zeggen. Niet eens om tijd te rekken. Het voelde als het enige dat overbleef. "Weet je… Wat ik zeggen wilde… Het spijt me. Het spijt me dat ik je overlast heb bezorgd."

Nauwelijks merkbaar haalde hij zijn schouders op.

"Dit heeft je veel tijd gekost. Ik bedoel: ik en mijn gedram." Mijn stem brak. Nou moest ik niet gaan janken. Ik had het de hele tijd droog gehouden.

"Het gaat niet om de verloren tijd, die loop ik wel in." Met een gele vingernagel gaf hij een tikje tegen de askegel van zijn sigaret en keek de dwarrelende deeltjes na. "Het jammere is dat dit op mijn Curriculum Vitae komt te staan. Jouw falen is mijn falen als jobcoach. Dat betekent dat ik voorlopig geen *high potentials* meer krijg om te gidsen, alleen maar kandidaten van het tweede garnituur."

"Oh."

"En dat heeft dan weer gevolgen voor mijn omzet en dus voor wat ik verdien. Concreet: minder uren slaap en minder eten en minder vrij. Zo basaal werkt het hier."

"Nou... sorry dus," prevelde ik zwak. Ik was een last voor hem. Ik was een last voor mijzelf. Ik was een last voor iedereen. Gelukkig zou het zo allemaal voorbij zijn. Deurtje open, de oven in, deurtje dicht. En branden maar. Tot in de eeuwigheid.

Giel inhaleerde, gooide zijn hoofd naar achteren en begon kleine kringen rook te blazen in de richting van het plafond. Blies via zijn neusgaten een straal door de zich verwijdende cirkels heen. "Je vroeg in de lift naar de mogelijkheid om in beklag te gaan. Ik zal voor de zekerheid een formeel bezwaar voor je indienen. Je weet nooit of er ergens een procedurefout is gemaakt. De hele gang van zaken blijft merkwaardig."

"Dank je."

"Het zou mij ook helpen. Ik kan deze zeperd er niet bij hebben." Hij zuchtte. "Helaas is de kans op succes nihil."

We zwegen.

"Wat misschien ook een idee is," ging Giel door, "is om een PLOP te maken."

"Een wat?"

"Een Persoonlijk Loopbaan Ontwikkel Plan."

"Oké," antwoordde ik aarzelend. Trillend borg ik mijn aansteker op in mijn binnenzak.

"Vroeger liet ik dat mijn klanten doen in het kader van hun herplaatsingstraject. Daarmee kon je kansarme gevallen toch behouden voor het arbeidsproces. Maar er is enorm geknepen in die budgetten. Het huidige adagium luidt 'eigen verantwoordelijkheid' en daar passen geen gesubsidieerde hulproutes bij."

"Wat heb ik er dan aan?"

"Stél dat ze dat bezwaar toch in behandeling nemen. Dan kan het tot een hoorzitting komen. Tijdens die zitting vormt het PLOP een bewijs van je wil tot zelfverbetering. Dat maakt een positieve indruk. Bovendien is het gelijk een handige geheugensteun voor je."

"Laat ik dat dan maar doen, " antwoordde ik, zonder goed te begrijpen waar hij het over had.

Giel wierp een vluchtige blik in de richting van de balie, tilde zijn toga op en haalde een soort boek tevoorschijn. Het was zeker twee centimeter dik en had een kunstleren kaft. Hij drukte het ding in mijn handen. Het was loodzwaar. De omslag viel open en ik zag het beeldscherm van iets wat leek op één van de eerste palmcomputers.

"Dit is een elektronisch schrift," zei Giel. "De bijbehorende pen zit aan de zijkant."

"Robuust modelletje. Heeft hij internet? Ik neem aan dat ik ermee kan mailen?"

"Het is alleen een schrift, niet meer dan dat. Wat ik je vraag is om na te denken over je leven. Over wat je gebracht heeft waar je nu bent, over wat je is overkomen en over welke lessen je daaruit kunt trekken. Schrijf dat vervolgens op. Liefst met een minimum aan spelfouten, daar ben ik allergisch voor."

Achter ons werd luidruchtig gekucht.

"We moeten voortmaken. Je voornaamste zorg is om heel te blijven. Als ze bijvoorbeeld je handen breken, kun je niks meer. Probeer daarom snel van de straat te geraken en werk hard aan je opdracht."

"Handen heel, van de straat, hard werken…" vatte ik samen. Rechts bij de muur zag ik een helderrood plasje op de tegels. Was dat er daarnet ook al geweest? "Hard werken is oké," mompelde ik, "Ik ben van hard werken."

"Komt er nog wat van?" blafte de badmeester. Giel stak zijn

hand omhoog ten teken dat hij het begrepen had.

"Zijn we gereed?" vroeg hij.

Ik keek naar de deur. Hoorde ik daar iemand gillen? Week naar achteren en voelde Giels hand op mijn schouder. Hij herhaalde zijn vraag.

"Ik ben gereed," antwoordde ik zacht en liet mijn hoofd naar voren knakken. Vlak voor mijn voeten zat een afvoerputje in de vloer. Er lag een plas bruin water op, waaruit luchtbellen opstegen die het vloeistofoppervlak deden trillen op het moment dat ze uiteen knapten. In het midden dreef, bibberend, mijn sigarettenpeuk. Als een schip in nood. Mijn benen beefden zo hard dat mijn hakken tapdansgeluiden maakten.

"Daar gaan we dan," zei Giel. Hij hield een hand op mijn schouder en drukte met de andere op een rode knop die de vorm had van een paddenstoel. Meteen begon het glas opzij te schuiven. Een koude wind blies in mijn gezicht en ik kneep mijn ogen dicht.

Het voelde alsof ik voor de tweede keer doodging. Dat is niet iets waar je aan went. Bij het kanaal waren er geen specifieke gedachten geweest. Alleen een diepe angst die me krachtig in mijn kloten kneep. Dit was anders. Ik zag personen voor me verschijnen. Bea en Ron. Albert. Esterella terwijl ze opstond vanachter haar bureau. Mauve Kraagje. Het was niet zo dat mijn hele leven aan me voorbij trok. Eerder een samenvatting van de laatste afleveringen. Voor het geval ik wat gemist mocht hebben.

"Niet treuzelen," fluisterde Giel in mijn oor, "Dat maakt het alleen maar lastiger. Lopen nu, in één keer kopje onder." Stevig kneep hij in mijn schouder.

"Oké," hijgde ik en bleef staan. Ik had het gevoel dat ik geen lucht meer kreeg. Weer meende ik gegil te horen. Of nee, eerder een soort kermen. Gejammer, als van een krolse kat.

"Voorwaarts… mars!" commandeerde Giel en begon aan mijn schouder en arm te trekken.

"MOET IK EVEN HELPEN?" bulderde de badmeester.

Ik haalde diep adem, leunde een moment tegen Giel aan en stapte naar voren.

10

Met gesloten ogen dook ik achter mijn boodschappenwagen
aan de onderwereld in. Voelde hem naar beneden gezogen
worden, gooide in een reflex mijn armen over de duwstang en
wierp mijn gewicht naar achteren. Raakte de grond met mijn
kont en probeerde met mijn armen en benen de schuddende
wagen boven mij onder controle te houden. Mijn hart schoot
door mijn borstkas als een flipperkastbal. Sodeknetter. En ik
altijd maar denken dat contractonderhandelingen spannend
waren. Dit was gelijk alle hens aan dek!
In de verte klonk een naargeestig gejammer, als van vrouwen die
zachtjes huilden. Dichterbij, veel dichterbij, een paar meter van
me vandaan om precies te zijn, hoorde ik metaal langs metaal
schuiven. Alsof er een zwaard uit een schede werd getrokken.
Daarna gerinkel en een harde klik, gevolgd door het rochelende
geluid van een startende motor. Het leek of er een stroomstoot door mijn kar schoot. Iedere haar op mijn lichaam sprong
trillend in de houding en salueerde. Ik had het geluid van een
kettingzaag herkend. Zo te horen eentje met veel vermogen.
Ze gingen me aan stukken rijten. Ik werd een vleespastei. En ik
mocht niet klagen, want ik had het verdiend. Ik was een fraude-
rende sukkel. Een mislukkeling.
Boeten in de hel. Ik zou moeten weten wat er komen ging.
Mijn moeder had vaak genoeg uit dat Bijbelse gruwelproza
voorgelezen. Maar het leek me destijds te bizar om serieus
te nemen. Zoiets als hongersnood in Afrika op het Acht Uur
Journaal: vast een kern van waarheid, maar waarschijnlijk nogal

overdreven en in ieder geval ver weg. Sorry mams. Sorry, sorry, sorry.

Gek van angst sleurde ik de kar naar achteren. Kwam overeind. "Giel?" stamelde ik. Geen antwoord. Ik voelde een vochtige wind mijn lichaam aftasten, als een douanier op zoek naar smokkelwaar. Opende mijn ogen en zag dat ik me onder een luifel bevond. Twee meter verder was er een trap die naar een lager gelegen stoep leidde. Aan de trottoirband stond een brommer waarvan de draaiende motor een kettingzaag imiteerde. Er zat een kerel op met een geel jack aan. Op de bagagedrager was een kist gemonteerd in dezelfde kleur. Opschrift: PIZZA PLAZA EXPRESS, *HOT & CRUNCHY, 075540-224561280.* Hij keek me afkeurend aan en ik stak een beverige hand omhoog, als een intergalactische reiziger bij zijn eerste buitenaardse ontmoeting. Als antwoord sloeg hij het vizier van zijn helm met een tik naar beneden, gaf gas en scheurde er vandoor. Ik staarde naar de sliert rook die boven het asfalt bleef hangen tot hij door de wind was verwaaid.

"Sorry Giel," hijgde ik, "ik raakte even in paniek." Ik keek opzij. Geen Giel. Waarschijnlijk was hij een taxi aan het bellen. Logisch, want met zo'n winkelwagen kun je niet over straat. Hij paste niet in een gewone auto, dus we hadden een busje nodig. Afijn, hij wist hoe het hier werkte. Ik betastte de ketting. De schakels lagen kil en zwaar in mijn hand. Jammer dat ik mijn Victorinox Handyman niet bij me had. Daar zit een ijzervijl aan. Hij lag thuis in de vitrinekast in de woonkamer. Wat miste ik mijn spulletjes.

Ik nam de tijd om mijn ademhaling tot rust te laten komen. Links naast de trap was een kleine afgang voor rolstoelers. Toch sociaal dat ze daaraan hadden gedacht. Behoedzaam manoeuvreerde ik de boodschappenwagen naar de plaats waar de brommer had gestaan. De hel had wel iets van een grote stad, want overal waar ik keek stond hoogbouw. Ik probeerde de risico's in te schatten. Zou het zo dadelijk glasscherven gaan regenen? Be-

vatten de plassen op de weg voor me een chemisch goedje dat
je voeten verbrandt? Waarschijnlijk waren ze hier dol op giftige
stofjes. Hoe zou je zoutzuur kunnen herkennen? Even had ik
er spijt van dat ik scheikunde op de middelbare school uit mijn
vakkenpakket had laten vallen. Zo diep was ik dus gezonken.
Langs de weg liep een gracht. Daar kon water in zitten, maar
ook kokende olie of teer. Er stonden lantaarnpalen langs die het
oranje licht verspreidden dat ik door de deur had gezien. Aan
de overzijde rees een muur van kantoorgebouwen op. Veel staal
en spiegelglas en niets waar je geen liniaal tegenaan kon leggen.
Moderne, prestigieuze panden van het soort dat op aarde wordt
bevolkt door banken, belastingadviseurs en de overheid. Zouden
daar de martelkamers zijn?
Ik bekeek het gebouw waar ik uit tevoorschijn was gekomen.
Een ronde, bakstenen toren met verticale ribben van lichtgroen
metaal, die tussen de hoge ramen door naar boven liepen. Op de
luifel lag een rommelige kluwen groen metalen stroken, als de
hoofdtooi van een zeemeermin na een ruig nachtje stappen met
de meermannen. De top van het gebouw verdween in wolken
met de grijsgroene kleur van broccoli die te lang heeft gelegen.
Ik kon niet zien of die toren nou zo ontzettend hoog was of
de bewolking zo laag hing. Maar architectuur en meteorologie
behoorden nu niet tot mijn prioriteiten. Waar bleef mijn trouwe
gids?
Opnieuw hoorde ik het gejammer en ik vluchtte terug naar de
deur. Het licht dat door het glas naar buiten drong, had de kleur
van het luchtpostpapier dat mijn vader altijd gebruikte toen
hij nog voer. Ik duwde er mijn neus tegenaan, maar kon alleen
een donkere vlek onderscheiden op de plaats waar de uitgif-
tebalie was. Ik was moe en mijn kop deed zeer. Voelde het pak
slaag weer, dat ik in het beleidsvak had gekregen. Jammer dat
ik geen pijnstillers in mijn kar had. Ik zag wel de Intermediair
liggen. Die had ik per ongeluk meegenomen. Op de voorkant
stond een lachend meisje in een grijs carrièrepakje. Ze maakte

een vreugdesprong, beide armen in een overwinningsgebaar omhoog gestoken. "WAAR BEREIK JIJ DE TOP?" stond er uitdagend bij. Ik draaide het blad om en las de achterpagina, die vol stond met vacatureteksten. "EEN PRIMA FUNCTIE EN TOCH WAT ONGEDULDIG?" stond erboven.

Het wervingsbureau, Young Executive Outcome, kende ik wel. Een professionele tent met grote bedrijven als klant. Direct viel mijn oog op een aantrekkelijke job bij International Card Services. Een salaris van 80.000 euro, plus bonus, plus uitstekende secundaire arbeidsvoorwaarden. Misschien was het een wat te uitdagende financiële functie voor me, al had ik er wel op durven schrijven. Bij mijn matig aansluitend persoonlijk profiel zou de papieren selectie een lastige hindernis vormen, maar wel één die te nemen was. Ik streek mijn cv tegenwoordig even makkelijk glad als mijn moeder vroeger mijn overhemden. Jammer voor die firma dat ik voorgoed verdwenen was. Ik schudde mijn hoofd en begon te bladeren. Het magazine bevatte de geijkte onderwerpen, die ik een dag geleden nog interessant zou hebben gevonden: Tien sollicitatietips. Dagboek van een trainee. Flexibel werk: is iedereen straks zijn eigen baas? Netwerken via internet.

Nu kon ik er niets meer mee en ik mikte het blad terug in de kar.

Opnieuw waagde ik me aan de stoeprand. De omgeving zag er normaal uit. Eerder saai en stil dan spannend. Waar bleef Giel trouwens? Ik keek op mijn stilstaande horloge en ging terug naar de deur. Gluurde door de brievenbus, maar kreeg alleen een glimp te zien van de vloer. Een akelige gedachte drong zich aan me op. Eentje die al een tijdje rondhing in de wachtkamer van mijn onderbewuste. Nu zette hij zijn voet tussen de deur en fluisterde me in dat die fijne gids van me helemaal niet meer zou komen. Dat hij in de vertrekhal weer iemand anders stond op te wachten. Eerst wilde ik er niet aan. "Daar gaan we," had hij gezegd en we is meervoud. Van een dichter mocht ik verwachten dat hij zijn woorden zorgvuldig koos. Maar waar bleef hij? Ik ging op zoek naar de deurbel, maar vond er geen. Klopte met mijn knokkels op het glas. Schreeuwde door de brievenbus. Niemand. Ik kon toch niet zomaar zonder instructies met mijn kar de stad in rennen? Waar naar toe? Een supermarkt? Waar was mijn boodschappenlijstje dan? Ik gaf een niet al te harde trap tegen de deur en trok de conclusie dat Giel me had laten zitten. Ik mocht in mijn eentje de hel inlopen, uitgerust met een antiek digitaal schrift, een boodschappenkar vol rotzooi en een ouwe Intermediair.

Terug naar het trottoir. Ik keek of er niets gevaarlijks aankwam: een sater met een cirkelzaag, een groep overleden Engelse voetbalhooligans of een auto. Ook hier zou je vast op moeten passen bij het oversteken. Eerst links en rechts kijken… Langzaam liep ik naar het midden van de weg. Stapte in een plas. Alarm: zoutzuur! Hinkend op één been inspecteerde ik mijn schoenzool. Geen vonken. Geen rook. Het leer loste niet op. Blijkbaar lag hier normaal regenwater op straat. Hijgend kwam ik weer op beide benen. "Niet zo paniekerig doen," riep ik mezelf hardop tot orde. "Kalm blijven! Er is niets aan de hand."

"*Please*," hoorde ik achter me, "*please sir.*" Ik tolde om mijn as. Eerst zag ik niet waar het geluid vandaan kwam. Naast de ingang lagen verschillende kartonnen dozen, van het formaat waar ze je nieuwe vaatwasser of wasmachine in stoppen. Mijn oog trok naar de dichtstbijzijnde doos. *Fragile* stond er op. Mijn hart begon hoorbaar te bonken toen ik zag dat het ding bewoog. Het ging iets omhoog en viel terug. Ging naar links en rechts. Trilde kort en hevig, als een nat dier dat zich uitschudt. Voorzichtig manoeuvreerde ik de kar tussen mij en het levende karton. Zou het hier een soort Disneyland zijn, met levende voorwerpen? Doe mij dan maar een zingend theeservies.

Er kroop een gedaante tevoorschijn die zich oprichtte en op me af begon te schuifelen. Het was de magerste vrouw ooit. Een takkenbos, een knokenkasteel, een skelet met anorexia. Een fotomodel uit Vogue-magazine. Metaforen schoten tekort en ik deinsde achteruit.

"*Food please,*" bedelde ze.

Onwillekeurig keek ik in mijn wagen. Schudde mijn hoofd. Ze stond al voor me, een geur van verrotting verspreidend die me bijna deed overgeven.

"*Maybe the blanket?*"

Haar hand reikte naar de deken in mijn kar en ik gaf een duw, waardoor mijn wagen tegen haar afwezige buik reed. Ze klapte achterover op de stenen.

"*Please,*" smeekte ze, "*give blanket.*" Ze begon overeind te kruipen.

"*Get a job,*" snauwde ik nerveus en snelde er vandoor.

Op een drafje ging ik langs de gracht en toen ik achter me keek was ze verdwenen. Vervelend dat ze gevallen was. Zo hard had ik toch niet geduwd? Ik kwam tot stilstand. Nou niet als een kip zonder kop deze buurt in gaan rennen. Eerst even goed nadenken. Een plan, ik had een plan nodig! Ik herinnerde me mijn mobieltje en haalde hem uit mijn zak. Telefoonontvangst had ik jammer genoeg niet. Nul balkjes. Ook geen internet. Ik hield het toestel omhoog en nam de houding aan van het Amerikaanse Vrijheidsbeeld. Het maakte niets uit. Misschien was er teveel beton en staal in de buurt. Allemaal van die hoge flats.

Weer dat jammerende geluid. Het ging door merg en been. Ik huiverde en knoopte mijn jasje dicht. Zou het de wind kunnen zijn? Wandelde door tot ik aankwam op een kruispunt. Rechts een voetgangersgebied met lege bloembakken en grauwe kantoren. Er waaide een plastic zak over de weg om te benadrukken hoe ongezellig het was. Aan de andere kant was een brug die naar een gebouw leidde, dat me aan een ziekenhuis deed denken. Het was volledig wit en had kleine vierkante ramen en grote rode sierpanelen langs de daklijst. Zou je hier ziek kunnen zijn? En werd je dan verpleegd?

Ik zocht mijn zakken af naar iets dat me helpen kon. Voelde

de bobbel van mijn portefeuille, haalde hem tevoorschijn en bestudeerde de inhoud. Al die pasjes. Mijn AZ Clubcard. ABN-AMRO, VISA, rijbewijs. Met al die lange nummers die verband hielden met mijn identiteit, mijn woonplaats en mijn krediet-waardigheid. Kijk nou eens: mijn ANWB-kaart. Ze zouden me hier vast niet komen ontzetten, al was ik een *goldmember*.

Ergens aan de overkant van de gracht sloeg een machine aan. Een sonore brom kwam van over het water. Dan weer de stilte. Ik ging op mijn hurken zitten en legde mijn hoofd tegen het kille staal van de kar. Waar was iedereen: de duivels, de verdoem-den? Mijn spieren deden pijn en er was een vermoeidheid die ik nooit eerder had gevoeld. Hoe lang was ik al wakker? "Probeer van de straat te geraken," echode Giels stem door mijn hoofd. Had hij me er maar bij verteld waar ik heen moest gaan. Me een plattegrond gegeven, een kompas of de Lonely Planet Gids voor de Onderwereld.

Onzeker schuifelde ik over de verlaten weg, als een dove na een luchtalarm. Op goed geluk een richting kiezend. Van de ene straat naar de andere. Van kantoor naar kantoor. Betonnen kantoren, aluminium kantoren, glazen kantoren. Kantoren van baksteen. Donkere dozen in alle soorten en maten. Ik ging op de straat lopen om niet steeds stoep op, stoep af te moeten gaan. Ander verkeer was er toch niet en ik wilde mijn nieuwe wagen netjes inrijden. Gelukkig liepen de wieltjes soepel. Je hebt er soms exemplaren tussen zitten: piepen, knarsen, vastlopen, steeds naar één kant trekkend. Ik was een bofkont.

Na een uur of wat rustte ik uit bij een kiosk met neergelaten metalen rolluiken. Dus dit was het dan: het inferno. Zonder al te kritisch uit de hoek te willen komen: ik was teleurgesteld. Bij het woord hel dacht ík altijd aan scheermesjes die uit de hemel schoten, bulderende bloedrivieren en watervallen van vuur. Of ten minste aan wat ouderwetse donder en bliksem, met orgel-muziek op de achtergrond. Dat zijn geen overdreven fantasieën. Ik heb eens een oud schilderij van de hel gezien, ik meen in een museum, het zal met school geweest zijn, dat vol stond met griezels die enthousiast de zondaars molesteerden. Er waren zwarte duivels die gemeen grijnzend kleine naakte mensjes hun tong uitrukten. Een reuzenzakmes in de vorm van een oor doorboorde een stapel lichamen. Andere stumpers werden door fabeldieren bijeen gedreven en in een hoog oplaaiend knekel-vuur geworpen. Voor ons scholieren zag het er best angstaanja-gend uit, want er waren in die tijd nog geen computergames en de televisie bood slechts drie kanalen met braaf vermaak. Dat was de onderwereld zoals de onderwereld bedoeld was!

Ik was geen sadomasochist, zat niet te wachten op een tik met de zweep van een strenge meesteres in latex stoeikostuum, voor pijn meldde ik me gewoon bij de tandarts, zoals iedereen, maar dit hier was slaapverwekkend. Het was per slot van rekening een plaats met een reputatie. De hel was een sterk merk dat ik, met het juiste budget, best in de markt zou kunnen zetten. '*Survivallen* in de hel*'*! Qua afzien mag je daar wat van verwachten. Hier zat geen uitdaging in. Ik voelde me niet eens echt bang. Hoog-uit een beetje.

Opnieuw sloeg de vermoeidheid toe. Een slaapplaats, dat was wat ik nodig had. Een veilige plek om mijn wonden te lik-ken. Als hier kantoren en pizzakoeriers waren, dan hadden ze ook hotels. Het was ver na bedtijd en ik was bekaf. Wilde mijn knellende schoenen uittrekken, vanaf mijn bed naar de televisie kijken en een aanslag plegen op de minibar. Dan zou ik morgen in de lobby wel om nadere instructies vragen.

De kantoorflats hielden op en ik belandde in een wijk met bak-stenen panden. De huizen zagen er deftig uit, met donkergroene voordeuren met koperbeslag en vier verdiepingen met hoge ramen met blinden ervoor. De daken waren van zink en liepen schuin af en deden me aan Parijs denken. Naast elke deur hing een bordje met de naam van een bedrijf erop. Ik herkende En-ron, Icesafe en Lehman Brothers, maar ook Nederlandse firma's zoals Worldonline en de Verenigde Oostindische Compagnie.

Die laatste zat hier natuurlijk als straf voor de slaventransporten. Dat was ook niet zo fraai van ze.

Inmiddels had ik het koud gekregen. Mijn pak was duidelijk te dun voor wandelingen bij maanlicht. Ik overwoog om de deken om mijn schouders te slaan, maar zag ervan af. Alleen nog een bolhoed erbij en dan kon ik doorgaan voor een indiaan uit het Andesgebergte. Kon ik met een panfluit op de markt gaan staan. Niet dus. Ik liep al genoeg voor schut met die winkelwagen. Stel je voor dat ik een bekende zou tegenkomen! Bijvoorbeeld oom Nico van wie ik, dankzij een duikongeval in de Oosterschelde, de voetbalplaatjes van alle eerste elftallen van AZ uit de jaren tachtig erfde. Of Sjors Ploegsma, de controller bij Rijkswaterstaat, die een tumor ter grootte van een basketbal in zijn hoofd bleek te hebben en een maand later definitief uitklokte. Maar de kans op zo'n ontmoeting leek me klein. Die kerels waren te fatsoenlijk om hier te zitten. Al was ik dat natuurlijk ook. Zo onrechtvaardig allemaal.

Er was nog iemand die ik liever niet wilde tegenkomen, maar die gedachte verdrong ik en sjokte door tot ik een rond plein met kinderkopjes bereikte. In het midden verhief zich een zwart uitgeslagen natuurstenen sokkel zonder standbeeld. Aan de overzijde stond een gesloten hamburgerrestaurant. Op het terras ervoor waren plastic kuipstoeltjes op elkaar gestapeld en met een ketting aan de pui vastgemaakt. Ik kreeg een vreemd gevoel van medelijden met dat meubilair. Dan hadden ze mij ten minste aan iets mobiels bevestigd. Naast het restaurant stond een kale kubus van beton. Vijf knipperende neonsterren op het dak. Op de gevel stond: HOTEL TERMINUS. Dat was een meevaller. Ik had mijn slaapplaats gevonden.

Het gebouw had de uitstraling van een opslagplaats voor massavernietigingswapens, maar dat was niet belangrijk. Alles wat ik wilde was een zacht bed en een kaart met 'DO NOT DISTURB' voor aan de deurklink. Ik reed naar de trap die naar de ingang leidde. Ik telde twintig steile treden en zuchtend begon ik aan de beklimming. Eerst een grote stap naar de derde trede. Daar draaide ik me om en trok de kar omhoog. Vervolgens sloeg ik weer twee treden over en trok hem verder achter me aan. Zo ging ik door tot ik hijgend aankwam op een breed platform met een versleten tapijt en een kleumende conifeer in een plastic pot. De ingang was een draaideur van donker hout, waarin vrouwenfiguren waren uitgesneden die met druiventrossen in de weer waren. Het deurbeslag was van koper en blonk dat het een lust was. In de glazen panelen waren wijnranken geslepen. Kleine lampjes in het plafond verspreidden een fluwelen schijnsel, alsof er stofgoud uit de hemel neerdaalde. Maar een draaideur bleef het en er was weinig ruimtelijk inzicht voor nodig om te begrijpen dat hier geen boodschappenwagen doorheen kon.

"Is er een probleem?" klonk een iel stemmetje. Van schrik lazerde ik bijna de trap af. Het mannetje stond naast me en was niet langer dan één meter vijftig. Ik had geen idee waar hij zo snel vandaan was gekomen. Hij droeg een groen uniform met gouden tressen, die als uit de hand gelopen hechtingen dwars over zijn borst liepen. Op zijn hoofd stond een rond hoedje met kettinkjes, dat me deed denken aan de dop van een champagnefles.

"Ik wil graag naar binnen," legde ik uit.

"Ga vooral uw gang," antwoordde hij vriendelijk.

"Alleen, ik pas niet door die draaideur." Ik maakte een handgebaar richting de boodschappenwagen.

"Aha." Hij keek naar de deur en naar mijn kar en knikte begrijpend.

"Heeft u een oplossing?"

"Een oplossing?"

Fronsend liep hij om mij en mijn kar heen. "Kunt u uw... voertuig niet hier laten staan? Het is gebruikelijk dat onze gasten buiten parkeren. U hoeft geen angst te hebben voor diefstal, want het bewaken van persoonlijke eigendommen van gasten maakt onderdeel uit van mijn functie. En die van Pascal, natuurlijk." Hij maakte een handbeweging in de richting van een groot hondenhok, dat op een hoek van het platform bleek te staan.

"Dat is heel vriendelijk van u, maar het probleem is dat ik er aan vast zit," zei ik beschaamd. Ik rinkelde verlegen met de ketting. Het gezicht van de man betrok. Fronsend keek hij naar de ketting. "Tja... Als het niet kan, dan kan het niet."

Ik voelde mezelf boos worden, maar wist me te beheersen en vroeg: "En wat nu? Wat moet ik nu?"

"Een goede vraag."

"Dit hotel heeft toch vijf sterren?" ging ik nijdig door. "Als gast mag ik verwachten dat u dit oplost."

"Als gast mag u heel veel van ons verwachten. Die sterren maken we volledig waar. Alleen, u bent geen gast. Daarvoor dient u binnen in te checken. Zolang u geen gast bent, betekent onze gastvrijheid dat wij vrij van u als gast zijn." Hij keek ernstig en pulkte aan een van de tressen van zijn uniform.

"Dit is belachelijk!" ontplofte ik. "Laat ik toevallig even wat minder valide zijn, daar heb ik zelf niet voor gekozen. Ik ben slachtoffer van mijn omstandigheden! Zijn gehandicapten soms niet welkom hier?"

"Gehandicapten? Als ze gast zijn, zijn ze welkom."

"Maar ik kan niet naar binnen hè, dus ik kan ook geen gast worden," zei ik bitter.

"Het heeft er alle schijn van."

Ik hoorde het geluid van autobanden en de portier zei: "Een momentje," en begon de trap af te lopen. Onderaan kwam een BMW tot stilstand. En niet zo maar eentje. Een donkerrode 502 V8. De barokengel, een model uit 1954 waarmee BMW met de Mercedes 300 ging concurreren. Ik herkende hem meteen, want ik had er een model van op mijn nachtkastje staan (schaal 1:42). Zo te zien was deze in prima staat.

Een geüniformeerde chauffeur stapte uit, draafde om het voertuig heen, opende het achterportier en bracht zijn hand naar zijn pet. Er sprong een elegant geklede man tevoorschijn, die zonder de chauffeur aan te kijken de trap oprende. In zijn hand hield hij een leren attachékoffer, die de vergulde gnoom in een snelle beweging van hem aannam, als een estafetteloper die een wissel uitvoert. Vlug glipten ze langs me heen, om te verdwijnen door de geruisloos draaiende deur.

Ik stelde me op bij de draaideur en wachtte. En wachtte. Ik had er nog steeds kunnen staan. De portier liet zich niet meer zien en ik drukte een paar keer op de koperen deurbel en loerde door de glazen deuren naar de lege lobby, waarin leren fauteuils als slagschepen ronddobberden op een oceaanblauw tapijt. Ik liep naar het donkere hondenhok en mompelde: "Nou woef, dat schiet niet op."

"Lul niet en verdwijn!" sprak de hond.

Het beest bewoog en nu zag ik dat er een naakte man in het hok lag. Hij was niet veel dikker dan de zwerfster van daarnet en miste beide benen. Toch had men het nodig gevonden om hem een halsband om te doen, die met een touw vastzat aan een ring in de grond. Ik bekeek hem met open mond en hij draaide zijn benige kont naar me toe. Hij vouwde zijn arm onder zijn hoofd. "Als je er over twee minuten nog steeds bent," gromde hij, "bijt ik je strot lek."

Het klonk alsof hij het meende en ik overwoog een reactie, maar kon niets zinnigs bedenken. Ik gaf de moed op en daalde de trap af.

Ik doolde verder. Erg opschieten deed het niet meer. Mijn lichaam was zwaar van de slaap en tot twee keer toe tuimelde ik met mijn wagen van de stoeprand af. Langzaam begon het tot me door te dringen dat ik de nacht buiten moest doorbrengen. En dat terwijl ik thuis een waterbed had. De zoveelste vernedering…

Slapen op straat. Hoe pakten zwervers dat aan? Bij het winkelcentrum bij ons in de buurt had ik ze vaak genoeg zien staan met de daklozenkrant. Nooit iets van ze gekocht natuurlijk, want luiheid moet je niet belonen. Ik had die zwerfster niet omver moeten duwen, maar om hulp moeten vragen.

Ik ging een steeg door en kwam uit op een geasfalteerd plein met aan drie zijden donkergrijze flats. De middelste had een neonbord op het dak staan, met de woorden CENTRAL HUB. Op de eerste verdieping staken aan de zijkant glazen buizen uit, waar blijkbaar een tram of een trein doorheen kon rijden, want ik zag de bovenleiding lopen. Het plein was gemeubileerd met vuilnisbakken en fietsenrekken. Er liep een brede autoweg voorlangs en ik stak hem over en bereikte een stadspark met de omvang van een vluchtheuvel.

Een park. Daar hoorden bankjes bij. Ik zag er inderdaad één staan, onder een lindeboom. Ik ging er op liggen en viel in slaap als in een mangat.

11

De deken was van me afgegleden. Ik keek naar mijn adem,
die in wolkjes neersloeg op de groene verf van het bankje en
omlaag droop om glinsterende druppeltjes te vormen aan de
onderrand van de planken. Daar tussendoor zag ik de boom-
stam. Massief, donker, wachtend. Glanzend van het vocht. Mijn
lichaam voelde als een blok marmer, gegoten in cement en
daarna ingevroren. Het lukte me nauwelijks om mijn hoofd
te bewegen. Elk onderdeel van mijn door de kou verstijfde lijf
moest afzonderlijk tot activiteit worden geprikkeld. Ik maakte
voorzichtig contact met mijn schouders en vond de kracht om
mezelf als een sleutel in een roestig slot een kwartslag te draaien.
Meteen voelde ik een pijnlijke ruk aan mijn pols. Natuurlijk, de
kar. Die was er ook nog.

Ik bekeek de hemel van de hel. Zag tussen de zwarte takken
van de linde door hoe de kleuren van de nacht oplosten in een
sombere asfaltkleur. Dit werd geen dag voor zonnebrandolie.
Krikte mijn knieën omhoog, wreef over mijn gezicht en voelde
het profiel van het bankje in mijn wang staan. Er krabbelde een
spinnetje over mijn hand, dat bij mijn pink *abseilde* en ergens
beneden me in het gras verdween. Tot nu toe was mijn ergste
ervaring met kou een periode als krantenbezorger tijdens een
Elfstedentochtwinter geweest. Afgelopen nacht won het daarvan
met vlag en wimpel. Ik vroeg me af waarom zwervers voor dit
bestaan kozen. Misschien bezat het buitenleven een charme die
ik nog niet had ontdekt.

Hoe zou het thuis zijn? Heel verdrietig natuurlijk. Vlag halfstok. Als dit hen was overkomen zou ik er ook kapot van zijn geweest. Al komt je eigen overlijden waarschijnlijk harder aan, omdat je er directer bij betrokken bent. Ik voelde me in ieder geval verschrikkelijk. Over dergelijke dingen, ik bedoel zware onderwerpen zoals de dood, hadden Chantal en ik het nooit gehad. Dat hadden we wel moeten doen. We hadden sowieso meer moeten praten met elkaar. Teveel langs elkaar heen geleefd, zeker sinds ons kind er was. Ik vroeg me af hoe ze Kareltje had uitgelegd dat ik niet meer thuis zou komen. Misschien "Pappie is heel ver op reis", of het populaire "Papa is nu een sterretje". Sterretjes staan alleen in een koud, onverschillig heelal. Dat kwam aardig overeen met mijn situatie. Ik stemde op het sterretje.

Met veel inspanning kwam ik overeind. Strekte mijn benen en hoorde mijn knoken knakken. Aan alle kanten van het park raasde verkeer. De meeste voertuigen waren meer dan twintig jaar oud en ik zag opvallend veel slecht onderhouden Amerikaanse personenauto's uit de jaren vijftig. Het leek Cuba wel. Achter de lindeboom passeerde er elke minuut een ouderwetse bruingele tram. De lijnen 9, 10, 17 en 21 kwamen langs en al die rinkelende roestbakken zaten propvol passagiers. Gelukkig was ik niet alleen.

Over het voetpad trok een stoet mensen voorbij. Net als bij de auto's waren het overwegend oudere modellen en het was een gezellig multicultureel gebeuren van negers, latino's, Aziaten, indianen en bleekgezichten. Erg gevaarlijk zagen ze er niet uit. De schijn kon bedriegen, maar het leken me gewone mensen zoals ik. Ze kwamen tevoorschijn uit het station en staken in een dikke stroom de toeterende weg over, waarna ze zichzelf opdeelden in een zich steeds fijner vertakkend netwerk, dat verdween in de straten en gebouwen om mij heen. Als het wortelstelsel van een organisme dat zijn sappen onttrekt aan het steen. Iedereen keek nors voor zich uit en mijn aanwezigheid ontging hen volledig. Ik legde mijn spullen in de kar en controleerde mijn bezittingen, op zoek naar iets bruikbaars. In de voering van mijn colbert voelde ik een rechthoekig stukje materiaal, dat ik de afgelopen nacht niet had opgemerkt. Haalde het tevoorschijn. Het was het visitekaartje dat Giel me had gegeven in de aankomsthal. Ik las:

Vergilius Jobcoaching.
A classic approach to the problems of today.
Powered by **Coach4U: The Smart Coaching Network**.
075566-234892836

Kijk, als dat geen aanknopingspunt was. Eentje van het zuiverste water. Ik schoot in de lach. Goeie ouwe Giel, die hield van omslachtig doen! Ik moest hem gewoon bellen voor instructies! Het is toch mijn valkuil alles zelf op te willen lossen. Dat zag ik wel vaker bij managers. Opgelucht pakte ik mijn mobieltje en herinnerde me dat ik de afgelopen nacht geen ontvangst had gehad. Dat was nog steeds zo. Einde opluchting. Ik besloot dat het niet aan de bebouwing kon liggen. Er was gewoon geen netwerk. Hallo, middeleeuwen! Daar zou Giel wel geen rekening mee hebben gehouden. Het leek me niet iemand met veel technisch inzicht. Geen praktische man.

Dan moest ik van iemand een mobieltje zien te lenen dat wel werkte, want telefooncellen zag je tegenwoordig nergens meer. Ik bekeek het passerende volk wat beter. Ze waren overwegend conservatief gekleed, als kantoorpersoneel dat naar het werk gaat, alleen een stuk armoediger. Ze droegen tassen of rugzakjes. Wezens met hoeven, pijlstaarten of hoorntjes zaten er niet tussen. Misschien had het folterpersoneel vandaag een verlofdag opgenomen. Of het werd tijd om mijn beeld van de hel eens grondig bij te stellen. Dat het toch vooral bangmakerij was geweest.

Ik hobbelde naar het voetpad en vroeg aan niemand in het bijzonder: "Pardon, mag ik wat vragen?" Iedereen liep door. Dus herhaalde ik mijn vraag op luidere toon en probeerde het in het Engels en in mijn beste Duits: "*Bitte, darf ich etwas fragen?*"

Zonder resultaat. Dan maar de botte manier, want ook mijn geduld is eindig. Ik dreef mijn kar als een wig de massa in en sprak een man in een zwart pak aan, wiens doorgang ik had versperd. Zonder oogcontact te maken stapte hij om de kar heen en liep door. Die had zeker vroeger als ober op een Amsterdams terras gewerkt.

Ik bleef het proberen en hield mijn telefoon ter verduidelijking omhoog en riep: *"Please, can I use somebodies phone. It is an emergency!"* Maar de mensen bleven langs me heen stromen als water langs een kei. Schreeuwen, met mijn armen zwaaien en individuele personen indringend aankijken, het hielp allemaal niets. Men keek naar de lucht, de gebouwen, elkaar, naar alles behalve naar mij. Ik bestónd niet. Toen ging me een licht op. Het karretje! Wie gaat er nu op de openbare weg een gesprek aan met een onbekende, die met een ketting vastzit aan een winkelwagen? Zonder een supermarkt in zicht. Ik kon het ze niet kwalijk nemen. Ik zou mezelf ook niet te woord hebben gestaan. Zeker niet als ik me zou kunnen verschuilen in een menigte. Daarom hadden ze me dat ding dus meegegeven. Als teken van onaanraakbaarheid. Listig.

Het leek me beter om iemand individueel te benaderen op een plaats waar het minder druk was en ik liet me meevoeren met de stroom. Het tempo vertraagde en aan het einde van het park zag ik manden van draadijzer langs het pad staan. Er stond een bord bij met de tekst '*ONE (1) ONLY*'. In de manden lagen keien. Verschillende mensen bukten zich en namen er één uit. Ik volgde hun voorbeeld. Gewoon doen wat de inboorlingen doen. We staken over en aan de andere kant was een kleine opstopping. Mensen stapten naar rechts opzij, wierpen hun kei weg en liepen door. Ik volgde de baan van de stenen. Verderop was een vuilnisbak. Naast de bak een lantaarnpaal. Aan die paal hing een winkelwagen. En aan de winkelwagen hing een man. Net als ik zat hij met zijn pols vast aan de duwstang. Zijn voeten bleven net vrij van de grond.

PATS, een steen raakte de kar. Een ander vloog rakelings langs de ongelukkige. Dan twee voltreffers, één op zijn scheenbeen en één op zijn borst. Hij probeerde met zijn arm zijn hoofd te beschermen, of wat er van over was. Zijn lichaam was een bloedende zak vlees en zijn gezicht nauwelijks als zodanig herkenbaar. PATS, vol tegen zijn schouder. Om me heen hoorde ik goedkeurend gemompel. Nu was ik aan de beurt. Tijd om te denken was er niet en ik gooide mijn kei in een pisboogje zijn kant op. Ik zag zijn bloeddoorlopen oog in mijn richting staren, terwijl de kei met een tik de vuilnisbak raakte. Ik liep snel door. Achter me gooide iemand een voltreffer, want ik hoorde de man een kreet van pijn slaken. Er weerklonk een bescheiden applausje. Mijn maag draaide om bij de gedachte dat ik misschien naast die gozer zou komen te hangen en ik maakte me zo klein mogelijk. Probeerde de ketting in mijn mouw te moffelen. Iemand naast me leek stiekem naar me te loeren en ik drukte mijn mobiel tegen mijn hoofd en begon op luide toon een gesprek over boodschappen te voeren: "Ja bananen dus, die neem ik mee… Worteltjes, bier… En als de luiers in de aanbieding zijn?… Twee pakken, oké. … Ja schat, natuurlijk let ik op de maat! Dat gebeurt me maar één keer, ha ha!"

We liepen een buurt met kantoorgebouwen in. Alle deuren stonden open. Voortdurend verlieten er mensen de stroom om naar binnen te gaan en een enkeling keek me vanuit de deuropening ijzig na. Onderling gesproken werd er niet. Alleen een incidenteel geknor dat alles kon betekenen tussen "goedemorgen" en "sodemieter op". De groep begon uiteen te vallen, toen we een ruimer opgezette wijk bereikten met vrijstaande villa's in uitgestrekte, kale tuinen. We liepen langs een landhuis met pilaren ervoor dat in Italië of Griekenland had kunnen staan. Er gingen tientallen mensen tegelijk het smeedijzeren tuinhek door en de statige trap op naar binnen. Het werd rustig en ik volgde het laatste plukje mannen en vrouwen tot ze in een achterstraat door een grimmig ogend, donker pand opgezogen werden.

Nu was ik alleen. Ik stopte mijn mobiel weg en liep door naar het einde van de straat. Op de hoek stond een stenen bloembak waar verdorde rietstengels uit omhoog staken. Er hadden zich plastic koffiebekers en sigarettenpeuken tussen genesteld, en snippers krantenpapier. Het riet was hoog genoeg om mijn kar te verbergen en ik stalde hem er achter. Dat ze dat ding beter niet konden zien, was me inmiddels duidelijk. Maar linksom of rechtsom, ik had meer informatie nodig. Iemand moest me uit-leggen wat de bedoeling was of me helpen om Giel te bereiken. Al snel zag ik een man met een paraplu aankomen en ik nam een nonchalante pose aan, alsof ik daar op lijn negen stond te wachten. Toen hij drie meter van me vandaan was, sprak ik hem aan. De kerel kwam tot stilstand als een elektrisch apparaat waar de stekker uit wordt getrokken.

"Pardon, ik ben nieuw hier," zei ik zo hoffelijk mogelijk. "He-laas is me tot dusver door niemand verteld wat er van mij ver-wacht wordt. Het ging daardoor niet helemaal goed met mijn overnachting en ik heb ook geen ontbijt gekregen. Ik wil graag mijn contactpersoon bellen, maar kan hem helaas niet bereiken, omdat mijn telefoon niet werkt. Kunt u me helpen?"

Dat was misschien wat veel informatie in één keer. Hij leek me niet goed te begrijpen en keek achter zich om te controleren of ik het wel tegen hem had. Dus spelde ik het langzaam voor hem uit: "Ik-ben-nieuw. Geen-ontbijt-gehad. Weet-u-wat-de-bedoeling-is?"

Zijn zwarte muizenoogjes schoten nerveus heen en weer en in gebrekkig Engels mompelde hij: "Ik begrijp u niet." *No under-stand.*

Snel herhaalde ik mijn vraag in die taal.

"De bedoeling?" Hij bewoog zijn kaken, alsof hij op zijn eigen wangen stond te kauwen. "Mijn bedoeling is op tijd op kantoor te zijn. *For you same, right? Go office. Then home. Then sleep. Then office. Right?*"

Onwillekeurig bewoog ik mijn linkerarm en het eindje ketting dat ik in mijn mouw had geschoven, viel zacht rinkelend naar beneden. Zijn ogen flitsten naar de stalen schakels. Dan naar de slecht gecamoufleerde kar. Woedend brulde hij iets in een taal die ik niet verstond en nam een vechthouding aan. Prikte met zijn paraplu naar mijn gezicht. Niet langer een bange muis, maar een pitbull met bijtbehoefte. Het zag er niet heel indrukwekkend uit, maar voor de zekerheid deed ik toch een stap opzij en viel bijna in de bloembak. De man maakte van de gelegenheid gebruik om de straat op te schieten en er vandoor te gaan. Ik liep hem een paar meter achterna en bleef hem in alle talen die ik machtig was de huid vol schelden tot hij uit het zicht was verdwenen.

Ik camoufleerde de kar en de ketting wat beter en wachtte op een nieuwe kans, maar ik was te ver doorgelopen of het was te laat geworden, want er kwamen slechts twee nieuwe voetgangers langs, die de straat overstaken zodra ze me zagen staan. Zittend op de stoeprand stak ik een sigaret op. Mijn mobieltje bleef naar een provider zoeken en tegen beter weten in koos ik het alarmnummer: 1-1-2 Daar Red Je Levens Mee. Vandaag dus niet. Daarna probeerde ik de radiofunctie, maar ontving slechts geknetter. Ik schakelde hem uit, want het ding vreet batterijen. Er reed een bruine bus voorbij. Op de zijkant stond reclame voor financieel advies. Achterin zag ik een passagier op een boterham kauwen. Tja, dat ontbijt schoot er lelijk bij in. Ik had flinke trek, want mijn laatste maaltijd was tijdens het assessment geweest. Bij de gedachte aan die test kromp ik in elkaar. De stommiteit. Verdomme, de ongelofelijke stommiteit. En dan dat gesprek met mevrouw Mauve, die haar toneelstukje opvoerde met die grafiek met testresultaten. Ik was er volledig ingetuind. Waar had ik gezeten met mijn verstand? Ik probeerde aan iets anders te denken. Aan de praktische problemen die voor me lagen bijvoorbeeld. Er waren er genoeg. Stel dat ik Giel vandaag niet zou kunnen bereiken. Ik moest onder ogen zien dat die kans bestond. Dan moest ik zelf aan eten en drinken zien te komen. En een slaapplaats vinden met een dak erboven. Alsjeblieft geen tweede nacht buiten. Mijn nek zat nog steeds op slot door dat stomme bankje.

Gelukkig had ik een workshop *empowerment* gevolgd. Daar leren ze je om je doelen zo te visualiseren dat je ze ook werkelijk bereikt. Dat was precies wat ik nodig had. Ik deed mijn ogen dicht en stelde me een warme kamer voor, met een knappend haardvuur, een bed van berenvellen en, vooruit, een blote Esterella, die glühwein serveerde in een bierpul. Wat ambitie kan nooit kwaad.

Het hebben van duidelijke doelen is belangrijk. Veel mensen maken de fout door ze negatief te formuleren. Ze denken bijvoorbeeld dat ze niet meer arm, onsuccesvol of ambtenaar willen zijn. Maar dat zijn 'weg-van-doelen' en die motiveren niet. Positief gestelde doelen zijn veel krachtiger. Dat komt omdat ze om een beweging ergens naartoe vragen: dus naar een nieuwe BMW, een vrijstaande villa of zoiets simpels als een warm bed toe. Wanneer je zulke doelen concreet formuleert en goed visualiseert, start je eigenlijk al halverwege.

Dat gaf me goede moed en ik begon weer te lopen. Van de ene wijk naar de andere. Uren achtereen. Andere voetgangers waren er niet en slechts een paar keer kwam er een auto voorbij. Het ging steeds trager vanwege twee hielvullende blaren en rond het middaguur zat ik een tijd op de stoeprand met een migraineaanval. Denk maar niet dat er iemand naar buiten kwam om me te helpen.

De kwaliteit van het trottoir werd slechter. Ik moest uitkijken voor scheuren en gaten, want je raakte zo een wiel kwijt. Sommige stukken waren niet eens bestraat. Ik was zo geconcentreerd met dat wegdek bezig dat ik nauwelijks op de omgeving lette. Het was toeval dat ik net opkeek op het moment dat er honderd meter verderop een vrouw overstak. En wat voor een vrouw. Een heel bijzondere vrouw. Een vrouw met een winkelwagen.

Gelijk was ik alert. Als iemand me verder moest kunnen helpen, was zij het wel. Ik riep haar aan, maar ze hoorde me niet en ging een zijstraat in. Ik stapte snel die kant op, maar toen ik de hoek omsloeg was ze verdwenen. De straat was onoverzichtelijk. Ik zag een rij bomen en een met reclameposters volgeplakte bushalte. Overal stonden auto's geparkeerd. Ik negeerde mijn blaren en begon te hollen. Waar was dat malle mens? Verdampt? Was dat wat er hier met je gebeurde? Nee, daar! Verderop zag ik haar de weg oversteken. Ik vloog er achteraan. Ze ging een parkeerplaats op en verdween achter een bestelwagen. Bij die wagen stonden twee dames met elkaar te kletsen. Ze hadden vale jassen aan en droegen hoofddoekjes. Ook zij waren uitgerust met een winkelwagen. Ik viel met mijn neus in de boter. Er zat hier een heel nest! Misschien was er een voorlichtingsbijeenkomst voor de nieuwkomers. Dan was ik toch de goede kant opgelopen. Drie hoeraatjes voor mijn automatische piloot. Eén van de vrouwen deed de achterklep van haar auto dicht en samen liepen ze naar een gebouw aan de andere kant van het parkeerterrein. Het was gemaakt van baksteen, één verdieping hoog en bezat geen ramen. Er stond een sliert aan elkaar gekoppelde winkelwagentjes voor. Hoera. Ik had een supermarkt gevonden. En mijn wagentje mocht blij zijn, want het was een Konmar. De naam stond in geelgroene letters op de gevel met daaronder hun slogan: *De lekkerste supermarkt is nu ook een van de goedkoopste.*

"Excuseer me, meneer?" klonk een vrouwenstem in beschaafd Engels met een licht Duits accent. Ik draaide me om en zag een vrouw in een tuinbroek op me afkomen. Ze had rood stekeltjeshaar, droeg oranje oorbellen en liep op klompen. Zo te zien een dier- en milieuvriendelijk type uit de jaren zeventig van de vorige eeuw. Ze keek me welwillend aan, glimlachte en zei: "Ik geloof dat we elkaar kunnen helpen."

"Mevrouw, wat kan ik voor u betekenen," antwoordde ik. Mijn stem trilde en ik voelde mijn ogen vochtig worden. Eindelijk

iemand die aardig tegen me deed. Mijn eerste normale mense-
lijke contact in de onderwereld! Dat doet wat met je. Ze maakte
een hoofdbeweging naar mijn kar, vroeg: "Mag ik hem hebben?"
en stak haar hand omhoog. Tussen duim en wijsvinger hield ze
een muntstuk. Toen pas viel het muntje bij mij. De vrouw zag
me aan voor een klant en wilde mijn wagentje overnemen. Ik
stak mijn geboeide hand omhoog en zei schuchter: "Dat gaat
helaas niet lukken. Maar nu ik u toch spreek…"
Haar glimlach smolt weg als een waterijsje in de magnetron en
zonder verder een woord aan me vuil te maken ging ze er vandoor. Pas bij de schuifdeuren van de winkel keek ze achterom.
Haar gezicht bang en boos tegelijkertijd. Een klassieke combi-
natie.
"Ook goedendag," mompelde ik. Ik borg de schakels van de
ketting zoveel mogelijk op in mijn mouw en legde de plastic
tassen over de deken in de kar. Zo argeloos mogelijk kuierde ik
naar de winkel. Er kwam een Indonesische dame in een sarong
naar buiten, met een net sinaasappelen en een ovenstokbrood.
Ze kwam me bekend voor en in het voorbijgaan knikten we
beleefd naar elkaar. Ik ging naar binnen.
Het was Italiaanse week en alles was groen, wit en rood. Aan de
muren hingen Italiaanse vlaggen en spandoeken met de tekst
'*La Dolce Vita - week*'. Boven de kassa's hingen posters, waarop
een sensueel fotomodel met wild zwart haar wulps in de lens
keek. Ik schoof het klaphekje door en stuitte gelijk op een jong
meisje in een geelgroen supermarktuniform en met een papieren mutsje op. Ze stond naast een kraam met wijn en hield een
serveerblad met bekertjes omhoog.
"Kent u de Italiaanse wijnen?" vroeg ze in het Engels. Blijkbaar
was dat het Esperanto van het hiernamaals.
"Niet zo goed als ik zou willen, liefje," antwoordde ik. Ze bloos-
de en ik griste een bekertje van het blad, dat ik in één teug weg
klokte. Godsammekrake, dat was lekker spul! Kleine bekertjes
trouwens. Ik troggelde haar een tweede en een derde bekertje af,

gooide ze naar achteren en liet me vier flessen aansmeren. Wat is
een zwerver zonder alcohol? Ik kon me beter in de materie verdiepen. Tegelijkertijd hoorde ik haar uit en kwam er achter dat
ze hier nog maar een paar maanden werkte, zelf niet van wijn
hield en al een vriendje had. Leuke meid.

Vervolgens zwalkte ik tussen de schappen door. Veel publiek was
er niet en ik begon mijn kar vol te gooien. Toiletpapier, bier,
scheerspullen (een antiek krabbertje met slechts twee mesjes!),
tomaten, brood… alles wat er bruikbaar uitzag gooide ik erin.
Bij de diepvriesafdeling koos ik twee pizza's met kaas en salami.
Uit mijn studententijd herinnerde ik mij dat die dingen ook
koud te hachelen zijn. Het viel me op dat er geen merken bij
waren die ik kende. Alle producten zagen er tegelijkertijd vers
en gedateerd uit, en het was een vreemd idee dat hun houdbaar-
heidsdatum na de mijne lag. Ik stond net wat chocoladerepen
van Kwatta in te laden, toen ik de vrouw in de tuinbroek zag.
Ze stond bij de vleeswaren te smoezen met de slager en ze keken opvallend onopvallend mijn kant op. Tuinbroek leek nogal
opgewonden, de man eerder bezorgd. Tijd om af te rekenen.

Bij de kassa was ik gelijk aan de beurt en ik griste alle pakjes
sigaretten uit het rek en legde ze op de band. De oudste caissière
ooit sloeg mijn boodschappen aan op een kassa die meer kabaal
maakte dan de slee van de Kerstman. Met mijn vrije arm legde
ik ze terug in de kar.

"Dat is dan zeventig geedee en veertig cent," zei ze ten slotte.
Ik keek haar aan. Het was niet vreemd dat ze me om geld vroeg.
Dat is wat caissières doen. Hun lotsbestemming. Toch had ik niet
over betaling nagedacht. Een gevoel van onrust kwam bij me
op. Zouden we in de eurozone zitten? Weifelend hield ik mijn
bankpas van de ABN-AMRO omhoog en vroeg of ik kon pinnen. Ze nam het plastic kaartje aan, bekeek het aan beide zijden
en belde een collega voor assistentie. Er verscheen een vent van
over de tachtig in een stofjas, die een korte blik op mijn pasje
wierp en een lange op mij. Ik voelde me er ongemakkelijk bij

en grijnsde dommig naar hem, als een toerist die begint te vermoeden dat hij een lokale regel heeft overtreden.

"U bent hier nog niet zo lang?" informeerde hij.

"Afgelopen nacht aangekomen."

Hij leek opgelucht door dit antwoord en knikte begrijpend.

"Dat verklaart het dan. Blijkbaar is er iets misgegaan bij uw introductie."

"Dat kun je wel zeggen," antwoordde ik gretig. "Ik heb geen enkele uitleg gekregen, helemaal niets."

"Schandalig!" kraste het oudje achter de kassa. "Een mens heeft het recht te weten waar hij of zij aan toe is. Je kunt niet aan eisen voldoen die je niet kent."

"U haalt me de woorden uit de mond, mevrouw."

"Aan betaalmiddelen uit het hiervoormaals heeft u hier niets," legde de man uit. "Wij gebruiken Genezijdse Dollars. Voor uw werkzaamheden zult u in deze munteenheid worden uitbetaald. Maar na een dag zult u nog niets ontvangen hebben. Starters behoren daarom voedselbonnen te krijgen, zodat ze die eerste periode kunnen overbruggen. Het is een plicht van de werkgever hierin te voorzien. Waar werkt u precies?"

Ik begon hem op de mouw te spelden dat ik voor de Verenigde Oost-Indische Compagnie werkte, afdeling Nootmuskaat en Gember. Hij keek bedenkelijk en ik ratelde door over de bedrijfshistorie (*"It is a very old Dutch firm with a lot of ships. Mostly sailing vessels."*), wat ze verhandelden (*"…spices and coconuts…"*) en waar het kantoor zat (*"You know Central Hub? From there you walk through a large street and…"*). Hij leek mijn verhaal te geloven, tot zijn blik op mijn pols viel. In het vuur van mijn betoog had ik de duwstang losgelaten en een stuk van de ketting hing zichtbaar in een boog tussen de stang en mijn mouw. Ik probeerde de schakels te camoufleren met mijn hand, maar nu viel het hele eind rinkelend uit mijn mouw.

Zijn gezicht nam de kleur van mijn tomaten aan en de caissière gilde: "Een werkweigeraar!" Hij legde een benige kruideniershand op mijn schouder en kneep er hard in, terwijl hij met zijn andere hand in mijn kar greep.

"Terug met die boodschappen. Uw soort moeten we hier niet." Hij slingerde een zak krentenbollen op de lopende band, boog voorover en greep naar mijn pizza's.

Misschien kwam het door de wijn, misschien door de vermoeidheid. Misschien had iedereen gelijk en deugde ik gewoon niet. Op de één of andere manier draaide mijn elleboog zich omhoog en ik ramde de vent vol in zijn gezicht. Het is een beweging die ik van mijn eerste voetbaltrainer heb geleerd. De man ging met een gil tegen de grond en ik zag het bloed tussen zijn vingers door druppelen. De caissière begon een zacht en schril geluid te maken, als een kanarie die met gesloten snavel probeert te zingen.

Als een windhond schoot ik tussen de kassa's door. Ging slippend de bocht om en trok een sprint naar de uitgang. Daar hotste mijn wagen over de drempel en verloor ik een fles Bacardi die achter me op de tegels uit elkaar spatte. Ik reed een knulletje in een trainingspak van zijn sokken, schoot de stoep af, spurtte het parkeerterrein over, wrong me tussen de geparkeerde auto's door en reed er een achteruitkijkspiegel af. Geen tijd voor excuusbriefjes onder ruitenwissers. Vloog de stoep op en verschool me achter een gele glascontainer. Keek achterom. Waren er achtervolgers? Die waren er. De slager kwam naar buiten geheld, samen met het meisje van de wijn en Tuinbroek. De knul in het trainingspak kwam erbij staan en begon te wijzen. Tuinbroek zag me meteen en gilde met zo'n kracht "*Stehen bleiben!*" dat ik bijna aan haar bevel gehoorzaamde.

Ik gaf gas. Op de kamelen. Er vandoor. Daar ging ik! Over de stoep, een brandgang in. Tussen woonhuizen door. Over een smal pad van grindtegels. Als een gek! Mijn wagentje schudde alle kanten op, sprong op en neer als een jong veulen. Daar gingen mijn kogellagers. Rechtsaf. Links. Een doolhof! Van de ene brandgang naar de andere. Holderdebolder. Aan alle kanten schuttingen. Van planken, van baksteen, van beton. Alles met glasscherven en prikkeldraad op de bovenrand. Er was hier blijkbaar veel criminaliteit, bij welke bende kon ik me aansluiten? Ik voldeed aan alle functie-eisen. Hup, een geasfalteerd steegje door. Verder moest ik, verder!

Hijgend en hoestend kwam ik aan in een straat met armoedige, houten huizen. Holde in de richting van een kruispunt met verkeerslichten. Het ene moment was het kruispunt leeg. Het volgende was er een auto. Hij stond stil, midden op de weg. Een politiewagen. Zo'n grote bak zoals je die in Amerikaanse politieseries uit de jaren zeventig ziet. Er zat een agente aan het stuur.

Ik ben altijd een groot fan van de sterke arm geweest. Meer blauw op straat en alle criminelen achter de tralies, dat was mijn devies. Vandaag keek ik daar genuanceerder tegenaan. Je hebt ook mensen die stelen, omdat ze anders zouden omkomen van honger en dorst. Het zijn er niet veel, maar ze zijn er. Ik bijvoorbeeld. Maar ik had niet de illusie dat deze smeris zou smelten door mijn zielige verhaal en ik glipte een zijstraat in met een wegdek van betonplaten. Die hadden ze zorgvuldiger mogen neerleggen: op de eerste drempel verloor ik mijn toiletpapier en op de tweede mijn bruine brood. Ik draafde door, maar het tempo begon er uit te gaan. Van nature ben ik meer iemand van de korte baan. Geen marathonloper, maar een sprinter. Geen waakvlam, maar een steekvlam, een vuurpijl. Chinees Nieuwjaar! Bovendien had ik de verkeerde schoenen aan. Op mijn Nikes was ik ze eenvoudig voor gebleven, maar met deze oningelopen kantoorschoenen was het een ongelijke strijd. Ik hoorde ze tegen elkaar roepen, elkaar ophitsen. Ze kwamen dichterbij. De meute rook bloed!

Een hoek om. Een binnenplaats. Aan twee zijden garageboxen met deuren in vervellende blauwe verf. Tegenover me een hek van ruitjesgaas. Ik stond in het midden van de enige toegangsweg. Dat was het dan. Ik kon geen kant op. Het was voorbij. Ik pakte een chocoladereep en propte hem in zijn geheel in mijn mond. Die namen ze me niet meer af. Mijn zakken stopte ik vol met sigaretten. Wat zou er volgen? Eerst een pak slaag natuurlijk, om in de stemming te komen. Daarna het cachot in. Of gelijk keien koppen aan de folterpaal. Geen proces, geen jury! Boontje kwam om zijn loontje.

KRABAM! Een krakend kabaal. Hard en hol als de kreet van een ijzeren dier. Naast me schoof een garagedeur omhoog. Ik keek naar de duistere deuropening en een figuur stapte in het grauwe licht. Hij leek op een vogelverschrikker die zijn akker had verlaten en vervolgens aan lager wal was geraakt. Een haveloze trainingsbroek zat met een stuk touw om zijn buik geknoopt en hij droeg een regenjas, waarvan de linkermouw ontbrak. Zijn hoofd een anemoon van vuil bruin haar, met een klittende baard die tot op zijn borst hing. Van zijn gezicht zag je alleen een rode neus met het formaat van een bokshandschoen en twee donkere, berekenende ogen.

"Problemen," zei de schooier in knauwend Amerikaans-Engels. Ik laat in het midden of het een vraag, een constatering of een voorspelling betrof. Op dat moment hoorde ik er een vraag in en antwoordde: "Wew un bweetje."

Probeerde de klomp chocolade weg te slikken.

"Kom binnen. Snel."

Het geluid van hollende mensen was vlakbij en ik spurtte de garagebox in. De deur viel met een donderend geluid omlaag en we bleven stilstaan in het donker.

"Wewankt."

"Sssst."

Mijn achtervolgers stoven het terrein op. Ik zag ze door een gaatje in de garagedeur. Eerst de knul in het trainingspak, het wijnmeisje en de slager. Ze holden door naar het hek en gingen op zoek naar een gat. Daarna het geklepper van klompen en Tuinbroek kloste in beeld. Met het wijnmeisje bekeek ze een opening in het gaas, waar nog geen konijn doorheen zou passen.

Hiermee was de voorstelling nog niet voorbij. De politiewagen reed de binnenplaats op. Dat je niet zou denken dat kleine criminaliteit niet serieus werd genomen. Uit de auto stapte een bejaarde agente in een veel te groot, zwart uniform. Ze trok een notitieblok en begon vragen te stellen en aantekeningen te maken. Liet zich meetronen naar het hek, inspecteerde het gat en schudde haar hoofd. Het winkelmeisje en de knul in trainingspak probeerden de opening met hun handen groter te maken om hun pleidooi kracht bij te zetten, maar de agente haalde haar schouders op en stapte weer in. Een moment later vertrok ze. Het groepje bleef besluiteloos rondhangen en Tuinbroek liep naar de garagedeur tegenover me, gaf er een schop tegen en schreeuwde in het Duits: "We krijgen je nog wel, vuile dief!" Eindelijk dropen ze af.

We bleven bij de deur wachten tot we ze niet meer konden horen. Toen zette de zwerver een geel cadmiumkratje van Heineken neer en gebaarde dat ik er op mocht gaan zitten. Zelf nam hij plaats op een tweede krat. Tussen ons plaatste hij een glazen jampot gevuld met een donkere vloeistof. Uit een gat in het deksel stak een reep katoen, die hij met een lucifer aanstak. De pit begon te branden en verspreidde een stinkende rook, die de onmiskenbare urinegeur van mijn nieuwe kompaan naar de achtergrond drong. De garagebox was vrijwel leeg. Achterin lagen alleen twee matrassen, wat voddige dekens en een paar kartonnen dozen en plastic tassen.

"Nieuw," stelde hij vast.

Ik knikte in het halfduister. Bang om geluid te maken en niet blij met mijn status van groentje. Als je veertig bent zit je daar niet meer op te wachten, zeker niet iemand als ik, van nature meer een leider dan een volger. Hij stond op, liep naar de achterdeur, zette die op een kier en gluurde naar buiten. Een smal lint grijs licht viel over de betonnen vloer.

"Ik zie het aan de winkelwagen." Hij sloot de deur.

Hij scharrelde in een plastic tas en kwam terug met een stuk brood. Brak het in twee stukken. Ik nam een stuk aan en probeerde niet naar zijn zwarte nagels te kijken. Hygiëne leek een zaak van afnemend belang. We begonnen te eten. Het brood smaakte naar karton en met spijt dacht ik aan het grof volkoren dat ik onderweg was kwijtgeraakt. Er kwam een helikopter over en de landloper liep naar de garagedeur en gluurde door een kier naar buiten. Draaide zich om en keek me strak aan.

"Heb je een tatoeage?" vroeg hij.

"Een *tattoo*?" antwoordde ik verrast. "Nee, hoe kom je daarbij?" Dat was een leugen, want op mijn linkerlies staat sinds een jaar het Chinese karakter voor vuur. Heel stijlvol gedaan, door een Chinees die het had geleerd van een Chinees uit China zelf. Het heeft echt invloed op het liefdesspel. Chantal heeft het me bevestigd, toen we het deden in de badkamer. Maar ik wilde niet het risico lopen dat hij hem zou willen zien.

"Tegenwoordig hebben veel jongere doden een tatoeage," verklaarde hij. "Pas heb ik hier een meisje gehad, hooguit achttien jaar oud was ze. Erg aantrekkelijk, erg vrij ook. Ze hoorde hier helemaal niet te zijn, maar soms verdwalen ze een beetje..." Hij haalde een groezelige lap stof tevoorschijn, stak er zijn neus in en snoot luidruchtig. Aandachtig keek hij naar de opbrengst, borg toen de lap weg en ging verder: "In ruil voor wat advies over de weg naar huis, wilde ze… Ik hoefde niet eens aan te dringen! Ik blij natuurlijk."

"Natuurlijk."

"Ze had een prachtig figuur, maar ik knapte af op die tatoeages. Om haar navel zat een zwarte zon met in het midden een klomp zilver. Een piercing noemde ze dat. Droeg ze ook door haar tong heen. En weet je wat ze op haar bovenarm had staan?" Ik wist het niet.

"*Made in Kentucky.*"

"Tja, het wordt steeds normaler. De juf van mijn zoon heeft er ook één." Ik zag Kareltje voor me. Waarom was ik eigenlijk nooit mee geweest naar de Efteling?

"Toen ik twintig was, was een tatoeage iets voor zeelieden en ander boeventuig. Benieuwd waar dat naar toe gaat met de Westerse beschaving. Richting afvoerputje, schat ik zo in."

De man ging zitten, ik bood hem een sigaret aan en pakte twee blikjes bier uit de kar. We rookten en dronken en een tijd lang werd er geen woord gesproken. Wel zo prettig. Een vrouw zou me direct het koude kliekje van haar levensgeschiedenis hebben opgediend en me hebben uitgehoord over mijn eigen verleden. Maar wij, kerels onder elkaar, wij concentreerden ons op de nicotine en alcohol. Prima zo. Misschien konden we zo gaan klaverjassen. Ik dacht na over de winkelbediende. Het zat me niet lekker dat ik hem een klap voor zijn kanis had verkocht. Die zwerfster had ik ook al omver gegooid.

De helikopter passeerde opnieuw en hij stond al bij de garagedeur om te kijken.

"Het is druk vandaag," zei hij.

Deze kerel leek me mededeelzamer dan Giel en ik besloot te proberen wat informatie los te peuteren. Ik moest te weten zien te komen wat ik nu het beste kon doen, anders hing ik straks ook aan een lantaarnpaal.

"Zit je hier al lang?" begon ik voorzichtig.

"Lang?" gromde de man. "Ik ben verdomme een veteraan! De gemiddelde doorlooptijd is een maand of drie. Volgens mij heeft niemand het zo'n tijd volgehouden als ik."

Ik bestudeerde zijn kapotte kleding en zijn magere handen. Door de baard viel het niet op, maar hij was vel over been. Hij leek me behoorlijk oud, ergens ver in de vijftig.

"Hoe lang dan precies?" vroeg ik door.

"Mwa…" Hij begon hoekige bewegingen met zijn handen te maken, alsof hij een onzichtbaar orkest dirigeerde, dat iets moderns speelde. "Ik heb geen kalender. Jaartje of tachtig, die kant uit. Kan iets meer of iets minder zijn. We zijn de millenniumwisseling voorbij, is het niet?"

Ik knikte afwezig. Voelde hoe de moed me in de schoenen zonk.

Tachtig jaar op straat. Was dat mijn voorland? Nam de laatste
slok van mijn bier en zei aarzelend: "Het lijkt me moeilijk om
zo te leven. Je hebt geen baan, neem ik aan. Geen, met alle res-
pect voor je onderkomen, echt huis met een toilet en televisie."
"Dat is schrikken, hè!" De man grinnikte. "Ik geef toe dat het
de eerste vijftien jaar best bikkelen was. Maar ik heb mijn draai
gevonden. Meestal zit ik droog. Ik heb diverse schuiladressen en
wissel steeds van plaats. Mij krijgen ze niet kapot."
"En waarom zit je hier?" Het was de vraag die gevangenen altijd
aan elkaar stelden en hij klonk ongepast. Ik verwachtte half dat
hij zou zeggen dat hij onschuldig was of dat ik me met mijn
eigen zaken moest bemoeien. Maar dat viel mee.
"Ik was bankier op Wallstreet. De crash van 1929 betekende
mijn einde. Letterlijk: ik ben van een wolkenkrabber gesprongen."
"Wat erg."
"Ach, het is lang geleden. Al heb ik van die zelfmoord wel spijt.
Ik heb gehoord dat er een nieuwe economische crisis is, maar
van massale suïcide onder bankiers heb ik niets vernomen. Blijkbaar gaat de huidige generatie meer ontspannen met tegenslag
om. Of deze recessie is minder erg dan die uit mijn tijd."
"Heel wat mensen zijn er door in de problemen geraakt,"
reageerde ik neutraal. In mijn kennissenkring zaten veel kleine
zelfstandigen die geen opdrachten meer kregen. Niet dat je er
veel over hoorde. Vroeger zag je woedende arbeiders op televisie voor de fabriekspoort staan. Nu crepeerden mensen in stilte
tussen hun IKEA-meubels in een nieuwbouwwijk, wanhopig
knutselend aan de website van hun eenmansbedrijfje.
Driftig kneep de man zijn blikje samen en gooide het tegen de
muur. "Vergis je niet, ook ik ben de klos door die nieuwe dip.
Kort geleden stond ik voor een hoorcommissie in het kader
van een amnestieactie voor verjaarde gevallen. Daar had ik me
bijna een eeuw op voorbereid. Ze gingen compléét door het
lint, toen ze hoorden wat mijn beroep was geweest. Binnen vijf

minuten stond ik weer op straat."

"Bankiers staan tegenwoordig in een slecht daglicht. Misschien waren ze zelf ook geld kwijt geraakt."

"Die beeldvorming slaat nergens op!" reageerde hij nijdig. "Ze moeten de financiële sector met rust laten, dan corrigeert hij zichzelf wel." Hij bietste nog een sigaret.

Ik veranderde van onderwerp, vroeg of hij nog wat te eten wilde hebben. Zelf rammelde ik van de honger, maar ik wilde niet de indruk wekken dat hij geen goed gastheer was.

"Hou je blikken maar dicht. Je zult ze later nodig hebben. Ik heb geleerd te leven van bijna niets." Hij spoog een klodder slijm ergens rechts naast me. "Ik zou voortaan wel wat voorzichtiger zijn. Een supermarkt beroven op klaarlichte dag, zo bont had ik het nog niet gehoord." Hij begon piepend te grinniken. "Waarom kreeg ik eigenlijk zo'n boodschappenwagen mee?"

"Zie het als een soort ezelsoren: het maakt je eenvoudig herkenbaar. En het helpt om je bewegingsvrijheid te beperken. Zoiets als een ijzeren bal aan je voet."

"Lopen er veel rond met zo'n ding?" Dat punt zat me dwars, ik kon geen uitzondering zijn.

"Storm lopen doet het niet. Hooguit twee of drie per maand. Meestal zijn ze snel verdwenen."

"Vanochtend zag ik er anders meteen al één. Hij werd gestenigd." De herinnering bezorgde me kippenvel. Ik hoorde de man kreunen en zag zijn bloed langs zijn schoenen op de straat druipen.

"Oh, dat doen ze vaker. Die vogel is waarschijnlijk na aankomst in het centrum blijven rondhangen. Je hebt daar overal cameratoezicht, dus dat duurt nooit lang."

De man ging staan, begon met zijn armen op zijn rug heen en weer te lopen en sprak op docerende toon: "Dat brengt me op hoofdregel één voor overleven aan de zelfkant: doe alsof je een luis bent. Zo nu en dan jeukt het bij je gastheer, hij moet eens krabben, maar zolang je niet te lang op één plaats blijft zitten, zal hij je niet zo snel kunnen vinden. Je moet zorgen dat je niet opvalt. Blijf onzichtbaar en maak vooral geen amok!"

"Dank voor het advies!" zei ik oprecht. "Heel waardevol."

"Geen probleem knul, geen probleem. Later doen we hoofd-regel twee. Eerst die belachelijke winkelwagen, daar moet je vanaf. Mij gaven ze een steekwagentje mee. Heb ik maanden mee rondgelopen."

Hij liep naar achteren en luisterde aan de deur. Opende hem voorzichtig en gluurde om de hoek met behulp van een spiegel-tje. Knikte. "Ik haal gereedschap. Ben zo terug. Stil blijven zitten, alsjeblieft."

Ik wachtte tot ik zijn voetstappen niet langer hoorde. Begon de garage te doorzoeken. In een kartonnen doos zat een pan-nensetje voor op de camping, een pak kaarsen en een porselei-nen bord met de afbeelding van een Schots kasteel er op. De plastic tassen zaten vol met lege wijnflessen. In een andere doos vond ik een schrift met een kartonnen omslag. Het was in een microscopisch handschrift volgepriegeld. Overal stond tekst: niet alleen op de lijntjes, maar ook daartussen en in de kantlijn en op de binnenzijde van de kaft. Ik ontcijferde een stukje:

"But at the dawn of a new age this collective belief in progress - an illusion by itself - had been transformed by a joint focus on instant satisfaction of personal needs. This self-centred belief in happiness through consumption, in so called…"

Beste zware kost. Ik bladerde verder en las in de kantlijn:

"…what is it that gives 'me' its meaning? Is it not the benefit others gain from my existence? And how else to express this value, but in terms of money. This however…"

Een hoop gezanik, concludeerde ik, en gooide het schrift terug in de doos. Tilde een matras op. Er kroop een bruin beest onder vandaan dat in de richting van de achtermuur begon te rennen. Ik hoorde pootjes op het beton tikken. Was dat nou een kakker-lak of een kever? Of was een kakkerlak een bepaald soort kever? Geen idee, ik had geen ervaring met ongedierte. Chantal was thuis altijd nogal proper geweest. Met een plof liet ik het bed terug op de grond vallen en ik keek onder het andere matras. Aan het hoofdeinde lag een verkreukelde Financial Times. *Why private regulation works*, luidde de kop. Naast de krant lag een vork met afgesleten tanden. Naast de vork een mes. Het was een keukenmes met een gespleten houten heft, waar bruin plakband omheen zat gewikkeld. Het lemmet was scherp en zeker twintig centimeter lang.

Ik hoorde voetstappen en zat net weer op de krat, toen de zwerver binnenkwam. Hij had een betonschaar bij zich en schoof de metalen kaken om de handboei en knipte hem in één keer door. Ik wreef over mijn pols en gaf een schop tegen de boei, die over de vloer roetsjte en tegen de muur tot stilstand kwam. De man zette het gereedschap weg en staarde naar de garagedeur, waar het kwijnende daglicht zich door ontelbaar veel gaatjes naar binnen perste, om dan door het duister te worden gesmoord.

"Toch had ik me de hel anders voorgesteld," vervolgde ik ons gesprek, blij dat ik van de kar verlost was. "Enger."

"Fijn voor je dat het meevalt."

"Die mensen in de supermarkt maakten niet de indruk dat ze het zo slecht hadden."

Hij giechelde. "Die zitten dan ook niet in de hel. Je maakt de fout, we maken die allemaal, door de hel te zien als een afgescheiden fysieke ruimte. Zoiets als de kelder van een huis. Maar dit is een kaderloze kelder. De hel, je eigen hel, is overal."

"Dat snap ik niet. Giel zei ook al zoiets."

"Wie?"

"Mijn gids, de kerel die me hierheen bracht."

"Je baanbegeleider!" riep hij uit. "Kijk, dat is nou een job waar ik zo voor zou tekenen! Als ik daar ooit tussen zou kunnen komen…" Hij begon te hoesten en spoog op de grond. Veegde zijn mond af aan zijn baard. "Ik zal het je proberen uit te leggen. Alles loopt hier letterlijk door elkaar. Als je werkt hoor je bij het vagevuur en als je niet werkt in de hel. Maar op straat komt je elkaar gewoon tegen."

"Dus die lui die achter me aan zaten?"

"Allemaal vagevuur. In jargon noemt men ze: *actief actieven*."

"Wie horen er dan wel bij de hel?"

"De *passief actieven*. Dat zijn vooral arbeidsongeschikten, maar ook mensen zoals wij: werkweigeraars. "

"Maar ik wil hartstikke graag werken," protesteerde ik verontwaardigd. "Ik ben een w*orkaholic!*"

"Daar heb je ze dan niet van kunnen overtuigen."

Nu klonk hij net als Giel. Waarom deed iedereen zo sarcastisch tegen me sinds ik dood was?

"En wat gebeurt er met die werkweigeraars?"

"Kijk maar naar die vent die je vanochtend tegenkwam. Zo loopt het met je af. Niet persé hangend aan een paal natuurlijk, er zijn talloze alternatieven. *Waterboarding* is de laatste jaren weer erg in de mode. Het punt is: werkweigeraars zijn vogelvrij. Iedereen mag jacht op ze maken. Daardoor eindigen ze als Tantalos, als je dat iets zegt."

Die naam kende ik niet, maar ik wilde niet dom overkomen dus vroeg ik er niet op door.

"Maar jij bent de dans ontsprongen," constateerde ik.

"Inderdaad. Ik ben een overlever."

Het bleef een tijd stil en ik luisterde naar de regelmatige dreun van een passerende trein. Het spoor moest dichtbij zijn, want ik voelde de vloer trillen. Ik bemerkte hoe vermoeid ik was. Onwillekeurig dwaalde mijn blik af naar de matrassen. Wat zou het heerlijk zijn om daar op te mogen liggen.

"Heb je een slaapplaats?" raadde de zwerver mijn gedachten.

Ik mompelde iets over een portiek waar ik langs was gelopen. Op één of andere manier heb ik zwervers altijd met portieken in verband gebracht. En met bankjes dan, maar daar had ik mijn buik van vol.

"Het is vandaag niet veilig voor je om de straat op te gaan," zei hij. "Teveel politie. Pit maar hier, dan regel ik morgen een

andere plek voor je. Ik heb connecties." Hij zette de kratjes op
elkaar bij de achterdeur en begon de dekens uit te vouwen.
Twee minuten later ging het licht uit.

Een tijdlang werd er niets gezegd. Toen klonk zijn stem zacht,
maar helder in het volslagen duister: "Wat ik me afvroeg, over
thuis." Ik hoorde hoe hij zich op zijn andere zij draaide. "Mis je
dat? Thuis. Het leven?"

Seconden verstreken waarin ik hoopte dat de vraag zou oplos-
sen in de duisternis van onze cel. Zou verdwijnen zonder een
herinnering achter te laten.

"Ik weet het niet," probeerde ik. "Ik ben hier net, weet je. Steeds
aan het hollen geweest. Nog geen gelegenheid gehad om over
tempo doeloe na te denken. Misschien… mijn spullen. Mijn…"
Ik beet op mijn hand. In een flits het beeld van Chantal, zoals
ik haar voor het eerst had gezien in haar blauwe badpak met
haar vriendinnen op het strand bij Huisduinen. Die fonkelende,
lichtgrijze ogen. Haar huid zo glad. Het was alsof ze voor me
werd geprojecteerd op de garagewand. Dat van jeugd jubelende
lichaam. "Zal ik je rug insmeren?" was mijn openingszin. Die
zin had nooit eerder gewerkt bij een meisje, nooit. Maar zij
lachte er om. Haar hand die een lok haar uit haar gezicht streek.
Het was te pijnlijk om over te praten.

"Er is hier veel tijd om na te denken," zei de man. "Toen ik
leefde had ik nooit tijd. Altijd bezig. Ik zat immers in *finance* en
geld slaapt nooit. Woonde vlak bij Central Park. Daar had ik dat
appartement op uitgekozen. Het gekke is: de laatste drie jaar van
mijn leven ben ik nauwelijks in het park geweest. Vaak kwam ik
niet eens in mijn appartement, omdat ik op een bank op kantoor sliep. Ik probeer dat te begrijpen, mezelf te begrijpen. Daar
zou de sleutel moeten liggen. Maar het is of ik afdaal in een put
die geen bodem heeft."

Ik reageerde niet en hij praatte door over andere dingen, waarop
ik ook geen reactie had. Over de tijd dat hij Central Park nog
bezocht en over een vriend met wie hij daar schaakte. Over zijn

studentenvereniging en de feesten die ze hadden. Uiteindelijk viel hij stil en ik hoorde hoe zijn ademhaling rustiger werd en hij in slaap viel.

Ik trok de deken over mijn hoofd en wreef over mijn enkels. Door het comfort van mijn bed en de stilte van de nacht werd ik me er bewust van hoe ik me voelde. Mijn zere voeten. Mijn pijn in mijn hoofd. De stank van urine en zweet. Als kers op de taart was er het sonore gesnurk van mijn nieuwe kamergenoot, wiens naam ik niet eens kende. Nuchter moest ik blijven, hield ik me voor. Helder, rationeel blijven nadenken. Alles op een rijtje zetten. Er was vanochtend iets fout gegaan met dat visualiseren, dat was duidelijk. Ik had Esterella besteld, niet deze verschraalde stinkbom. Ik probeerde het opnieuw, alvast voor morgen, maar ik kreeg dat beeld niet scherp en Esterella veranderde steeds in een bloot Mauve Kraagje, met benen als saté-pennen en borsten als lege boterhamzakjes. Blijkbaar was ik te vermoeid om de techniek goed toe te passen. De man maakte een kreunend geluid, snurkte verder. Er passeerde een trein.

Ik piekerde over het assessment. Dat ik zo had kunnen blunderen. En dat ik daar zo voor werd gestraft. Zo oneerlijk. Ik kon met gemak tien, nee honderd hufters opnoemen, die hier meer op hun plaats waren dan ik. Die hobbelden allemaal nog vrolijk rond op moeder aarde. Knepen hun secretaresse in de billen, reden honderdtien waar het maximum tachtig was en fraudeerden met hun reisdeclaratie. Maar ja, het ging niet om je zonden, had Giel gezegd. Waar dan wel om?

"Bekijk het positief," probeerde ik mezelf op te beuren. "Vanochtend lag je op een parkbank en nu heb je al een onderdak en iemand die je helpen wil. Als je die lijn doortrekt dan ben je binnen een week weer het heertje. Vooruit, binnen een maand misschien." Ik dacht na over films die ik had gezien. Hoeveel gingen er niet over een man die aan lager wal raakte: baan kwijt, huis kwijt, alles kwijt? Maar aan het einde had de held wel alles terug. Bovendien bleek hij emotioneel gegroeid en had hij een wijze, milde blik gekregen op zijn omgeving. Waarom zou mij zoiets niet te wachten staan? Ik stond open voor groei! De filmheld kwam altijd iemand tegen die hem uit de goot haalt. Vaak een leuke meid, maar in mijn geval vervulde deze clochard helaas die rol. Hij moest mijn springplank naar een betere toekomst worden. Stom van me dat ik zijn mes had weggenomen. Ik wist niet waarom ik dat had gedaan. Het zat nu in mijn binnenzak. Morgenochtend kwam er vast een moment waarop hij me alleen zou laten. Om croissants en koffie te halen of om te pissen in de brandgang. Ik nam me voor om het dan meteen terug te leggen.

De slaap legde zijn zware armen om me heen en trok me in een droom waarin ik boodschappen deed. Het is Mexicaanse week en iedereen draagt sombrero's. De mijne is een karrenwiel van stro en ik moet voorzichtig manoeuvreren om niet tegen de schappen te stoten. Ik ben een kind en kijk naar het boodschappenbriefje dat mijn vader voor me heeft geschreven. Dan begint mijn hand te trillen, waardoor de letters van hun plaats raken, over en onder elkaar schuiven en van de rand van het papier vallen. Ik probeer ze te vangen en veeg met mijn hoed een pot augurken van de plank, die op de grond kapot valt. Nu moet ik snel de rotzooi opruimen, voordat iemand ziet wat ik heb gedaan. Wat zullen ze anders boos op me zijn! Met mijn schoen veeg ik de rommel op een hoop en ik zie, tussen de letters, glasscherven en augurken, het visitekaartje van Giel liggen. Pak het op en bekijk de achterkant en lees: *Kans. Ga terug naar start. U ontvangt geen 20.000 gulden.*

"Komt er nog wat van?" vraagt de caissière. Er stroomt bloed uit haar neus en over haar uniform en op de lopende band. Ik antwoord dat ik terug naar *start* moet. Dan hoor ik een kind huilen. Het zit in de winkelwagen, tussen de flessen wijn. Het is Kareltje, het is mijn ventje. "Niet huilen, jongetje," zeg ik. "Je moet niet huilen, want papa is bij je. Papa blijft altijd bij je." Iemand duwde tegen mijn rug.

En nog een keer.

Ik schrok wakker en zag een gestalte gehurkt naast me zitten. Het was een grote kerel en hij stonk afschuwelijk. Met één hand tilde hij mijn matras op en met de andere tastte hij eronder.

"Ben je je zonnebril kwijt?" vroeg ik onverwacht ad rem.

De zwerver kwam overeind en zei: "Zo knul, ben je wakker? Dan is het tijd voor hoofdregel twee." Hij pakte het jampot-lampje op, dat naast zijn voeten stond en zette het bij de deur-opening. "Die regel is heel simpel." Hij greep naar iets dat tegen de muur stond, "Hij luidt: vertrouw niemand."

12

Ik kwam bij met een bult als een struisvogelei op mijn bol. Alles draaide om me heen en het duurde een tijdje voordat ik rechtop kon zitten zonder direct weer om te vallen. Mijn hand ging door mijn zakken. Telefoon en portemonnee waren er nog. Hij had me niet gerold. Waar was mijn aansteker? In de zoom van mijn jas. Ik knipte hem aan. De garage maakte een opgeruimde, om niet te zeggen lege indruk. De kratjes waren weg. De dozen en plastic tassen waren weg. De andere matras was weg. En mijn kar was weg.

Ik ging staan en voelde mijn maaginhoud sneller omhoog komen dan de rest. Met moeite hield ik het braaksel achter mijn huig. Waar waren mijn schoenen? Pleite. Als een dronkenman wankelde ik naar de achterdeur, trok hem open en zoog mijn longen vol met de koude lucht van de nacht. Een steek in mijn hoofd en ik ging door mijn knieën om mijn evenwicht te bewaren. Buiten was het net zo donker als binnen, maar ik doofde het vlammetje van mijn Zippo. Vooral geen aandacht trekken. Vanaf nu moest ik een luis zijn.

Op de tast sloop ik door de brandgang langs de achterzijde van de garageboxen. Elke oneffenheid voelde ik door mijn kousen heen en ik zette mijn voeten behoedzaam neer. Zoals bij het spel 'niet op de voegen stappen'. Ik telde de achterdeuren en na nummer vijf stuitte ik op een muur. De stenen voelden koud en korrelig aan. Draaide mezelf een kwartslag om. Voor me lag een steeg met aan het einde een bleke baan licht. Mijn ogen begonnen aan het duister te wennen en ik onderscheidde bakstenen tuinmuren en houten deuren met prikkeldraad erop. De steeg leidde naar een klinkerweg, waar auto's langs de smalle stoep stonden geparkeerd. Aan de overzijde zag ik vrijstaande woningen met een plat dak en rolluiken voor de ramen. Keurig opgelijnd als een rij buitendienstgestelde pantservoertuigen. Verderop sloot een spoordijk de weg als een stuwdam af. Een doodlopende straat paste goed bij mijn stemming en ik stapte die kant op.

Verderop zag ik mijn kar staan, mijn BWM in het hiernamaals. Het enige wat er nog in lag was de Intermediair. Van de zwerver ontbrak ieder spoor. Onder het kille schijnsel van een straatlantaarn probeerde ik te bellen met Giel. Mijn vingers waren verstijfd door de kou en ik had moeite de getallen in te toetsen. Maar er was geen netwerk. "Nou niet de moed opgeven," zei ik tegen mezelf, "gewoon doorgaan. Vandaag moet je een veilige plek vinden en vandaag ga je die ook vinden. Niet opgeven. Dat deed je vader, maar dat ga jij niet doen. Je bent van hetzelfde bloed, maar uit ander hout gesneden." Ik merkte dat ik hardop in mezelf stond te praten en stopte ermee. Het maakt zo´n rare indruk.

Onderlangs de spoordijk liep een voetpad van rood asfalt, dat ik bij gebrek aan een beter idee besloot te volgen. Ik passeerde een paar doodlopende straten en een ruim opgezet wijkje met bungalows. Daarna hield de bebouwing op en begon het pad wild te slingeren, alsof de verantwoordelijke gemeenteambtenaar plotseling inspiratie had gekregen. Nu eens ging ik naar de spoordijk toe, dan er vanaf. Zo laveerde ik tussen stille grasveldjes door en langs het maanlandschap met autobanden van een brommercross-circuit en een met graffiti bekladde skateboardbaan.

De hemel begon op te lichten, toen ik een stukje land passeerde waar een Shetlandpony stond. Haar pluizige buik hing bijna in de modder en ze staarde me met lege ogen aan, kauwend op een pol gras, die ze tussen de afrastering door uit de berm gevist had. Iemand had vlechten gemaakt in haar manen, die er door de regen half uitgespoeld waren. Misschien was het een afgeschreven exemplaar van Ponypark Slagharen. Daar was ik wél met vrouw en kind geweest, herinnerde ik me plotseling. Dat had Bea mooi over het hoofd gezien. Of niet willen zien.

Ik pauzeerde bij het paardje om op adem te komen. Mijn voeten waren nat, koud en pijnlijk. Om over mijn hoofd maar te zwijgen. Ik stak een peuk op en bekeek een passerende personentrein. Er zaten mensen aan het raam. Slapend, lezend, bellend. Niets leek me zoeter dan gewoon naar mijn werk te kunnen gaan. Desnoods met de trein. De pony maakte een briesend geluid, schudde haar kop en hinnikte op een manier die me niet aanstond. Ik toonde het beest mijn middelvinger, draaide de kar en reed bijna een vrouw omver.

Ze was een stuk jonger dan ik en droeg een vuile wollen trui. Rode uitslag in haar hals en een wit gezicht met angstige ogen. "Hai," fluisterde ze. Haar slobberende spijkerbroek zat met een stuk elektriciteitskabel om haar middel vast gesnoerd.

"Hallo," antwoordde ik neutraal.

"Heeft u iets te eten?"

Ik had alleen die teruggevonden reep chocolade en schudde mijn hoofd. Over haar schouder zag ik iets bewegen. Een paar mensen, verderop bij een groep bomen. Magere mannen en vrouwen, op hun hurken zittend in het halfduister onder afdakjes van sloophout en plastic.

"Niemand heeft eten," zei ze mat. "Helemaal niemand." Ze staarde naar de grond. Beet op haar lip. Ik zag dat ze beefde.

"Ik weet het, ik heb ook niets. Ik had wat voedsel, maar dat is gestolen." Langzaam begon ik om haar heen te bewegen. "Hoe lang ben je hier?" vroeg ik. Ze bleef op haar plaats staan, was nu half van me afgewend. Afwezig spelend met haar haar, dat stijf stond van het vuil.

"Ben ik hier? Hoelang? Weken… geloof ik. Twee maanden?"

"Heb je geen baan?"

"Werken lukt niet meer," antwoordde ze. "Al heel lang niet. Ik had een burn-out. Heb. Had. Heb, eigenlijk."

"Dat is rot. Ontzettend rot voor je. Veel mensen hebben tegenwoordig een burn-out."

Een vrouw met een paardenstaart maakte zich los uit de schemering en kwam onze kant op. Achter haar richtte zich een ander op. Gespannen begon ik verder te lopen. Misschien waren ze tot kannibalisme vervallen. In apocalyptische films zie je dat vaak. Haastig duwde ik de kar voorbij het groepje.

"Ik ben grafisch ontwerpster," riep het meisje me na.

"Oké," zei ik en liep door.

"Mijn passie is design! Ik heb mijn masters gehaald."

Ik draaide me half om en riep hees: "Oké, hartstikke goed. De moed niet verliezen. Het komt wel goed!" Ik wuifde naar haar en verslagen zwaaide ze terug. De vrouw met de paardenstaart hurkte naast haar op de grond. Trok haar rok op tot boven haar knieën. Tussen haar voeten ontstond een plas.

Ik dwong mezelf niet langer te kijken en liep door. Stak een stopverfkleurig kanaal over. Liep langs hopen straatklinkers en roodbruine stapels oud ijzer. Langs een veld met autowrakken. Langs bulten bouwzand, aan de weg liggend als een verdwaald woestijnlandschap. Onwillekeurig moest ik denken aan Sylvester Stallone in zijn eerste en voor mij ook beste film als Vietnam-veteraan. Ik probeerde me te voelen als Rambo: naakt, vervuild, verkleumd, vereenzaamd, gehaat door de wereld en ongenaakbaar. Aan die ongenaakbaarheid zou ik nog wat moeten werken. Al lopende probeerde ik inspiratie te putten uit de advertenties in de Intermediair. Kijk, dit was een mooie: *In de lift bij DELTA LLOYD GROEP* stond er boven. En daaronder, in vette letters, de kop IK WORD HIER DIRECTEUR. Er stond een foto bij van een mooi meisje dat verwachtingsvol haar ongetwijfeld succesvolle toekomst in staarde. Het ging over een traineeprogramma. Daar was ik in ieder geval te oud voor. Te dood ook. Ik gooide het blad terug in de kar. Ik kon het niet geloven. Nee, ik *weigerde* te geloven dat ik hier liep. Een zwerver, een dakloze, een mislukkeling. Dit was gewoon niet mijn rol. Ik was verkeerd gecast! Ik was een manager, een verkoper, een voorbeeld voor anderen, een bovengemiddeld goede voetballer, een vaardig minnaar en een eersteklas vader, los van wat die trut van een Bea ervan vond. Ik was van alles, maar geen, ik herhaalde het voor mezelf: géén mislukkeling. Ik reed over een voetgangersbrug en schreeuwde het uit over het water: "Ik ben geen loser!" Ik bereikte een kantorenpark. De gebouwen staken als glazen tanden boven de aarden wal uit die het terrein omsloot. Dat had de informatierevolutie toch maar mooi opgeleverd: industrie zonder schoorsteenpijpen. Op een groot bord stond dat het park Progress Plaza heette. Wat *progress* kon ik wel gebruiken. Was ik hier trouwens niet met de ondergrondse langs gekomen? Dat bood kansen. Als ik hier de metro zou kunnen pakken, dan zat ik binnen een half uur op station CENTRAL. En daar in de buurt werkte Giel.

Dus duwde ik mijn kar de vers geasfalteerde rondweg op. Op de daken stonden vlaggen met bedrijfslogo's die me weinig zeiden. Abstracte voorstellingen met driehoeken en vierkanten, pijlen en punten. Veel afkortingen ook. Kijk, daar stond een volledige naam op de gevel die me bekend voorkwam: Arthur Anderson & Co. Maar belangrijker dan logo's en namen was de ingang van het metrostation. Die zag ik nergens. Had ik me vergist? Het was iets met plaza geweest, dat wist ik zeker. Ergens klonk een zacht, angstaanjagend gejammer. Huiverend bleef ik staan luisteren, maar ik kon niet bepalen waar het geluid vandaan kwam. Ik was de wijk alweer bijna uit en passeerde een stenen gebouwtje met een plat dak. Eerst dacht ik dat het een transformatorhuisje was, maar toen zag ik een nis met een computerscherm. Het scherm lichtte op toen ik het aanraakte. Ik kreeg een keuzemenu te zien met nationale vlaggetjes en raakte de Nederlandse driekleur aan. Zag een foto van de pasinvoer met de tekst "*Alstublieft voorkom fraude. Alstublieft verifieer overeenkoming pasinvoer.*" Ze kwamen overeen. Vervolgens werd me gevraagd mijn bankpas in te voeren. Ik haalde hem tevoorschijn. Twijfelde. Schoof hem toch maar in de sleuf. Eerst kwam er een waarschuwing voor meekijkers tijdens het pinnen. Dat zat wel snor vandaag. Daarna het keuzemenu. Ik besloot dat duizend Genezijdse Dollars voldoende moest zijn voor een taxi naar een hotel zonder draaideuren, een overnachting en een nieuw mobieltje. Tikte mijn code in. Die werd niet herkend. Er was een rode knop waarmee ik de transactie kon afbreken, maar ik besloot het nog één keer te proberen en toetste opnieuw het geboortejaar van Kareltje in. Ik hoorde iets klikken en de machine slikte mijn pas door. Verbluft staarde ik naar het scherm. Drie keer. Ik had recht op drie keer proberen! Geen enkele automaat vreet na twee mislukte pogingen je pas op. Behalve deze dus. Woedend sloeg ik met mijn vuist op het scherm en het beeld ging op zwart. Als ze me het bloed onder de nagels vandaan wilden halen, dan lukte dat vrij aardig. Om te kalmeren nam ik twee sigaretten uit een nieuw pakje en stak ze tegelijk in mijn mond. Terwijl ik daar stond te paffen, bemerkte ik dat ik naar de WC moest. Gelukkig hebben de meeste kantoren bij de receptie een toilet voor bezoekers. Op een van de daken zag ik de vlag van vliegtuigfabrikant Fokker wapperen. Voor de ingang lag een rode loper, dus ik was welkom. Naast de loper een hondenhok, zoals ik eerder bij het hotel had gezien. Luidruchtig schraapte ik mijn keel en meteen kroop er een kleine Aziaat uit. Hij droeg een grijs uniform en een pet waar zoveel goud op zat, dat hij over zijn oren zakte. Hij stak zijn rechterhand ter begroeting omhoog, riep "*One moment please,*" en reikte achter zich in het hok. Trok een zwaar metalen voorwerp tevoorschijn en plaatste het onder zijn schouder. Het was een antiek soort kruk en nu zag ik dat hij het onderste deel van zijn rechterbeen miste. Blijkbaar was de beveiligingsbranche hier in handen van gehandicapten. "*Yes?*" vroeg hij. "*Can I help?*"

Ik wees naar de ingang: "*Can I go inside for a moment please? It is rather urgent.*"

"Heeft u een afspraak of gaat het om een spontaan bezoek?"
Zijn ogen waren onzichtbaar onder de klep met verguld eiken-
loof.
"Een afspraak? Nee, die heb ik niet. Het gaat namelijk om…"
"Bent u geïnteresseerd in één van onze nieuwe producten of
gaat het u om meer algemene informatie, bijvoorbeeld in het
kader van een spreekbeurt of krantenartikel?"
"Geen van beide," antwoordde ik ongeduldig. "Ik moet erg …"
"Eén moment alstublieft. Ik ga u een open vraag stellen." Hij
pakte een boek uit het hok en bladerde. Op de omslag stond in
gouden letters '*Coaching. A practical guide for business.*' "Is er," las
hij voor, "een concrete behoefte waar ik u bij kan helpen?"
"En of die er is," brulde ik boos. "Ik moet naar de plee!"
"Oh…" De man leek teleurgesteld. Stak zijn boekje weg. "En u
heeft geen afspraak?"
"Voor de wc? Nee."
"Dat is dan helaas onmogelijk. Het toilet maakt geen onderdeel
uit van onze producten- en dienstencatalogus. Tenzij u er een
vliegtuig omheen koopt." Hij produceerde een hoog lachje.
Ik was er klaar mee. De man was gestoord, mijn geduld op. Ik
stapte onder de slagboom door en vroeg brutaal: "Wat als ik
toch ga? Gaat Bello dan bijten?" Het was een klein, mager mannetje. Op één been. Die kon ik wel hebben.
Hij duwde met zijn wijsvinger zijn pet omhoog, wierp een
korte blik in zijn boek en sprak: "Ik stel vast dat u me voor hond
uitmaakt. Op mij komt dat kwetsend over: het geeft me een
verdrietig gevoel. Wat voor invloed denkt u dat zo'n uitspraak
heeft op onze relatie?"
"Sodeflikker op," gromde ik en marcheerde naar de voordeur.
"Nog één klein moment, alstublieft!" riep de man. Hij reikte
achter zich en trok een zwaar metalen voorwerp uit het hok, dat
hij tegen zijn schouder plaatste. Het achterste deel was van hout
en omwikkeld met brede, grijze tape. Ik hield stil. Hoorde hem
de veiligheidspal verschuiven. Het was een machinegeweer. Zo

te zien een AK-47. "Ik geef je vijf tellen," sprak hij toonloos. Ik was al weg.

"Wat leer je hier nu van?" riep hij me na, toen ik de hoek om holde. Zijn gierende lach kaatste tussen de gebouwen.

Uiteindelijk draaide ik mijn drol achter het gebouwtje met de geldautomaat. Ik veegde mijn kont af met een pagina uit de Intermediair, kwam overeind en merkte dat ik vanachter het kantoorglas vol walging werd aangestaard door twee kerels met stropdas en een koffiebeker in hun hand. Er kwam een derde bij staan, die begon te gebaren dat ik op moest rotten.

Ik ben een positief ingesteld mens. Ik geloof in mezelf. Ik geloof in het goede van de mens. Ik geloof in de vooruitgang en dat Ajax opnieuw de Champions League zal winnen. Ik geloof dat Nederland ooit weer een grootmacht zal zijn en Indonesië, Zuid-Afrika en Suriname terug zal veroveren. Of anders misschien Manhattan. Maar soms zijn er momenten in je leven, waarop zo'n positieve grondhouding aan het wankelen wordt gebracht. Zelfs bij mij. En dit was er dan zo eentje. Vierentwintig karaats.

Ik werd beschimpt, bedreigd en bijna beschoten.

Voelde me verlaten, eenzaam, alleen en geïsoleerd.

Ik zag er smerig, onrein, ongewassen, onfris, stoffig, kleverig, vet, beduimeld, vunzig, vies, verfomfaaid, verwaaid, vervuild en morsig uit.

Was beschadigd, gehavend, ontredderd, versleten, verschraald, verweerd, wanhopig en bescheten.

Ik zat er echt goed doorheen.

Als een dief in de nacht sloop ik het glasvliesgevelghetto uit. Voor me brak het landschap open en ik zag akkers met eindeloze rijen bruine stoppels, die mistroostig uit de blauwzwarte klei-grond staken. Kilometers verderop was een brug waarover ik de rechthoekige bovenkant van vrachtwagens zag bewegen. Ik besloot die kant op te gaan. Voor mijn gevoel kon ik me beter zover mogelijk van deze stad verwijderen. Er was toch niemand die mijn aanwezigheid op prijs stelde. Beter om ergens op het platteland een anoniem, donker en vooral verlaten schuilhol op te zoeken. Ik kon best een poosje zonder gezelschap.

Er lag een decimeter stof op mijn tong en mijn maag leek op de clubkas van Feyenoord, maar ik zong moedig: "Hand in hand, kameraden," tot ik bij de brug was. Daar pauzeerde ik tussen de betonnen pilaren onder het wegdek. Tikte een peuk uit het pakje en zette het op een roken. Mijn hoofd bonkte als een stoomgemaal en de nicotine hielp niet om het toerental omlaag te krijgen. Als die hoofdpijn nou eens wat minder zou mogen worden. Ik keek in de verte, waar het kanaal als een breinaald in de streep smog op de horizon prikte. Het jaagpad als een schaduw ernaast. Een uitzichtloos uitzicht, dat me de moed benam om die kant op te gaan. Achter het viaduct ontdekte ik, tussen de metershoge berenklauw, een alternatief in de vorm van een steil weggetje, dat naar de snelweg boven me leidde. Ik klauterde omhoog. Bovenaan zag ik dat er tussen de vangrail en het talud een strook brokkelig asfalt liep.

Ik passeerde een praatpaal van de wegenwacht en drukte tevergeefs op de noodknop. Stak mijn liftersduim op naar passerende vrachtwagens en werd genegeerd. Zwaaide naar een flitspaal, maar de tijd dat verkeercamera's interesse voor me hadden lag achter me. Scheel van de dorst passeerde ik geïsoleerd liggende kantoorparken, die zichzelf als een minimalistisch muziekstuk langs de snelweg lagen te herhalen. Ze droegen namen als Fascinatio Park, Splendid Business Park, Brain Plaza en Plaza Plaza. Overal dezelfde stompe torens van glas en steen, met daar omheen parkeerplaatsen, hekken, wallen en het eindeloze modderland. Het was avond toen ik op een verlaten bouwterrein wegkroop in een betonnen drainagebuis, die dwars over de weg lag.

13

Met het toenemende verkeerslawaai naderde een nieuwe dag.
Ik wilde verder slapen, maar er zaten teveel gedachten in mijn
hoofd. Mijn nieuwe baan, de vorige. Een rapport met een
marktverkenning dat ik had beloofd op te sturen aan mijn
nieuwe chef en nu ergens verloren op de harde schijf van mijn
computer stond. De mails waar ik niet meer op had gereageerd.
Dat van die mails zat me dwars. Het maakt zo'n slechte indruk
als je geen antwoord stuurt en de dood blijft een banaal excuus
voor digitale windstilte. Als ik vooraf had geweten dat ik zou
overlijden, had ik ten minste mijn afwezigheidassistent kunnen
inschakelen.

Ik dacht aan mijn moeder. Zouden ze dat arme, demente mens
in haar rolstoel op mijn begrafenis het crematorium hebben
binnen gereden? Haar twintig keer hebben verteld dat ik dood
was? Steeds opnieuw de schok laten beleven? Ik probeerde weg
te kruipen onder het zeil. Bij leven ben ik nooit een piekeraar
geweest, maar dat haalde ik nu in. Ik verlegde mijn aandacht
naar mijn ademhaling, zoals ik had geleerd tijdens een cursus
'Acquisitie en Zen'. Plaatste mijn hand op de lege balg van mijn
buik en voelde hem op en neer gaan. Nu begon ik te malen
over eten en drinken en over hoe heerlijk een elektrische deken
zou zijn. Als meditatie echt zou werken, zouden er in Japan niet
zoveel mensen zelfmoord plegen.

Het kostte me moeite om uit de buis te kruipen. Mijn lichaam
was verstijfd door de kou en ik had de motoriek gekregen van
een wajangpop. Het nadeel van een pijp is dat hij aan beide

kanten open is. Dat tocht. Maar ik had tenminste een dak boven mijn hoofd gehad. Geen overbodige luxe. Het had die nacht hard geregend en het bouwterrein was een moeras van modder geworden.

Ik klauterde op de bovenkant van de buis en schakelde de telefoon aan. Keek naar het scherm en wreef eens goed in mijn ogen. Verrek, ik had ontvangst. Eén zielig balkje weliswaar, maar toch. Ik had zelfs een bericht ontvangen: '*Bezwaar ingediend. Gr. Vergilius.*' Ik las het bericht een paar keer, nauwelijks in staat te geloven dat ik het ontvangen had. Hoi, hoezee, hoera. Hosanna! Van opwinding liet ik het apparaat bijna in de modder vallen. Ik besloot hem meteen terug te bellen. Er klonk een heldere kies-toon en het toestel ging over. Er werd zelfs opgenomen.

"Dit nummer is op dit moment onbereikbaar. U wordt – door-geschakeld," knerpte een vrouwenstem mechanisch.

Er begon een muziekje. Het was Mick Jagger, die blèrde dat hij geen satisfactie kon krijgen. Ik kon geen medelijden voor hem opbrengen. Terwijl ik…

"Welkom bij het Interservice Facilitair Dienstencentrum. Fijn dat u belt."

"Hallo," riep ik. "U spreekt met Sjoerd Admiraal. Ik ben op zoek naar G…"

"Wij maken u er op attent dat dit gesprek kan worden opgeno-men voor trainingsdoeleinden. Om u beter van dienst te kunnen zijn, volgt eerst een keuzemenu. Maak uw keuze en sluit af met een hekje."

De stem begon bedaard een lijst op te dreunen:

"Voor problemen met niet-generieke applicaties, kies één.

Voor problemen met generieke applicaties, kies twee.

Voor klachten over niet-generieke applicaties, kies drie.

Voor klachten over generieke applicaties, kies vier.

Voor problemen met applicaties waarvan onbekend is of ze ge-neriek dan wel niet-generiek zijn, kies vijf.

Voor klachten over applicaties waarvan onbekend is of…"

De stem ging dreinend door, maar ik durfde niet op te hangen.
"Voor beleidsvragen over data-architectuur, kies 25.
Voor inhoudelijke vragen over ons portfoliomanagement, kies 26."
Ik had bijna de moed opgegeven, toen het onderwerp veranderde:
"Voor vragen over uw mobiele provider, kies 32.
Voor vragen over uw telefonieabonnement, kies 33."
Dit kabbelde via "problemen met uw centrale verwarming" door naar een rij "problemen van psychologische aard". Aan die laatste soort dienstverlening was ik zo onderhand wel toe, maar ik wilde liever niet gek worden verklaard.
"Voor alle overige meldingen. Kies 66."
Het werd stil. Dit was de laatste keuze geweest. "Op hoop van zegen," mompelde ik en drukte twee keer op de zes en dan op het hekje. Opnieuw muziek. René Froger.
"Ik kan niet zeggen dat ik iets tekort kom."
Nou, dat begon al goed.
"Geen idee, geen benul wat de smaak van honger is."
Ik wil je wel even bijpraten hoor.
"Als ik geen zin heb om te koken, dan loop ik even naar de markt voor een moot gebakken vis."
Ik merkte dat ik niet in de juiste stemming voor dit nummer was, maar hield het vol tot en met het slotrefrein over "*de geur van de zee*" en "*een vers kopje thee*".
"Welkom bij alle overige meldingen."
"Hallo, ik…"
"Om u goed te woord te kunnen staan, hebben wij uw persoonlijk werknemersnummer nodig. Toets nu uw persoonlijk werknemersnummer in en sluit af met een hekje."
Ik tikte een willekeurig reeks cijfers in.
"Helaas hebben wij geen geldig nummer ontvangen. Zoek eerst uw persoonlijk werknemersnummer op! U vindt dit nummer op uw salarisstrook. Wij verbreken nu de verbinding."

En dat deden ze.

Ik slenterde het bouwterrein op. Vond een breekijzer en verstopte het onder wat stukken karton in mijn kar. Misschien handig als wapen tegen belagers, al leek hier weinig dreiging te bestaan. Aan de achterzijde van een keet stond een houten krat met metalen buizen en verbindingsstukken. Daarnaast bevonden zich pallets waar een afdekzeil overheen was getrokken. Er zaten diepe plooien in het zeil. Vol met regenwater. Op de grond lagen lege bierflesjes van het merk Buckler en een lege fles Qibla Cola. Ik trok aan het zeil en liet het vocht van de ene plooi in de andere lopen en begon zo de colaflessen te vullen. Daarna topte ik een bierflesje af. Nu kon ik niet langer wachten en nam een gulzige slok. Het was of het siste op mijn tong en de tranen schoten in mijn ogen, terwijl het vocht koel mijn keel in gleed.

"*A bit early for drinking, isn't it?*" klonk het spottend.

De man stond drie meter van me vandaan. Hij droeg een overall in dezelfde kleuren als de keet. Zijn hoofd was groot en vlezig en er lag een helm op. Aan zijn arm hing een emmer met gereedschap. Ik liet het flesje vallen. Het plofte met een dof geluid in het zand en het water begon er in schokjes uit te klokken.

"Ik vroeg je wat," zei hij. *I asked you something.*

"Het is water," antwoordde ik. "Het lag op het zeil. Gewoon regenwater. *Just water.*" Mijn stem was van piepschuim. Ik voelde een pak slaag aankomen en pakte het flesje op. Hield het omhoog.

"Water," herhaalde ik.

Een tweede bouwvakker zwaaide de hoek om. Hij kwam met een schokje tot stilstand, als de gondel van een kabelbaan die zijn eindpunt heeft bereikt. Het was een inktzwarte slungel uit Somalië of Ethiopië. Type duurloper. Hij keek naar zijn collega en toen naar mij.

"Hij zegt dat het water is," zei nummer één.

"Hij *drinkt* het als water," reageerde nummer twee en ze begonnen bulderend te lachen, sloegen elkaar op de schouders en gaven een *high five*. Ze hadden veel moeite om tot bedaren te komen. Ik stond er onbeholpen bij en keek naar het flesje, als een verdachte naar een stuk belastend bewijsmateriaal. Toen de eerste bouwvakker uitgelachen was en de tranen uit zijn ogen had gewreven, nam hij me onderzoekend op en liet zijn blik dwalen over het opgeslagen bouwmateriaal.

"Nergens aangezeten?" snauwde hij.

"Nee, nee, nee, nee, nergens aangezeten," zei ik en schudde mijn hoofd.

"Nee, nee, nee, nee," echode nummer twee op een pieptoon. De mannen lachten opnieuw. Een korte donderlach, waar de woede haast tastbaar onder lag.

"Opdonderen dan. *Fuck off.*"

"Oké, oké," antwoordde ik. Haastig pakte ik de colafles op, piepte: "Bedankt," en kwam in beweging.

"Geen dank hoor," deed nummer twee mijn stemgeluid na. Ze grinnikten kort en vreugdeloos. Het geintje was er alweer van af. Ik liep in een boog om ze heen en dook weg toen de neger zijn hand omhoog bracht. Maar het was slechts om aan zijn neus te pulken. Nieuw gegrinnik. Zodra ik langs ze was, zette ik een sukkeldrafje in. Aan Rambo deed het allemaal niet denken die ochtend, maar als deze jongen door het stof moet gaan, dan gaat deze jongen door het stof.

"*Fucking asshole,*" schreeuwden ze me na. "*Get a job.*"

Over de ventweg ging ik er vandoor. Ik passeerde het busje van de bouwvakkers. Er zaten twee kerels in, die uitstapten toen ik langs ze liep. De mannen praatten tegen elkaar in een onbekende taal en riepen me iets na. Ik versnelde mijn pas. Nu maar hopen dat ze het breekijzer niet in mijn kar zagen liggen. Misschien zagen ze het wel. Een meter of dertig verder vloog er een insect langs mijn oor. Ik hoorde hem zoemen, maar zag hem niet. Een tweede suisde langs mijn wang. Voor me sprong een vonk op uit het natte asfalt. Weer een vonk en nog één: minuscule vlammetjes die direct verdwenen, klein stofwolkjes achterlatend. *DENG!* Een blauw verkeersbord produceerde het geluid van een kapotte cimbaal. Ik zag dat er een rond gaatje in zat. Achter me klonken droge knallen.

Ik keek over mijn schouder. De bouwvakkers stonden met zijn vieren bij het busje. Het rechterportier was open, het venster naar beneden gedraaid. Op de raamstijl rustte een geweer en er was onenigheid ontstaan over wie er mocht schieten. Ik zette het op een rennen en schoot het talud van de snelweg op. Maar er werd geen schot meer gelost.

Een veilige plek had ik nodig. Ik moest van de straat af, had Giel gezegd. Dat advies kon ik inmiddels wel plaatsen. Maar ik zag nergens een plek om te schuilen. Overal langs de weg wroetten bulldozers en graafmachines in de natte klei. Ze wierpen wallen op, groeven kuilen en kanalen, effenden wegen. Vrachtwagens arriveerden met stapels in plastic verpakte, langwerpige pakketten, die door bouwvakkers werden afgeladen en met vorkheftrucks naar een betonnen kantoorkarkas werden gebracht.

De meeste bouwplaatsen waren met schuttingen afgezet, waarop reclameboodschappen waren geplakt voor auto's en kantoorruimte en vakanties in de zon. Er stonden lichtmasten omheen en het geheel bood een sinistere aanblik, alsof er in de open lucht meerdere operaties tegelijk werden uitgevoerd op het grote zieke dier dat aarde heette. Maar dit was de aarde niet.

Hardop telde ik de hectometerpaaltjes langs de weg en ik beloofde mezelf een sigaret bij elke kilometer en trok een pakje leeg. Het kan zijn dat ik gesmokkeld heb. Ondertussen concentreerde ik me op de vluchtstrook, want ik was op zoek naar voedsel. Mijn maag maakte meer kabaal dan de passerende vrachtwagens. Je verwacht zoiets niet, maar als je een dag langs de snelweg loopt haal je een behoorlijke oogst binnen. Ik vond een halve zak paprikachips, een lolly en wat zwart uitgeslagen pepermuntjes. Iemand was zo vriendelijk vanuit een passerende auto een appel naar me te gooien. Ik riep: "Olé", en at hem met klokhuis en al op. In de categorie non-food was er een wieldop, een verkreukeld bierblikje, diverse lege aanstekers, een condoom en een doorweekte pocket van Harold Robbins.

Ik bereikte een knooppunt van twee snelwegen, waarop zich duizenden wagens samenpersten tot één rokend, ronkend en claxonerend kruis. Hier stond het verkeer vrijwel stil. Op de baan naast de vluchtstrook zag ik een Nederlandse vrachtwagen staan. *"De badkamerspecialist maakt van badderen een beleving"* las ik op de achterkant. Er stond een grote foto bij van een beslagen douchecabine, waar de contouren van een naakte vrouw doorheen schemerden. Voor de vrachtwagen stond een Pakistaanse bus in neonkleuren. Hij stootte een roetwolk uit en trok op. De vrachtwagenchauffeur zat niet op te letten en er ontstond een gat van een meter of twintig waar onmiddellijk een auto in dook. Het was een BMW. Een lichtblauwe. Met spoilers, een dubbele uitlaat en een kras in het portier in de vorm van de letter V. Ik kreeg een adrenalineshot van hier tot yesterday. Deze auto kende ik.

Ik rende naar het voertuig. De rij stond alweer stil en ik was er snel bij. Voorzichtig gluurde ik door het zijraam. Het klopte. Het was de roodharige consultant, die ik bij het wegrestaurant als eerste terug naar zijn auto had zien sprinten. Hij zat te bellen en schrok zich rot toen ik op zijn ruit tikte. Meteen hoorde ik de automatische deurvergrendeling klikken en andere auto's maakten hetzelfde geluid, als van wapens die werden doorgeladen. Eindelijk was men eens bang voor mij in plaats van andersom. De mensen op de achterbank van de bus drukten hun bruine neuzen plat tegen de achterruit.

Ze kregen waar voor hun geld. Een scène uit een stomme film. De man begon wilde bewegingen met zijn hand te maken, alsof hij een hinderlijk insect op afstand probeerde te houden. Ik tikte met mijn knokkels op het raam, maakte het internationale lift-gebaar en smeekte hem bijna huilend me te helpen. Hij schudde zijn hoofd en schreeuwde woedende woorden, die in wolken speeksel stuk sloegen op het zijraam. Met de middelvinger gaf hij dat andere internationale gebaar, waarop ik met mijn vuist een deuk in het dak sloeg. Toen trok de bus op en ontstond er ruimte voor de BMW. De consultant trapte het gas in en sneed in de richting van de vangrail, waardoor ik mijn evenwicht verloor en achterover viel. Ik voelde de luchtverplaatsing van het achterwiel langs mijn gezicht strijken. Kroop op mijn knieën en zag dat de vrachtwagen de vluchtstrook was opgekomen en op me inreed. Tien meter van me vandaan. Vijf. Ik rolde weg tot ik in het lange gras onder de vangrail lag en in een dikke dieselwalm daverde de badkamerspecialist langs me heen.

Ik trok mijn knieën op tegen mijn borst en kneep mijn ogen dicht. Probeerde aan iets anders te denken. Mijn tv, bijvoorbeeld. Wat miste ik die. De fijne uren die ik daarvoor had doorgebracht. Zoiets schat je pas op waarde als het je ontvallen is. *You don't know what you got, till its gone.* Het liedje denderde door mijn hoofd. De Champions League: ik was een van de trouwste kijkers. Zolang er een Nederlandse ploeg bij was, was ik voor de Nederlandse ploeg. Was die uitgeschakeld, dan was ik voor het elftal met een Nederlandse coach of Nederlandse spelers. Daarna was ik voor het winnende team. Naast de Champions League volgde ik het wielrennen. Het hoogtepunt bleef de Tour de France, die vooral leuk was omdat hij zolang duurde. Een heerlijke sportsoap met elke dag dezelfde vertrouwde gezichten, die zich met rotzooi in hun bloed het schompes fietsten, met Frankrijk op de achtergrond. Verder had je de ATP-tennistoernooien. Ik was gek op het vrouwentennis. De dames zijn net zo gespierd als de kerels en zien er toch sexy uit. Allemaal door ambitieuze pappies vanaf hun derde gedrild tot serveerkanonnen met borsten. Uiterlijk was zo belangrijk. De Nederlandse hockeymeisjes, beachvolleybalsters, ja zelfs concertviolistes zagen er tegenwoordig lekker uit.

Dit zag er niet lekker uit. De weg verhief zich boven het grauwe, vlakke land en boog af in de richting van een groot havengebied. Overal kranen en schoorsteenpijpen. Als een natte krant hangend

over de duwstang van mij kar, ploeterde ik door en bij het vallen
van de avond bereikte ik een tuibrug met een pyloon van zeker
honderd meter hoog. Kantoren en fabrieken verdrongen elkaar
langs de waterkant, als dorstig vee bij een drenkplaats. Verderop de
kranen van een containerterminal en een woud van schoorstenen,
die metershoge vlammen uitbraakten en wel tien verschillende
kleuren rook. Ik ging de brug op, passeerde een paar spoorlijnen
en was boven de rivier. Er voeren ouderwetse stukgoedschepen,
chemicaliëntankers, duwbakken en een groene Mississippi radar-
boot onder een wolk stoom. Maar ook veel zeilschepen. Chinese
jonken, een clipper en een moderne catamaran. Ik zag zelfs iets
voorbij peddelen dat op een Vikingschip leek. Misschien was er
Sail. Zat ik toch in een realityshow? Wie als eerste bij Sail was?
Hoofdprijs: een maand mee met een driemaster.

Ik passeerde een in oranje licht badend overslagterrein voor
ijzererts. Er lag een bulkcarrier afgemeerd. Twee kranen losten
het materiaal op grote zwarte hopen op de kade. De weg ging
omlaag en eindelijk kwam er een afslag, die me naar een kruispunt met verkeerslichten leidde, vlak achter het overslagbedrijf.
Ik stelde me op bij een zebrapad. Er reed een rammelende, lege
streekbus langs en een vuilniswagen. Ik stak de straat over en
liep een buurt in met garages, een sloperij en een paar autohan-
dels. Hier was alles stil.

Op goed geluk ging ik een donkere steeg in achter een gara-
gebedrijf. Het was er modderig en overal lag afval op de grond.
In het bedrijf brandde licht. Uit een radio kwam harde muziek.
Onder een metalen afdak, tegen de garagemuur, lag een mans-
hoge stapel donkergrijze plastic zakken. De inhoud veerde zacht
mee toen ik er tegenaan duwde. Tussen het afdak en de stapel
was een kleine ruimte. De eerste plek die dag die me geschikt
leek om er te slapen. Ik zette mijn kar in een donker hoekje en
kroop moeizaam omhoog. Ging op de zakken liggen en sloot
mijn ogen. De muziek binnen bonkte door, maar desondanks
zakte ik al snel weg in een droom.

Ik was teruggekeerd. Opgestaan uit de dood. Arriveerde met een taxi en belde thuis aan. Chantal opende de deur en zette met geschokte blik een stap achteruit. "Niet schrikken," zei ik, "Ik ben weer terug." Ik liep de woonkamer binnen en iedereen was er. Opa en oma. Mijn moeder, niet langer grijs. Mijn vader, als een jonge blaag in marine-uniform. Hij plakte een huisje voor mijn modelspoorbaan. Er waren tantes en ooms en jongens van de voetbalclub en vrienden met wie ik gestudeerd had. Iedereen keek me aan en ik begon te vertellen wat er met me gebeurd was. Over mensen in hondenhokken en in kartonnen dozen. Over Ron en Bea met hun vragen. Over Giel. Over mijn voettocht langs de snelweg en de bouwvakkers met een geweer. Over pijn en kou en angst en dat drenzende gevoel van compleet verloren zijn. Niemand reageerde. Lege blikken zag ik om heen. Ik staarde in mijn koffiemok, zocht naar de juiste woorden. Keek op en merkte dat er iets was veranderd. Waar was oma? Ook de anderen schuifelden de kamer uit. Papa schudde zijn hoofd, draaide het flesje lijm dicht en vertrok. Iedereen ging en ik bleef alleen achter met mijn verhaal.

14

Ik rekte me uit. Voelde mijn voeten steken. In ieder geval had ik goed geslapen vannacht. Het lag best lekker hier. Mijn bed voelde warm aan, alsof ik op een elektrische deken had gelegen. *Urgh...* het leek of ik iemand hoorde kreunen. Ik kwam overeind en stootte mijn hoofd opnieuw. Binnen in het gebouw waar ik tegenaan lag ging een radio aan. Ik hoorde de stem van een diskjockey. Hij belde een luisteraar.

"Dring, dring," imiteerde hij de telefoon en hij lachte. Zijn stem klonk krachtig en zelfverzekerd en populair.

"Dring, dring," herhaalde hij.

Er kwam een vrouw aan de lijn, die een vraag moest beantwoorden. Kennelijk gaf ze het goede antwoord, want de diskjockey begon te juichen en zij ook. Ze kwetterden opgewonden door elkaar heen in één of ander Slavisch taaltje, tot de man het gesprek geroutineerd afrondde.

"Srempjem!" riep hij, wat waarschijnlijk zoiets als "de ballen!" betekende. Ze hebben hun jargon.

"Sjemmieprem," kirde de vrouw.

"Soeinie-poei! Temsnir! Wjetto vel seit mé.

Jiiiiiiiijitsooooooooooo!!!" kondigde hij het volgende nummer aan. Verrek, deze kende ik. Het was "*Wanta feel ye inside o'me!*", een Amerikaans zomerhitje van vorig jaar. De bas dreunde pompend door de garage en het raampje werd bijna uit haar sponningen geblazen, waarna de zangeres de inleidende sis- en hijggeluidjes begon te produceren, die het nummer zo populair gemaakt hadden.

"Hhhhhhhhhhhhhhhhhhhhhhhhhhhhhhhhhhhhhhhhhhhhhhhhhhhhhhhhh-
hhhhhhhhhhh

Hmmmmmmmmm…aahhhhh…tsssssssss…..hmmmm….tsssssss….
oooooooohhhhh

Feel so hot   *uh-hu-hmmmm*

talk is not   *no-nnnnnnnnn tsssssss*

What I want from you   *aha……… uh!*

Need you body   *huuuuuuurrrrrrm…ahhh*

Wanta feel yèèèèè, inside o' meeeee   *tsss, hmmmm, ah, ah, ah,*

mmmmm, ooooooohhh, Hmmmmmmmmmm…aahhhhh…tssssssssss…..

hmmmm….tsssssss….oooooooohhhhh…

Oooooooooooooooooooooooooooooooooooohhhhhhhhhhhhhhhhhhhhh-
hhhhhhhhh."

Het was best een lekker nummer, maar zonder de bijbehorende
clip met dat strakke, karamelkleurige zestienjarige zangeresje,
bleef er niet veel van over. Zeker niet toen de monteur binnen
het bedrijf met overslaande stem begon mee te blèren in het
meest afgrijselijke Engels dat ik tot dusver gehoord had. Hoofdschuddend klom ik van de stapel af. Ik trok de kar naar me toe.
Urgh… opnieuw dat gekreun. Het deed denken aan het gejammer dat ik eerder had gehoord. Iemand hoestte. Dichtbij. Er
bekroop me een onbehaaglijk gevoel en ik bestudeerde de zakken waar ik op had gelegen. Ze lagen over de volle breedte van
de garagemuur. Ik vroeg me af wat er in zat. Misschien gewoon
vuilnis. Misschien iets wat ik gebruiken kon.
Ik keek het steegje af. Er was niemand. Koos een zak uit die
dicht bij de grond lag. Raapte een stuk glas van de grond, stak
het voorzichtig door het plastic heen en sneed hem in één lange
haal open. Wat ik zag was langwerpig en vrij plat. Ik ontwaarde
een smerige, lichte jurk en een stuk van een dameslaars. Aan het
uiteinde van het pakket zat een soort borstel. Ik ging door mijn
hurken om het beter te zien. Nee, dit was geen borstel, eerder
een soort pompoen met haar. Zag er vies uit. Een masker, dat

was wat het was. Hier lag iemands carnavalsuitrusting. Alaaf! Het was zo'n eng Afrikaans voodoogeval. De huid was bruin van kleur en gebarsten en het ding stonk hartstochtelijk. En het zei wat. "*Uuuuuurgh.*" Een benige hand kwam omhoog en reikte naar me.

Ik deinsde terug en viel achterover op mijn kont. Klauwde klunzig naar de kar en begon op rubberen benen weg te bewegen. "Excuses," kraste ik als een idioot, "Ik moet gaan." Overal zag ik kleine bewegingen onder het grijze oppervlakte van de zakken ontstaan, als rimpelingen bij een plotse windvlaag over een gladde oceaan. Ik draaide me om en stapte onvast de steeg uit. Stak de weg over. Begon te rennen.

Ik draafde door. Kokhalzend en duizelig rende ik langs een terrein met vrachtwagenbanden en loodsen van golfmetaal, langs een dichtgespijkerd tankstation. Ratelend met mijn kar over de klinkers. Tot ik uitgeput neerviel naast een vuilcontainer, op een verlaten overslagterrein. Ik vouwde mijn armen om mijn hoofd en probeerde dat bewegende plastic uit mijn hoofd te bannen. Voor het eerst in lange tijd voelde ik de sterke behoefte om mijn moeder te bellen en uit te huilen. Veilig schuilen bij mama. Tegen beter weten in pakte ik mijn telefoon en probeerde haar nummer. Maar ze was niet bereikbaar. Ze was al heel lang niet meer bereikbaar. Zo lang geleden dat ik haar echt gesproken had.

Vervolgens probeerde ik voor de zoveelste keer het nummer van de enige persoon die ik hier kende. Hij ging over en ik bereidde me voor op de onvermijdelijke en ongelijke strijd met het callcenter. Maar dat kwam niet. Er gebeurde iets anders. Iets magisch. Er werd opgenomen. Niet door een computer, maar door een mens.

"Met Vergilius Jobcoaching, zegt u het maar!" klonk het kwiek. Ik was te verrast om antwoord te geven. Twijfelde of ik het wel goed had verstaan.

"Ja, hallo? Als u iets wilt zeggen moet u dat nu doen, anders hang ik op!" De inhoud van de mededeling was zakelijk, de dictie bekakt en de toon geïrriteerd. Ik slaakte een zucht van verlichting. Er was geen twijfel mogelijk: dit was Giel.

Ik maakte mezelf bekend. Mijn stem onvast en huilerig. Door het toestel klonk het geraas van een metro of een trein.

"Met *wie* spreek ik?" riep hij.

"SJOERD ADMIRAAL!" brulde ik. Ik schrok van het geluid van mijn eigen stem en keek om me heen. Kroop voor de zekerheid weg achter de vuilnisbak. Een korte pauze volgde. Het geluid van een claxon. Geritsel.

"Sjoerd Admiraal, wacht even…" Meer geritsel. "Ga dan eens aan de kant!" hoorde ik hem tegen iemand blaffen. "Wegwezen!" Dan in de hoorn: "Natuurlijk, Sjoerd, onze kamikazekampioen."

Ik negeerde de sneer en onderdrukte de neiging te juichen. Er was contact. Ik bestond nog! Giel aan de lijn. Voor mij! Er was iemand in het hiernamaals die met me wilde praten. Tranen liepen over mijn wangen.

"Hoe gaat het met je?" vroeg hij, al iets minder chagrijnig dan daarvoor. In de verte klonk een omroep die het had over het weer en een aangepaste dienstregeling en excuses voor het ongemak.

"Niet zo goed," antwoordde ik, toen de omroeper was uitgesproken. "Het is hier heel akelig."

"Maar je bent nog heel."

"Het is hier enorm eng, Giel," huiverde ik. "Ik zag net allemaal lijken."

"Die bestaan niet in het hiernamaals. Wat je zag waren waarschijnlijk arbeidsongeschikten. Je bent over een hoopje *passief actieven* gestruikeld."

Dat klopte met wat de zwerver had gezegd.

"Ik sliep op een stapel zakken," ging ik door, "en daar zaten ze in." Er passeerde een vrachtwagen en ik liet me op mijn zij vallen en maakte me zo klein mogelijk. "Het was verschrikkelijk."

"Daarom moet je ook van de straat af, anders eindig je net zo. Of erger, want zolang je rondzwerft met je kar mag iedereen zijn of haar sadisme op je botvieren. Dan ben je uiteindelijk blij dat je in de zak mag."

"Kan ik die boodschappenwagen dan niet beter ergens achter laten? Dan val ik minder op." De gedachte was meerdere malen bij me opgekomen, maar ik had het niet aangedurfd. Te bang voor straf.

"Daar zit je toch aan vast, slimpie?"

"Dat is ook zo," loog ik. "Stom van me!" Het doorknippen van ketens was vast verboden: 'Moedwillig vernielen van rijkseigendom.'

"Blijven nadenken, Sjoerd. Het hoofd koel houden. Ik vroeg net of je nog heel was."

"Ja, nou, ja. Behalve mijn voeten," klaagde ik, "die zijn helemaal stuk. Mijn schoenen zijn gestolen, dus ik loop op blote voeten. Het doet heel veel pijn."

"Niets aan de hand dus."

Ik vroeg hem voorzichtig naar het bezwaar.

"Het bezwaar? Help me even op weg."

Ik kreeg een knoop in mijn buik.

"Je zou een bezwaar voor me indienen." Opnieuw lawaai op de achtergrond. Het gepiep van de remmen van een trein.

"Hallo, hallo?" zei Giel.

"Ja, hallo."

"Je viel even weg. Versta je me?"

"Prima," antwoordde ik en perste het toestel tegen mijn oor. "Ik vroeg naar het bezwaar."

"Oh, dat. Dat is ingediend."

"En?"

"Daar heb ik bericht over."

Het toestel glipte bijna uit mijn zweterige handen. "Ja, ja, ja?" stamelde ik.

"Het was er een dag binnen."

Ik vloekte binnensmonds. Hij wist het al een hele tijd.

"De uitslag," hijgde ik, "wat was de uitslag?"

"De uitslag?" hij lachte schamper. "Zo snel gaat dat niet. Ik kreeg een ontvangstbevestiging. Ze hebben het bezwaar in goede staat binnen gekregen. De *call* is geregistreerd."

"Oh."

Hij proefde mijn teleurstelling en beloofde er achteraan te bellen.

"Oké," reageerde ik mat.

"Ik moet ophangen! Probeer door te zetten, kerel. Zoek een onderduikadres en werk in je digitale schrift aan je Loopbaanplan. Dan ben je eigenaar van je eigen proces in plaats van slachtoffer van je omstandigheden. Je moet naar jezelf leren kijken. En blijven eten en drinken, anders zit je straks alsnog in een zak." Geruis. Lawaai van het perron. De omroep die het eerdere bericht begon te herhalen.

"Dat zal ik doen," riep ik door het kabaal heen. "Wanneer hoor ik van je? Of zal ik bellen?" Maar de verbinding was al verbroken.

Tot zover de hulp van Giel.

Ik sjokte door. In deze buurt was geen bedrijvigheid. Overal groeiden distels en paardenbloemen tussen de tegels. Een Volkswagenbusje stond met kapotgesneden banden langs de kant. Toen ik er naar binnen gluurde, zag ik injectiespuiten en vieze matrassen liggen. Ik zou er tussen kunnen gaan liggen. Toch maar niet. Ik volgde de rivier en pauzeerde bij een afbrokkelend bushokje. Las een advertentie uit de Intermediair. Men zocht een 'general manager – nieuwe stijl'. *Profiel: academicus+, commercieel en zakelijk, circa 15 jaar ervaring. Salaris: 150 – 250k+. Het gaat hier om functies waarvoor de lat zeer hoog ligt. Wij komen graag in contact met een kleine groep van de besten.* Ja, dat waren de betere banen. Mijn maag trok samen als een vuist en ik verscheurde de restanten van het blad, gooide de snippers in een hoek van het bushokje, stak ze in de fik en warmde mijn handen eraan.

Aan het einde van de ochtend bereikte ik een oude stukgoedhaven, waar drie kranen mistroostig stonden weg te roesten. Het hoofd gebogen als veroordeelden, zonder enige kans op gratie. Er stonden twee pakhuizen naast. Ze waren één verdieping hoog en hadden een plat dak met een rij kapotte ruitjes onder de daklijst. *Koninklijke Java-China Pakket Lijn* stond er in afbladderende letters op de muren. De woorden pasten er maar net op. Er was een afrastering van gaas, dat als een douchegordijn los boven het plaveisel hing. Ik stapte er onderdoor en inspecteerde de pakhuizen. Die zaten stijf op slot. Nam een kijkje bij de sluisdeuren van een klein dok. Ook daar viel niets te beleven. De haven ernaast was van de rivier afgeschermd door een pier van betonblokken. Aan de groene band van algenbegroeiing las ik een verval af van minstens twee meter. Grote zeeschepen zouden niet in deze haven passen, hooguit een klein formaat kruiplijner. Maar er lag geen kruiplijner, wel een binnenvaartschip. Ik kreeg een akelig déjà-vu, maar het was niet mijn voormalige botspartner van het Noordhollandsch Kanaal, de *Saskia 2*. Er stond *Master of Transport* op de boeg. Een Rijnaak of een Maasaak. Of een Amazone-aak, misschien? Ik had geen verstand van de binnenvaart.

Ik liep er naartoe. Het schip was tachtig meter lang en huilde tranen van roest door haar kluisgaten. Het dekhuis was ontdaan van mast, radar, antennes en navigatieverlichting. De vensters waren leeg en donker. Ze lag met een indrukwekkende hoeveelheid trossen, kettingen en kabels vast aan de kade. Het anker lag aan de voet. Deze schuit ging nergens meer heen.

Pas toen zag ik het huis. Het stond aan het einde van de kade, pal tegenover de havenhoofden. Twee verdiepingen hoog was het. Op het dak een blauw bord met de tekst HARBOR OFFICE. De bovenste verdieping was van glas, maagdelijk, oningegooid bruin vensterglas. Daaronder waren alle ramen provisorisch met stukken hout geblindeerd. Onder de kranen door sloop ik er naartoe en ik probeerde de voordeur. Hij was van staal, potdicht en voorzien van een rode sticker '*No Entry*'.

Aan de kadekant zigzagde een ijzeren trap naar de glazen boven-
verdieping. Ik parkeerde de kar tegen een bolder en liep de trap
op. De deur boven was minder solide, want gemaakt van waai-
bomenhout en voorzien van een rechthoekig venster. Ik drukte
mijn gezicht tegen het glas. Een linoleumvloer blonk in het vale
licht dat door de ruiten viel. Langs de met schrootjes afgezette
wanden stonden tafels. Er waren stoelen omgekeerd opgezet, als
in een klaslokaal tijdens een vakantie. Verder zag ik een trapgat
met een balustrade van glimmend hout en een hekje. Ik duwde
met mijn schouder tegen de ruit. Tussen deur en kozijn zat zeker
een centimeter speling.

Op een tafel naast de deur stond een leeg aquarium. Daarnaast
lag een Nautical Almanac van de British Admiralty. Ik sloeg hem
open en bladerde er doorheen. Bekeek de tabellen die nodig
waren voor een stersbestek, met de uurhoek en declinatie van
planeten en sterren voor elke dag van elke maand van het hele
godvergeten jaar negentienzesentachtig. Doorwrochte reke-
narij voor de plaatsbepaling op zee, overbodig geworden door
de komst van GPS. Exit voor het ambacht van de stuurman. In
een hoek van het vertrek hing een metalen rek aan het plafond,
waarin een groene marifoon van Radio Holland was geschoven,
nodig voor het VHF-contact met de schepen op de rivier en in
de haven. Hij had draaiknoppen voor de selectie van de kanalen
en ik stelde hem in op zestien en probeerde hem aan te zetten.
Zinloos. De voedingskabel aan de achterkant was doorgeknipt
en hing omlaag als de staart van een dier.

Over de tafel onder de marifoon lag een afdekplaat van plexiglas, waaronder papieren waren geschoven: een verschoten kaart
met vlaggenseinen en het morsealfabet plus een lijst met de
telefoonnummers van Port Control, Gate, Customs, Emergency
en Police. De letters e en o waren vet, de t's haast onleesbaar
licht. Uit het typemachinetijdperk. Een zeekaart was door vocht
aangetast, maar ik herkende meteen de rivier waarvan ik de
zuidoever had gevolgd. Ik zag de brug liggen met de spoorlijn

die er onderdoor liep en herkende de pijpen van de olieraffina-
derij en de ronde contouren van de olietanks aan de overkant.
Zag ook het haventje waar ik nu was: een kleine rechthoek met
links beneden het dok. Verder naar het westen lagen grotere
havens. Daarna de zee.

Zou dit de sleutel dan zijn? Je bent verdwaald en dan vind je
een kaart en weet je ineens weer hoe je verder moet. Dat zijn
clichés waar een mens wat aan heeft! Nerveus duwde ik mijn
nagels onder het glas, tilde het op en probeerde de zeekaart er
tussenuit te trekken. Het papier scheurde. In mijn hand hield ik
een paar centimeter van de rivier met de betonning en de diep-
telijnen die de oever volgden. En een stukje van de legenda, met
het verminkte wapen van de kaartuitgevende instantie. Andere
fragmenten van de kaart zaten vastgekleefd aan het plastic of lagen op de vloer. Ik zocht naar informatie over mijn positie, maar
de legenda was onleesbaar geworden. Zag ook nergens de naam
van de rivier waar ik nu was of van de zee waarin de rivier uit-
mondde. Zuchtend liet ik de plexiglas plaat terugvallen op het
bureau en vervloekte alle geodeten, hydrografen en cartografen
die hadden geleefd, leefden en zouden gaan leven, alsmede de
marines, transportministeries en surveybedrijven waar ze deel
van uit hadden gemaakt, maakten en zouden gaan maken.

Ik liep naar de trap, die grijs zag van het stof en als een touw-
ladder omlaag viel. Daalde af, steun zoekend aan de geverniste
leuning. De treden knarsten als brekend scheepsbeschuit en ik
stopte een paar keer en luisterde ingespannen. Het huis hield
zijn adem in. Ik ging een schemerige gang in met een houten
vloer die krom stond van het vocht en naar rottend papier rook.
Het behang had losgelaten en hing in oplichtende tongen naar
beneden. Ik inspecteerde de kamers die aan de gang lagen, krijgs-
haftig zwaaiend met mijn breekijzer. Maar ze konden niet leger
zijn dan ze waren. Er was geen meubilair. Geen gordijnen en
vloerbedekking. Zelfs de wandcontactdozen waren weggehaald.
Aan het einde van de gang een tweede trap met onderaan een

deur. Hij zat op slot en het breekijzer paste er niet tussen. Ik klom een paar treden terug omhoog en gooide mezelf er tegenaan. Ik wist niet dat ik het in me had.

Geluid van versplinterend hout en met een knal sprong hij open. Ik vloog door de duisternis. Geen bodem, flitste het door me heen, er is geen bodem. Ik zal eeuwig blijven vallen. Smakte met mijn schouder tegen de grond, gleed door en botste tegen iets hards. Ik kwam overeind, het ijzer voor me houdend als een blinde samoerai. Deed de Zippo aan en stelde vast dat ik me in een wachtkamer bevond. Tegen de muren waren houten banken aangebracht. Er hing een beschimmeld prikbord en een door vliegen ondergescheten wandklok, die stilstond op vijf voor twaalf. Een verfletste foto van een lichtschip.

Ik duwde een volgende deur open. Gluurde om de hoek. Een smalle gang die de benedenverdieping in tweeën sneed. Aan het einde ervan de metalen buitendeur. Mijn entree kon niemand zijn ontgaan. Als hier een mens was, dan hield hij zich stil. Ik zag een deuropening. Om de hoek kon iemand staan met een doos bonbons, een welkomstlied en een bos bloemen. Of met een honkbalknuppel. Ik gokte op het laatste, klemde mijn kiezen op elkaar en maakte een wilde golfswing terwijl ik naar binnen stapte. Het breekijzer schoot uit mijn handen toen ik het plafond raakte. Viel kletterend op de vloer. Maar er was niemand. Ik bevond me in een grote kamer die vroeger als kantoorruimte moest hebben gediend. Aan de muur hing een plattegrond van de haven met de positie van de brandkranen. Een bijna onleesbaar geworden ISO-certificaat. Een magnetisch planbord. Tegen de achterwand stond een bureau met drie poten en een bureaustoel. Ik liep erheen en trok een lade open. Roestige paperclips, een potlood en een roze gum in de vorm van een hartje. Tegenover het kantoor was een wc. De pot was er uitgesloopt, het gat in de vloer volgestort met cement. Aan de muur hing nog de stortbak met een trekker in de vorm van een dennenappel. Naast de voordeur was een kamer waarin een stapel grijze gordijnen lag. Daar tegenover was de meterkast. Er zat niemand in verstopt. Ik was alleen in het gebouw.

Op de grond stond een emmer en daarnaast de verzegelde hoofdkraan van de waterleiding. Ik draaide hem open en hoorde dat er ergens water begon te lopen. Het geluid kwam van het andere einde van de gang en ik zag een deur die ik over het hoofd had gezien. Ik slikte de baal katoen door die mijn keel blokkeerde. De zoveelste dichte deur, ik kreeg er de zenuwen van. Je wist nooit wat er achter zat. Met mijn breekijzer duwde ik hem open.

Het was een keukentje. Een morsig keukentje met een simpel keukenblok van een meter breed. Het had een roestvrijstalen aanrecht en een gootsteen met een kraan waar water uit stroomde. Daarnaast een losstaand gasfornuis met bakelieten knoppen. Onder het met planken geblindeerde raam stond een bank met een rechte rugleuning, die aan de wand vastzat. In het midden van het vertrek was een tafel met een vaas met erin en eromheen het kadaver van een bos bloemen. Misschien waren het ooit tulpen geweest. Schuin afsnijden en in lauwwarm water plaatsen had hier niet geholpen.

Ik stapte naar binnen en voelde het oranje, gemarmerde zeil zacht onder mijn voeten meeveren. Bij mijn oma had hetzelfde spul gelegen en ik herinnerde me de schroeivlek op het zeil, veroorzaakt door een door mij aangestoken sterretje voor oud en nieuw. Legde het breekijzer op tafel. Liep naar de gootsteen en dronk van het koude leidingwater tot mijn buik er zeer van deed. Bekeek de keuken wat beter en begon aan de knoppen van het fornuis te draaien. Er zat een ijzeren deurtje onder. Ik verwachtte een oven, maar er zat een ruimte achter waar een gasfles in stond. De rubberen gasslang hing er los naast. Ik sloot hem aan en draaide de afsluiter open en hoorde het fornuis sissen. Sloeg snel het klepje van mijn aansteker dicht en stopte de gastoevoer.

Boven het fornuis hing een kalender van Thames Ship Repair. Het was november negentienzesentachtig en een met olie ingevette blondine leunde ongemakkelijk tegen een groene machine aan. Er stond bij dat het om een smeeroliepomp ging. Het model had alleen hoge hakken aan en deed een poging om verleidelijk in de lens te kijken. Toch wekte ze niet de indruk dat het poseren haar eigen idee was geweest. Zoiets fotoshopte je er vroeger nog niet uit.

Ik checkte de andere maanden, maar het was steeds dezelfde griet, leunend tegen verschillende apparaten. Naast de kalender hing een sleutelrek. Er hing een ijzeren ring met sleutels aan en een losse sleutel aan een ijzerdraadje. Vluchtig doorzocht ik de bovenkastjes van het keukenblok en vond een mok met een afbeelding van Guust Flater, een paar gedeukte pannen en een stuk of veertig kakkerlakachtige beesten, die zich in het schijnsel van mijn aansteker uit de voeten maakten. In de keukenla lag de rubberen stop van de gootsteen en een kaars.

Onder het aanrecht vond ik het doorgeroeste skelet van een afdruiprekje. Er stond nog iets achter. Iets groens. Ik pakte het voorzichtig beet en trok het naar me toe. Een laars. Maatje vierenveertig en zo te zien nooit gebruikt. De ander stond er ook en ik woog het paar in mijn handen, liet mijn vingers over het profiel van de zolen gaan. Zette ze op het aanrecht en keek er naar, als naar een kerstcadeau in september. Het is voorbij, zei ik tegen mezelf, het dieptepunt is gepasseerd.

Zittend op het bankje bekeek ik mijn arme voeten. Die waren te smerig voor mijn schone laarzen. Ik haalde een emmer uit de meterkast, tapte hem vol en zette mijn voeten er in. Liet ze een tijd weken. Dit bankje zat prima. Zacht en stevig. Het was groot genoeg om op te slapen. Met een gordijn depte ik mijn voeten droog. Rookte een sigaret en bestudeerde mijn zielige pootjes. Het leken net twee bedorven kalfskoteletten en ze waren zo opgezwollen dat ze prima in de twee maten te grote laarzen pasten. Dat was dan weer een voordeel.

Ik boog me voorover om mijn sigaret uit te drukken. Keek opzij en zag een deurknop, half verscholen achter de keukendeur. Zat daar een kelder achter? In horrorfilms betekenen kelders slecht nieuws. De deur liep aan de bovenzijde schuin af, vanwege de trap. Met het breekijzer in de aanslag rukte ik aan de knop. Dicht, natuurlijk. Mijn trouwe wapen zat al tussen de deur, toen ik me het sleutelrek herinnerde. Ik nam de ring van het haakje en probeerde ze allemaal. De meeste twee keer, omdat ik steeds vergat waar ik gebleven was. Maar ze pasten geen van allen. Daarna de sleutel aan het ijzerdraadje. Voor de vorm eigenlijk, want het werd natuurlijk weer een kwestie van breken. Deze gleed soepel in het slot en de deur sprong met een klik open. Ergens verwachtte ik dat er een lijk uit de kast zou vallen en ik week naar achteren. Er gebeurde niets. Trok de deur verder open. De kaars wierp zijn schijnsel naar binnen en ik liet het breekijzer op de grond vallen. Ging door mijn hurken en zakte op mijn billen. Mompelde: "Hallo." Het was een inbouwkast. Er zaten zes diepe planken in, die korter waren naarmate ze dichter bij het plafond zaten. Op de planken stonden blikken. Blikken met ravioli en met sardientjes. Met bonen in tomatensaus, knakworsten en maïs. Met worteltjes en doperwten. Blikken met tonijn. De hele kast stond vol. Onderin lag een fles *zeer oude graanjenever* van het merk Looienga, een kartonnen doos met kaarsen en een grote doos lucifers. Het leek te mooi om waar te zijn, maar waar was het.

Haastig ruimde ik de kast uit en plaatste alles op de tafel en het aanrechtblad. Het waren honderden blikken. Ik kon het niet geloven, maar het was echt zo.

Hoofdschuddend vertelde ik mezelf dat je alles kunt bereiken, zolang je maar niet opgeeft. Dat de enige weg uiteindelijk toch naar boven leidt. Dat gevoel van euforie was intens. Overweldigend. En kort. Want ik realiseerde me dat ik dit alles even snel weer kwijt kon raken. Kreeg een flashback van de boodschappen die in mijn kar hadden gelegen en kwam in beweging. Holde met de sleutelbos naar de voordeur, vond een passende sleutel en deed hem open. Ging op mijn hurken zitten in de deuropening en speurde het terrein af.

Geen beweging. Ik zag alleen een stuk karton dat door de wind over de kade werd geblazen. Het buitelde langs een poot van een kraan en viel in het water. Ik haalde de boodschappenkar naar binnen en sloot de voordeur af. Ging terug naar de keuken. Die lag erbij zoals ik hem achtergelaten had. De blikken stonden er nog. Geen fata morgana. Stommelde de trappen op en barricadeerde de opengebroken deur met de tafel waar het aquarium op stond. Ging terug naar beneden en sleepte het bureau uit het kantoor en schoof hem tegen de kapotte binnendeur in de wachtkamer aan.

Nu kon ik niet langer wachten. Trillend van opwinding koos ik een blik uit. Witte bonen in tomatensaus. Plaatste het op de vloer en sloeg het deksel in met de gevorkte achterkant van mijn breekijzer. Begon de inhoud koud op te eten. Het smaakte fantastisch. Michelinsterrenspul. Ik dwong mezelf niet te schrokken, zoog eerst de saus van de bonen af, liet dan traag mijn tanden er in zakken en slikte pas door als alle smaak weg was. Het tweede blik bonen verwarmde ik op het gasfornuis. Dat smaakte nog beter. Ik begon sneller te eten en opende een derde blik. Omdat het feest was schonk ik de mok van Guust halfvol met jenever en nam een flinke slok. Mijn strot vloog in brand en ik merkte hoe mijn hele lichaam van binnen snel warmer werd. Blikje nummer vier dan maar: sardientjes in olijfolie. Jammie, jammie. Vis moet zwemmen en ik schonk mezelf wat jenever bij.

Tsjongejonge, zei ik tegen mezelf, tsjongejongejonge. Tsjongejongejongejonge. Ik moest zoveel mogelijk eten en drinken, want wat eenmaal in me zat kon niemand me meer afnemen. "*It is urgent*," riep ik tegen het kalendermeisje, "*an emergency!*" Ik knipoogde naar haar. Verdomd, ze knipoogde terug. Best een leuk meisje. Aardig ook. Waar was ze nu? Verrek, die kalender hing opeens aan een andere muur. Ik wreef in mijn ogen. Kijk, nu hing ze weer op haar oude plek. Maar het fornuis stond in de deuropening. Hela, wie verplaatste hier de inventaris? "*Stehen bleiben!*" riep ik en viel van de stoel af. Met moeite kroop ik op de bank. Alles was aan het draaien. Eigenlijk wilde ik de kaars uitblazen, maar die leek me even onbereikbaar als de zon. Bovendien zat ik in een centrifuge. Het zeil op de vloer trok een oranje lichtspoor, met daar omheen het wit van de keukenkastjes. Zam-zam-zam, in rondjes om me heen. In het midden stond, als enige op een vast punt, de kaars. De vlam werd steeds groter. Likte aan het plafond van gipsplaten. Daar cirkelden grillig gevormde groene en bruine vochtvlekken in het rond, als organismen die je ziet onder een microscoop. Ik voelde een aandrang om over te geven en sloot mijn ogen.

15

De periode daarna bracht ik slapend en drinkend door in mijn
behouden huis. Ik kwam alleen naar buiten om mijn behoefte te
doen. Hoelang dit heeft geduurd weet ik niet. Voor mijn gevoel
waren het weken, maar waarschijnlijk ging het slechts om een
dag of drie. Van mij had het mogen blijven duren. Maar dat deed
het niet.

Op een ochtend ontwaakte ik uit een droom over sollicitatie-
training en zag de jeneverfles op tafel staan. Er viel een smalle
bundel licht doorheen. "Leeg?" zei ik tegen mezelf, "Nu al?" Ik
pakte hem en constateerde opgelucht dat er nog ruim een derde
in zat. Zette hem aan mijn mond en sloot mijn ogen. Voelde de
alcohol speels prikken in mijn gesprongen lippen. Wilde meer
drinken, maar iets weerhield me. Ik hield de fles voor me en
vervormd door de bolling van het glas, zag ik mezelf zitten op
de kunststof bank. Was ik een alcoholist aan het worden? Eerst
geen baan, vervolgens op straat geschopt en dan aan de drank.
Erg origineel klonk dat niet. Het getuigde ook niet van veel
ruggengraat. "Genoeg," zei ik hardop, stond op en legde de fles
terug onderin de kast.

Ik voelde iets vastberadens over me komen en begon rondjes te
lopen om de keukentafel. Tegen de klok in en met de klok mee,
meer mogelijkheden waren er niet. "Je moet wat doen," zei ik
tegen mezelf. "Initiatief nemen." Dat klonk goed: initiatief! Ik
overdacht mijn situatie en besloot dat ik vooral niet moest gaan
piekeren. Beter was het om in beweging te komen: actie, actie,
actie! "Ledigheid is des duivels oorkussen," zei mijn moeder

altijd. Ze had gelijk. Wat deed zij om haar dagen door te komen? Schoonmaken. Altijd was ze met emmers in de weer. Vergroeid met dweil, stofdoek en zeem. Misschien was het een idee om haar voorbeeld te volgen.

Uit de voorkamer haalde ik een extra gordijn en stofte daarmee alles af, tot er een mistbank in de kamer hing die me deed hoesten als een bejaarde mijnwerker met stoflongen, bronchitis én astma. Daarna liet ik een emmer vollopen met water en sopte het bankje, de tafel en het aanrecht af. Ik deed ook de kastjes en de vloer. Die vloer viel tegen. Er lag een doorzichtige laag plakkerige viezigheid op, waar het water niet in kon doordringen. Voor het gasfornuis zat een plakkaat taaie geelbruine smurrie, waarin mieren en vliegjes geconserveerd zaten. Misschien al sinds de prehistorie. Ik probeerde het kleverige goedje met een stuk glas los te bikken, maar dat lukte alleen door ook het zeil af te steken. Eigenlijk had ik bleekmiddel nodig, maar dat had ik niet. Ik gaf het op voor nu en besloot de andere kamers later te doen.

Na mijn schoonmaakoffensief was ik zelf het vieste in de keuken. Ik trok mijn pak uit en hing het over de stoel. Niet te geloven dat die stinkende vodden tweeduizend euro hadden gekost. Verdomme het eerste pak dat ik bij Oger had weggehaald. En van mijn Calvin Klein onderbroek kon je de merknaam in de elastiekband niet eens meer lezen. Ik liet de gootsteen vol met water lopen en spoelde alles uit. In het kantoor spande ik een lijn en hing er mijn druipende goed aan. Ten slotte liep ik met een emmer water naar buiten en waste mezelf. Mijn voeten waren nog altijd rood en opgezwollen, maar ze deden minder pijn. Ik droogde mezelf af, knoopte het gordijn om mijn middel en schuifelde halfnaakt en huiverend langs de kade met het breekijzer in mijn hand. Ergens voelde ik me een soort Indiaan of een schipbreukeling. Een zekere heroïek had dit bestaan wel. Binnen korte tijd was ik van een geslaagd manager veranderd in een eenzame, bebaarde woesteling. Maar wel één met een dak boven zijn hoofd en een kast vol eten. Gebogen, maar niet gebroken! Mannelijk marcheerde ik naar de pier van betonblokken aan de andere kant van de haven. Hurkte bij een paar struiken en staarde naar de schepen op de rivier. Ik voelde me merkwaardig opgewekt. Liet ik niet zien hoe iemand zijn tegenslag kon overwinnen? Was dit eigenlijk geen verhaal van persoonlijke kracht en verlossing? In de kern iets positiefs dus. Die verlossing was er weliswaar nog niet helemaal, maar ik had het sterke gevoel dat het de goede kant met me opging. Een kwestie van doorzetten. Ik knoopte de handdoek los en liep naakt het keukentje in en stapte in het schaarse licht dat tussen de planken lekte. Prettig om daar zo te staan. De hemel gaf toch wat warmte af, zelfs aan mij. Dit positieve gevoel moest ik vast zien te houden. Zolang ik maar bezig bleef, ergens naartoe werkte.

Het begon te regenen en na een tijdje zag ik op verschillende plaatsen water door het plafond sijpelen. Op strategische plaatsen zette ik pannen en lege conservenblikken neer. Liep naar mijn kar in de voorkamer en inspecteerde mijn schamele bezittingen. Haalde het digitale schrift en het telefoontje uit de plastic tas. De telefoon toonde één zielig balkje voor ontvangst en één armoedig streepje voor de batterij. Er was geen bericht van Giel en ik probeerde hem te bellen. Schakelde het toestel uit toen ik het callcenter kreeg en deed het schrift aan. Het scherm flakkerde zachtgrijs op. *Veertig* kraste ik met het bijbehorende pennetje op het venster. *Veertig* verscheen er in drukletters. De handschriftherkenning werkte. In mijn hoofd flakkerde ook een lichtje op.

"Goed," zei ik tevreden, "Mooi." Ik knikte naar het smeeroliemeisje. Giel had me gevraagd te werken aan mijn Loopbaanplan. Daar kon ik dan nu eindelijk aan beginnen. Ik had een doel en alle tijd om het te bereiken! Inspirerende omgeving ook, met die rivier en al die schepen en zo. Opgetogen pakte ik een beker water, sloeg een gordijn om me heen, ging aan de keukentafel zitten en begon te schrijven.

*Veertig jaar oud ben ik en vier weken dood. Een deprimerend gegeven,
ik weet het. Mijn laatste verjaardag heb ik overgeslagen. Ik had geen
behoefte aan slingers en ballonnen om het verval te vieren. Al die flauwe
grappen over je leeftijd, terwijl je jezelf loopt uit te sloven met bier,
bitterballen en borrelnoten. Die zeventienjarige dochters van kennissen
die het leuk vinden om opa tegen je te zeggen of, erger nog, dwars door
je heen kijken. Alsof je veertig bent, ja. Een museumstuk. Vlak voor
mijn verjaardag vertrok ik met mijn gezin voor drie weken naar Gran
Canaria, en bij terugkomst was iedereen allang vergeten dat ik veertig
was geworden. Behalve ik zelf dan. Toen kwam dat ellendige ongeluk er
overheen, ging ik dood en nu maakt het allemaal niets meer uit.*

Zo, dat stond erop. Vijf minuten voor een alinea. Niet slecht
voor een amateur. Ik nam een slok en ging door.

*Mijn verhaal laat ik beginnen bij het einde en vandaar werk ik terug
naar het nu. Een koud en vochtig nu. Een miserabel nu. Ik lig in mijn
schuilplaats onder verschoten gordijnen, die ik als deken over me heen
heb geslagen. Alles in dit keukentje is versleten, kapot en onvoorstelbaar smerig. Het oranje zeil op de vloer krult bij de muren omhoog. De
deurtjes onder het gebutste aanrechtblad hangen met de toppen van hun
vingers aan de kasten. Er groeien groene, gele en paarse schimmels op
het behang en tussen de rottende kozijnen zitten kieren waarin je een
vrachtwagen kunt laten keren. Met oplegger. Daar doorheen waait een
kleffe damp, die ruikt naar rottend water, diesel en petrochemische industrie. Daaronder, daarin, daarachter, ergens ver weg in ieder geval, hangt
een zweem van de geur van de zee.*

Hm, was dit niet wat te zwaar op de hand? Het klopte ook niet
helemaal. Zo miserabel was het hier niet, vergeleken met buiten.
En de keuken was zeker niet 'onvoorstelbaar smerig', want ik
had hem net grondig schoongemaakt. Maar als ik alles letterlijk opschreef zoals het was, zou het misschien saai worden. Wat
dramatiek kon geen kwaad. Toch moest ik oppassen met dingen

erbij verzinnen. Ik zat hier immers ook om aan mijn integriteit te werken. Of niet? Giel had het daar niet over gehad. Ik besloot er niet te lang mijn hoofd over te breken en ging door.

Ik draai me op mijn rug om makkelijker te kunnen schrijven. Een ijzeren veer priemt in mijn schouderblad. Toch maar aan de keukentafel werken.

Daar zat ik eigenlijk al, aan die keukentafel. En die veer zit bij het voeteneinde, dus daar heb ik niet echt last van.

Met moeite hijs ik mezelf overeind en schuif mijn voeten voorzichtig in mijn laarzen. Ze zijn nog altijd opgezwollen en in de blaar op mijn hiel zit genoeg water om er een goudvis in rond te laten zwemmen, met ruimte over voor waterplanten, een plastic pagode en een klein model aquariumpomp

Dat klopte, letterlijk! Benieuwd wanneer die blaar ging indrogen.

Geloof me, ik overdrijf niets! Ik schrijf alles precies op zoals het is gebeurd. Toch heb ik er beroerder voor gestaan. Ook dat is waar. Het is een stuk rustiger voor me geworden. Niemand die me op mijn kop wil slaan. Dat scheelt. Dat scheelt een stuk.

Uit het hart gegrepen. Dit ging als een trein. Alles direct raak.

Om met een waarschuwing te beginnen: ik werk niet naar een climax toe, eerder er vanaf. Veel spannender dan dit zal het niet worden. Integendeel. Misschien dat ik het later omgooi. Dat ik toch met flashbacks ga werken, al houd ik meer van een chronologisch verteld verhaal. Met de klok mee is het leven al ingewikkeld genoeg. Om over de dood maar te zwijgen. Nu ik erover nadenk, ik zou er een stomende liefdesgeschiedenis tussendoor kunnen vlechten. Wat fictie kan mijn bestaan wel gebruiken. Die kalendergriet boven het fornuis kan als inspiratiebron dienen. Het hangt er allemaal vanaf hoe gemotiveerd ik ben, hoeveel conservenblikken er over zijn en of ik kortsluiting in mijn schrift kan voorkomen. Dat laatste zal niet meevallen. Overal staan blikken op de grond om het regenwater op te vangen, maar het is letterlijk dweilen met de kraan open. Waar is Bouw- en Woningtoezicht als je ze nodig hebt? Toch mag ik niet mag klagen. Het is vast uiterst heilzaam hier. Uiterst heilzaam!

Orde. Ik had me voorgenomen om dit verhaal simpel te houden, maar wat ik teruglees kan ik zelf al nauwelijks meer volgen. Het moet kort, bondig en duidelijk blijven. En mijn ambitie houdt ook niet over. Denk vooral niet dat ik zin heb om te schrijven. Ik heb dat altijd als een vrij autistische bezigheid gezien. Ik ben geen schrijver. Ook geen lezer. Meer een kijker. Thuis stonden er driehonderd dvd's in de Billy boekenkast en ook de harde schijf van mijn computer puilde uit van de films. Boeken zijn van vroeger. Iets voor mensen met grijs haar. Zo denk ik erover. Mijn persoonlijke opvatting.

Terug naar het begin dan maar. Ah, dat begin! Veel goede dingen beginnen slecht en veel slechte dingen beginnen goed en dit startte geweldig. Om half tien haalde ik mijn nieuwe BMW op. Ik nam de sleutels van Albert in ontvangst en stapte in. Snoof de geur op van de lederen bekleding en stak voor het eerst de sleutel in het contact.

Toen het donker werd had ik al tien pagina's. Nooit geweten dat schrijven zo makkelijk was. Misschien was ik mijn roeping misgelopen. In de onderbouw van de middelbare school had ik korte verhalen voor de schoolkrant geschreven. En ik kon het nog steeds! Met dat leuke ironische stijltje van me en die korte zinnetjes. Blijkbaar is het net zoiets als fietsen. Dat verleer je nooit.

De volgende dagen bracht ik door aan de keukentafel. Naar buiten gaan had geen zin; het regende voortdurend. Elke dag had een vast patroon. De ochtend begon met het uitmesten van de keuken, het weggooien van het regenwater en het leegeten van een conservenblik. Dan een beker water drinken en weer schrijven. Tussen de middag nog een blik eten met een beker water. Aan het einde van de middag weer twee tot drie blikken, afwassen, als het kon een ommetje, teruglezen, de zaak wat opleuken en pitten.

Het was best leuk, schrijven. Je moet het natuurlijk niet te lang doen. Niet je werk ervan maken. Maar voor een tijdje… Het hield vervelende gedachten effectief op afstand en dat was wel zo prettig. Gelukkig had ik het ergste achter de rug. Voorlopig moest ik rustig in dit huis blijven en wachten op een bericht van Giel. Conservenblikken waren er genoeg.

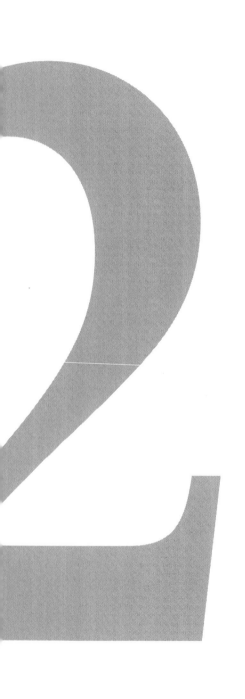

Een politiefluitje klonk en ik liet me plat op de kade vallen, waar ik gras tussen de stenen vandaan had staan trekken om soep van te koken. Een inval, dacht ik, een razzia! Regelmatig patrouilleerde er politie met honden over de kade. Bij daglicht durfde ik nauwelijks meer buiten te komen. Opnieuw snerpte het fluitje. Schril. Het geluid leek van ver te komen. Wacht eens… shit, het was mijn telefoon! Deze ringtone had ik kort voor mijn fatale autorit in een melige bui van internet gehaald en ik was hem daarna totaal vergeten. Dat krijg je als niemand je meer belt. Het toestel lag binnen op de keukentafel de chips uit zijn lijf te schreeuwen.

Ik krabbelde overeind en holde door het duister. De fluittoon kwam vanuit de ingewanden van mijn schuilplaats, alsof het huis me riep. Het stopte toen ik bij de voordeur stond. Ik griste het apparaat van tafel en raakte een toets aan. Het scherm lichtte op. *Eén oproep gemist* stond er. *Nummer onbekend.*

Een oproep. Voor mij? Had iemand mij, een verschoppeling, een halfverhongerde en heelverkleumde clochard, willen bereiken? Hijgend liet ik me op de grond zakken. Wie zou het geweest zijn? Chantal was onmogelijk, tenzij ze een medium had ingehuurd, maar daar was ze veel te nuchter voor. Albert dan? Onwaarschijnlijk, na onze mislukte reünie bij Bea en Ron. Mijn vader? Die moest hier ergens zijn. Een geheugenflits kwam voorbij van die keer dat hij me belde, omdat ik voor mijn propedeuse was gezakt. Normaal telefoneerde hij nooit. Nu leuterde hij vijf minuten vol met trivialiteiten tot ik mijn moeder op de achtergrond iets te hard hoorde sissen: "Vraag hoe het met die jongen gáát!" Bedremmeld vroeg hij het me. Ik was in de lach geschoten en had de vraag genegeerd. Ook de rest van ons gesprek bleef oppervlakkig. Ik hoopte van harte dat hij het niet was geweest.

Eigenlijk was Giel de enige geloofwaardige optie, maar van hem had ik niets meer gehoord sinds ik in het havenhuis zat. Ik duwde mezelf omhoog, liep naar de buitendeur en sloot deze. Ging op de deurmat zitten en stuurde een berichtje aan Giel: "Heb je me gebeld? ☺" Het antwoord kwam meteen: "Ja." Dat was alles: "Ja". Goed, dacht ik. Mooi. Hoera, zelfs. Dat was dan opgehelderd. Terugbellen durfde ik niet en de hele dag bleef ik waken bij het toestel, biddend dat de batterij niet voortijdig leeg zou raken. Volgens het beeldscherm was dat bijna zover en mijn oplader lag thuis bij de kapstok in mijn aktetas.

Het schemerde toen een nieuwe oproep kwam. Ik was weg- gedoezeld en had het toestel aan mijn oor voor ik goed en wel wakker was.

"Hallo!" schreeuwde ik met overslaande stem. Wat beheerster: "Hallo, met Sjoerd Admiraal."

"Vergilius hier." De verbinding was kraakhelder, alsof hij naast me stond.

"Hai Giel," zei ik onnatuurlijk luchtig, alsof we elkaar dagelijks spraken. "Leuk dat je belt. Best een verrassing. Ik had je eigenlijk opgegeven."

"Opgegeven? Jij mij? Hoezo zou je mij opgeven?"

"Ik kreeg je niet aan de lijn, werd steeds doorgeschakeld naar een callcenter. En je hebt me niet meer teruggebeld. Zelfs geen sms-je gestuurd. Het is geen verwijt, maar ik zit hier al een tijdje..." Nou klonk ik als mijn eigen moeder. Maar het was wel waar natuurlijk. Hij gaf geen antwoord en ik krabbelde terug: "Niet dat ik het je kwalijk neem. Je was waarschijnlijk druk. Daar kan ik me in verplaatsen. Ik was vroeger ook altijd druk."

"Tja, ik kan nu eenmaal niet de hele tijd je handje beet hou- den," klonk het geërgerd. "Ik verwacht zelfstandigheid. Voor het verslag noteer ik dat je nog heel bent. Verder heb je blijkbaar een dak boven je hoofd. Ook wat te eten gevonden misschien?"

"Nou, dat valt tegen. Ik heb een enorme voorraad conserven-blikken ontdekt, maar het grootste deel blijkt bedorven te zijn. Ze zijn bijna op en ik heb mezelf op een rantsoen moeten stellen van één blik per dag. Ik ben kilo's afgevallen."

"Eten is essentieel. Als die blikken niet bevallen, zou je bijvoorbeeld kunnen gaan vissen. Maar daar belde ik niet voor. Dat Loopbaanplan, hoe staat het daarmee?"

"Dat gaat prima! Ik heb heel veel opgeschreven in het digitale schrift! Alles vanaf het ongeluk."

"Keurig, schrijven is belangrijk. En de lessen die je hebt geleerd?"

"De lessen?" Ik wist niet waar hij op doelde en vroeg hem om uitleg.

BLIE-BLIEP! De waarschuwing voor de batterij. Bijna leeg. Verdomme.

"Wat je hebt geleerd van je ervaringen. Je inzichten, het kijken naar jezelf, heb je die al helder?"

"Dat is… misschien iets minder uitgewerkt. Maar ik heb wel uitgebreid verslag gedaan van wat me allemaal overkomen is. Alle gesprekken heb ik tot in detail opgeschreven."

BLIE-BLIEP!

"Je moet ook aan je inzichten werken. Aangeven wat je geleerd hebt. Zelfreflectie is belangrijk voor je Persoonlijk Loopbaan Ontwikkel Plan."

"Oh." Ik dacht er even over na. "Dat met die lessen en inzichten vind ik een beetje lastig," gaf ik toe. "Heb je misschien suggesties over hoe ik dat moet aanpakken?" Ik trok een keukenlade open en pakte het potlood dat ik in het kantoor gevonden had. Begon gespreksaantekeningen te maken op het behang.

"Op zich positief dat je de hulpvraag stelt. Eens kijken… In jouw geval is de begrafenisoefening misschien een mooie methode. Ken je die?"

Ik antwoordde ontkennend.

"Het is een populaire oefening, komt in veel loopbaanliteratuur terug. Volgens mij staat deze ook in *Welke kleur heeft jouw kist?* Da's een bestseller hier. Anyway, het is simpel. Stel je voor dat je dood bent."

"Da's niet zo lastig," constateerde ik zuur. Ik noteerde de titel van het boek.

"Je bent dus dood en je bent getuige van je eigen begrafenis. Dat moet je goed voor jezelf visualiseren, maar ik denk dat je dat wel kan. Bedenk dan wat anderen tijdens die plechtigheid over je zouden zeggen, hoe ze je zouden beschrijven. Dat helpt enorm om een beter beeld te krijgen van jezelf. Zelfinzicht is de basis voor elk traject voor loopbaanontwikkeling. De bekende vraag: *"Wie ben ik?"*. De vervolgstappen zijn *"Wat kan ik?" "Wat wil ik?"* en *"Waar doe ik dat?"*. Als het beantwoorden van die eerste vraag lekker loopt, kun je gelijk doorgaan met de rest."

Snel kraste ik zijn suggesties op de muur.

"En schrijf het op, hè. Gewoon alles in het digitale schrift zetten. Niet meer stoppen met schrijven!"

BLIE-BLIEP!

"Oké, zal ik doen. Wacht, ik maak wat aantekeningen." Ik voelde me opgejaagd door de leeglopende batterij. "Geweldig dat je me belt en dat je me zo helpt. Echt fantastisch. Ik was even bang dat ik er helemaal alleen voor stond. Samen met Carla dan."

"Met wie?"

BLIE-BLIEP!

BLIE-BLIEP!

"Mijn accu is bijna leeg, Giel. Nogmaals: goed elkaar zo te spreken. Zo persoonlijk, bedoel ik. Dat hadden we eerder moeten doen. Maar dat is niet hoe het dan gaat. Ik weet niet waarom het…"

BLIE-BLIE-BLIE-BLIE-BLIEP! De verbinding werd verbroken.

"Shit," zei ik.

Ik bleef zitten met het toestel tegen mijn hoofd gedrukt en realiseerde me dat ik niet had geïnformeerd naar het bezwaarschrift. Stom, stom, stom. Aan de andere kant: hij zou er zelf zeker over begonnen zijn, als er ontwikkelingen waren geweest. Die gedachte kalmeerde me en ik begon het gesprek in steekwoorden samen te vatten op het behang. Dit klonk niet hopeloos, zei ik tegen mezelf. Ik begon de logica in te zien van mijn situatie. Want die was er. Ik zat zonder werk en doorliep daarom een loopbaantraject. De gewoonste zaak van de wereld, sorry hiernamaals, toch? Miljoenen mensen zaten en zitten in die situatie. Als mijn vader destijds iets dergelijks had gedaan, was het vast anders met hem afgelopen. Dan had hij zich niet opgesloten in zijn huis, klagend over een vak dat niet langer bestond. Morsetikkend op het tafelblad, kijkend naar de stille schepen op de oude Rijkswerf. Giel had me een duwtje in de goede richting gegeven. Wat hij vroeg was niet zo moeilijk. Loopbaanvraagstukken kende ik wel. Ik had er zelfs boeken over gelezen.

Het was te donker geworden om mijn woorden te onderscheiden en tegen mijn gewoonte in stak ik een kaars aan. Ik was bang geworden om licht te maken, omdat er soms ook 's nachts gepatrouilleerd werd. Pas nog kwam er een politieboot de haven invaren, die de kade afzocht met een schijnwerper.

"Wat vind je ervan, Carla?" vroeg ik aan het meisje van de kalender. Ze leek haar schouders op te halen. Ik pakte het digitale schrift en schakelde het aan en herlas mijn tekst. Sommige passages kwamen me cru over. Over Chantal bijvoorbeeld. Er was weinig warmte in wat ik over haar zei. Ooit was er voor mij een andere Chantal geweest. Iemand met wie ik wel eens gesprekken voerde die niet over de boodschappen gingen of de opvoeding van Karel, maar over de dingen waar we bang voor waren of juist van droomden. Waar was die andere Chantal gebleven? En welke Sjoerd herinnerde ze zich? Ik besloot dat ik hier te moe voor was, lepelde de laatste restanten uit een blik en ging slapen.

Dag 1 van de verbluffende verdieping van mijn Persoonlijk Loopbaan Ontwikkel Plan.

Ik was dat schrijven eigenlijk zat. Zo'n tweehonderdtwintig pagina's van mijn elektronisch schrift had ik vol geouwehoerd, tel maar na. Ik voelde me inmiddels behoorlijk leeg. Toch moest ik verder van Giel. Ik probeerde het positief te zien. Misschien zou het me de afleiding geven die ik nodig had. Ik verveelde me rot in dit koude kot. Het piekeren werd ook steeds erger.

Het probleem was dat ik al zoveel gezegd had. Het voelde als voldoende. Dat bleek ook wel, want zo vlot als het eerst ging, zo traag ging het nu. Ik begon met het beschrijven van de vorige dag en dubde lang over de vraag of wat ik schreef in de verleden tijd of in de tegenwoordige tijd moest staan. Een halve dag was ik bezig om te komen tot aan het telefoongesprek met Giel. Een halve dag voor die paar luizige alinea's.

Ten slotte gaf ik het op, gooide het regenwater uit wat blikken naar buiten en ging op de bank liggen. In de avond schraapte ik mos van de muur en kookte er groentesoep van. Het smaakte afschuwelijk, zelfs met een scheut jenever er doorheen. Daarna keek ik op de kade naar de voorbijkomende schepen, tot een politiehelikopter met zoeklicht me mijn huis in deed vluchten.

Dag 3
Géén inspiratie.

Dag 7
Drie bedorven blikken. Behangpap geprobeerd. Niets geschreven.

Dag 18 (ongeveer, misschien heb ik ergens een dag gemist)
Vloekend ontwaakte ik vanochtend uit een droom over een levend lijk dat me een tweedehands Opel Astra wilde aansmeren in de showroom van BMW te Heemstede. Ik schrok van het geluid van mijn eigen stem en luisterde gespannen of er niet

iemand in de buurt was. Loerde door de kieren van het venster, maar de kade was leeg. Zette me vervolgens verkleumd, vermoeid en chagrijnig weer achter het schrift. Mijn verleden stemde me niet altijd vrolijk, maar het was het heden dat me echt deed huiveren. Beter om nog eens goed in de achteruitkijkspiegel te kijken. Lering te trekken uit het verleden in het kader van de vraag *Wie ben ik?*

Verkrampt zat ik aan de keukentafel. Hoe verder? Ik was tot het merg gemotiveerd, maar het scherm bleef leeg. Met lange tanden kloof ik op mijn persoonlijke geschiedenis, als een hond op een oud bot. Ter inspiratie her-herlas ik deel één en fantaseerde over een verfilming. Dat ging me makkelijker af.

"Wat dacht je hiervan, Carla?" vroeg ik aan het meisje.

Ik kwam van tafel, stelde me tegenover haar op en sprak op lage, dreigende toon: "Titel: *Death and beyond.* Tekst voor op de poster: *They thought they killed him, but he came back. Ready for more!*" Ik zoog alle lucht uit de benedenverdieping op en riep theatraal: "*Starring… Sjoerd Admiraal as… Sjoerd Admiraal! Also starring…*" Hier moest ik even nadenken, maar ik wist het al snel. "*Angelina Jolie as the calendergirl.*" Ik stelde mezelf voor aan haar zijde, lopend over de rode loper van een filmfestival. Aan weerszijden van ons nerveus klikkende camera's. Ik glimlachte geroutineerd naar Angelina.

"Je voelt je toch niet gepasseerd als ik haar daar voor vraag?" vroeg ik zorgzaam. "Je bent per slot van rekening geen filmactrice, maar fotomodel. Toch een andere tak van sport." Carla maakte het niets uit, die meid deed nooit moeilijk. Waren ze maar allemaal zo!

Het hielp me allemaal natuurlijk voor geen meter bij het uitvoeren van mijn opdracht. Ik dwong mezelf te concentreren op mijn taak en ijsberend door de klamme kamers mijmerde ik over wat was. Gelukkig had ik de nodige ervaring met piekeren. Al tijdens de compositie van dat bejubelde en talloze malen herdrukte en op televisie en internet bediscussieerde en eindeloos illegaal gedownloade en meermalen bekroonde, onophoudelijk verfilmde deel één van mijn memoires, was mijn hoofd regelmatig bij mijn vroegere leven geweest. Zo had ik nagedacht over de vraag of ik te lang onder mijn niveau had gewerkt. Met al die half-afgemaakte opleidingen had ik beslist een slechte start gemaakt. Dat haal je later niet makkelijk in. Misschien was ik te lang blijven hangen bij de firma Trimble. Die bonussen waren prima, maar het basissalaris was beslist niet super. Had dat aan mijn prestatie gekoppelde deel nu wel of niet meegeteld voor mijn pensioen?

Andere vraag: waarom niet gestudeerd aan 'businessuniversiteit' Nijenrode? Ik voelde de zware envelop met brochures weer in mijn handen liggen, terwijl ik er mee de trap opliep naar mijn tienerkamer. Van dat dikke roomkleurige papier met het kasteel als logo. En dan het informatiemateriaal zelf, met die foto's van jonge mannen en vrouwen, die zelfbewust grijnzend van de vetglimmende pagina's afknalden. De nieuwe elite. Lenig en slank. Blakend van gezondheid. Gekleed in lange blauwe jassen en collegesjaals. Jeugd, energie, ambitie. Klaar om met kracht vanuit dat kloterige kutkasteel richting kapitaal gekatapulteerd te worden. Ik ben naar de open dag geweest. Drieëntwintig jaar geleden. Herinnerde me onze wandeling over de *campus*. Op het trottoir stond een groep bralapen in blauwe pakken te putten. Ze hadden een groene loper neergelegd bij wijze van fairway en sloegen naar een kerel die midden op de stoep in een leren fauteuil zat en een bierpul bij de grond hield als doelwit.

Ik had me maar niet ingeschreven.

Ik perste mijn hoofd leeg als een sinaasappel en schreef alles op. Tuurde naar de knipperende cursor op het beeldscherm tot ik scheel zag en staakte toen de strijd. Opende vier bedorven blikken voordat ik een goeie had. Ik moest zuiniger gaan omspringen met die voorraad. Er was nog maar voor een week of vier. Zorgen, zorgen, zorgen.

Dag 19 (nog steeds ongeveer)
Steenkoude dag. Nada inspiratie. Carla waarschuwde tijdig voor politiecontrole. Pluim voor Carla!

Dag 23 (een zeer ruwe schatting)
Spelfouten verwijderd en een pijnlijk stukje tekst geschrapt.

Dag 26 (plusminus een dag of drie?)
Was ik succesvol? De vraag hield me uit mijn slaap. Het antwoord werd me steeds onduidelijker. Dat het momenteel wat minder goed met me ging, viel niet te ontkennen. Ik vergoelijkte het voor mezelf door te stellen dat ik ten minste niet meer rondzwierf. Maar dat klonk kunstmatig. Eentje uit de categorie 'ik vind dat het goed gaat, omdat het altijd slechter kan'.
Ook mijn vroegere succes oogde steeds schraler. Ik had altijd hard gewerkt, maar wat had het me opgeleverd? Een huis in een rijtje. Een muurvullende televisie en drie keer per jaar op vakantie. Dat grote, klinkende succes bevond zich altijd om de volgende hoek. Ik was als een straaljager die op de startbaan stond te wachten op een klein maar vitaal onderdeel, dat nooit kwam. Gedeprimeerd kwam ik overeind en keek door een kier naar het groene boordlicht van een passerend schip. Het kille kunststof van de bank trilde mee met het doffe scheepsgeluid. Moe probeerde ik de balans op te maken van mijn leven. Debet en credit. Maar wat links te plaatsen of rechts en hoe de dingen te wegen? Ik voelde me mentaal niet uitgerust om dit te doen, onmachtig. Impotent. In het halfduister noteerde ik in blokletters op het behang:

BEKENTENIS:
Carrière verliep minder gladjes dan tot dusver beweerd. Sympathieke Sjoerd was eigenlijk een beetje vastgelopen, al had hij dat zelf niet door.

Fijn, dit zelfinzicht. Ik was een stuk wijzer geworden. Giel kon trots op me zijn! Alleen voelde ik me nu nóg rotter. Bij het schijnsel van mijn aansteker herlas ik de tekst op de muur. Hield mijn vlam tegen de woorden, maar het papier was te vochtig om te branden. Zelfs dat lukte me niet. Ik smeet mijn Zippo in de richting van het keukenblok. Gooide mijn potlood er achteraan. Dit was voorlopig voldoende zelfreflectie. Ik moest wat anders gaan doen. In beweging komen. Anders sloeg ik zo dadelijk de boel kort en klein.

Waarom niet gaan vissen? Bij die gedachte fleurde ik wat op. Dat was een goed idee geweest van Giel. Het verzette de geest en leverde en passant voedsel op. Geen overbodige luxe: mijn maag huilde als een wolf met darmklachten en ik was zo ver-magerd dat ik een stukje touw om mijn trouwring had moeten winden om te voorkomen dat hij van mijn vinger gleed.

In de grijze schemer van de ochtend stortte ik me op mijn nieuwe carrière in de visserij. Alles beter dan te blijven piekeren in het kombuis. Ik maakte een hengel van een stuk gordijnrails, een eindje garen, een coladop en wat spijkertjes. Verschool me ermee bij een van de havenkranen en zat daar minstens een uur, zonder de geringste rimpeling in de omgeving van mijn co-ladopdobber te kunnen waarnemen. Dat viel me tegen. Ik had die sport onderschat. Het leek zo simpel: beetje aan de kant zit-ten, beetje dom voor je uitkijken, beetje wachten tot de dobber duikt. Maar zo werkte het dus niet. Kennelijk zwommen ze niet overal. Of hadden ze aparte bijtplekken en hangplekken, en zat ik nu bij zo'n een hangplek. Zoiets weet je niet.

Ik verkaste naar een stekkie aan de rivier bij een verrotte houten steiger, die verscholen lag onder een paar wilgenstruiken. Hier konden ze me niet zien. Ik experimenteerde met mijn tech-niek. Eerst gebruikte ik stukjes ravioli als aas. Daar beten ze wel in, maar niet dóór. Meer een soort van sabbelen wat ze deden. Daarna witte bonen. Die bliefden ze niet. En ik zag de paradox dat ik mijn slinkende mondvoorraad gebruikte om aan nieuw voedsel te komen. Aan het einde van de ochtend kwam ik op het slimme idee om wormen te zoeken op een modderig reepje land, vlak bij de steiger.

Met een vette regenworm aan de haak ving ik mijn allereerste vis.

Het was een joekel met een platte kop, rode vlekjes op de flanken en gemene oogjes die me vuil aankeken. Het beest bood een onsmakelijke aanblik, maar de tijd dat ik kritisch naar mijn voedsel kon kijken lag ver achter me. Alles wat een organische indruk maakte, stak ik rücksichslos in mijn mond. Ik heb zelfs geprobeerd schimmels van het behang te eten. (Die kan ik afraden.) Ik sneed zijn kop eraf, de ingewanden eruit en smeet hem in een pan. Zette het vuur aan, voegde water toe en trok er soep van. Een uurtje later was het brouwsel klaar. De smaak bleek neutraal en ik schrokte alles in één keer op.

Geheel verzadigd en tevreden met mezelf, zette ik me achter het schrift om na te denken over mijn gezin. Het was maar goed geweest dat ik veel van huis was. Het maakte mijn verdwijning misschien makkelijker te verwerken voor mijn zoon. Over een jaar zou hij me net zo min missen als zijn laatste crècheleidster. Wat photoshoppen in het digitale familiealbum en het zou zijn alsof ik er nooit geweest was. Ik broedde er een tijdje op en probeerde mezelf van mijn redenatie te overtuigen.

Dan Chantal. Mijn relatie met haar was op het einde geen schaduw geweest van hoe het ooit was. Het begin! Haar lichaam. Zelfs de onderbroeken van de Hema stonden haar sexy. Ik kon gewoon niet van haar afblijven. Op het korte stukje tussen het huis van haar ouders en de mijne, doken we het park in om elkaar te strelen, te zoenen en af te likken, terwijl de Helderse parken niet bekend staan om hun romantische uitstraling. Na de komst van Karel was het mis gegaan tussen ons. Nou ja, mis. Het was vooral erg saai geworden, zoals bij iedereen. Niet dat ik van plan was geweest haar te verlaten. Hypotheek en hummel waren de tweecomponentenlijm die ons bij elkaar hield. Ik was benieuwd hoelang ze alleen zou blijven. Een vlugge wip zou wel lukken, ze kon er nog best aantrekkelijk uitzien, mits goed opgemaakt en in een schemerige omgeving.

Zittend in het keukentje, met de regen die tegen de ramen sloeg en de wind die over het water huilde, dacht ik na over mijn jeugd. Als kind lijkt hij eeuwig te duren. Dan verlaat je het ouderlijk huis en verandert hij in een steeds dunner stapeltje onscherpe foto's, weggelegd in een stoffig hoekje op de vlie- ring van je geheugen. Je zou bijna vergeten dat hij er ooit was geweest, maar hij blijft toch van grote invloed op de rest van je leven. Ik vroeg me af hoe ik de kwaliteit van mijn opvoeding moest beoordelen. Mijn moeder heeft me in haar eentje groot- gebracht. Eerst zat mijn ouwe heer op zee, daarna op zijn stoel aan het voorraam. Met zijn blik naar buiten, naar de weg met het verkeer van en naar de haven. Uitgevaren. Uitgeseind. Over en uit. Had zijn fysieke en mentale afwezigheid me op een ach- terstand gezet? En zou het hebben gescheeld als mijn moeder in plaats van huisvrouw, arts of advocaat zou zijn geweest? Zou ik met een *triple A* topopvoeding meer hebben gepresteerd? In mijn eigen BMW zijn gecrasht in plaats van die van de lease- maatschappij? Vragen, vragen, vragen.

Ergens in de buurt van dag 36

Ik heb lang niets geschreven. Was nergens toe in staat. Lag alleen maar op mijn bank. Pas vanmorgen at ik iets dat binnen bleef en waagde ik me aan een wankele wandeling om het huis. Ik schrobde lusteloos de smeerboel van mijn stoep. Van een stuk touw maakte ik bretels, want mijn broek bleef niet meer zelf- standig aan mijn kont kleven. Geen idee wat ik nog woog, maar ik voelde op bepaalde plekken botten zitten waarvan ik het bestaan nooit had vermoed.

Ik was ziek geworden. Het begon een paar uur na het eten van de vis met de gemene ogen. Ik kreeg een draaiend gevoel in mijn maag, mijn armen en benen tintelden alsof ze met grof schuurpapier werden bewerkt en ik proefde een zuurruikende substantie in mijn keel, die zich niet weg liet slikken. Normaal gesproken lucht spugen op. Maar dit was niet normaal. Dat beest was puur vergif geweest. Ik bibberde en zweette en kroop met alle beschikbare gordijnen over me heen in bed. Tegen de avond bereikte ik een tranceachtige toestand. Overal in de keuken hingen rolgordijnen, die beurtelings met veel kabaal omlaag of omhoog schoven. Ze onthulden gezichten van collega's, van wie ik de namen was vergeten en die geluidloos naar me lachten vanachter hun bureaus. Daar: de tronie van mijn vorige baas, uitdrukkingsloos terwijl hij me mijn ontslag aanzegde. Boven het aanrecht dat mooie meisje met rood haar van Inkoop. Vanuit het plafond zakten computers met flikkerende schermen naar beneden. Telefoons rinkelden onophoudelijk. En overal dwarrelde printerpapier.

Dan. Op het aanrechtblad. Een vuilniszak. Het plastic bewoog en begon te scheuren en er droop een grijsbruine drab uit, die dik over het roestvrij staal vloeide, langs het keukenkastje naar beneden gleed en een borrelende plas maakte op de vloer. Ik verborg mijn gezicht, maar zag toch hoe een klappertandend kadaver zich uit de zak begon te wurmen, als een larf uit zijn cocon. Het lijk viel met een natte smak in de plas op de grond en ik voelde de koude spetters op mijn wang. Kreunend kroop het op me af. "*Uuuuuurgh.*" Lange gele nagels krasten over het zeil. Ik wilde gillen, maar gaf geen geluid. Wilde rennen, maar bezat geen benen meer. Probeerde te bidden, maar wist de woorden niet. Mijn kruis werd warm. Ik had in mijn broek geplast.

Stilte. Het lijk was weg. Dan het geknars van laarzen, buiten op de kade. Geschreeuw in het Duits en gebonk op de voordeur. "Doe wat, Sjoerd," smeekte Carla van boven het fornuis, "Ik ben bang. Help me dan!" Lichtbundels schoven over de muren. Geblaf van honden. Geratel van een machinegeweer. "Maak me dan af," jammerde ik zachtjes. "Maak me dan eindelijk af." Die eerste nacht na de vis was het ergste. Daarna werden de waanvoorstellingen minder.

Het was zo verschrikkelijk koud. Ik liep rondjes om de tafel om op te warmen. Dat werd nog wat als het ging sneeuwen. Mijn blikken waren bijna op en ik maakte voorraadberekeningen die telkens anders uitpakten. Had ik nog veertig eetbare conserven, nog dertig? Ik wist het gewoon niet. Ik zou door moeten gaan met vissen. Ze zouden toch niet allemaal giftig zijn? Ik moest aan mijn PLOP werken. Het werd tijd voor mijn begrafenis-oefening.

Misschien dag 41 (misschien ook niet)

Het ging goed! Kwestie van voorbereiding. Om ruimte te maken schoof ik eerst de keukentafel op het gangetje. Daarna veegde ik de vloer aan en prepareerde naast het aanrecht een baan behang voor mijn notities. (Schrijven op de wand werkte prettiger dan het digitale schrift.) Om in de juiste stemming te komen, tekende ik bovenaan een groot zwart kruis. Paar grafste-nen er omheen. Kraaien.

Van de bedbank maakte ik een baar. Daar legde ik mezelf op. Een aangespoelde volleybal was mijn hoofd en als romp diende mijn colbertjasje, opgevuld met afval. Stukken hout en karton bij wijze van benen. Als doodskleed drapeerde ik er een gor-dijn overheen. (Van die gordijnen heb ik veel plezier, je kunt ze overal voor gebruiken.) In de vensterbank zette ik een bran-dende kaars en in het vale licht leek het alsof er werkelijk een lichaam lag.

Op het aanrecht plaatste ik mijn Guust-mok, een paar kapotte plastic bekertjes en een gele baksteen, die ik uit mijn stoepje had gewrikt. Dat moest de tafel met koffie en cake voorstellen. Aan mijn vindingrijkheid zou het niet liggen! Ondertussen neuriede ik treurige muziek, want sfeer is belangrijk. Eenmaal klaar met mijn voorbereidingen, ging ik in het midden van de keuken op de grond zitten, sloot mijn ogen en begon mijn uitvaartplechtig-heid te visualiseren.

Eerst zat ik er lacherig bij, maar ik zette door. Ik rook de muffe geur van de kamer en voelde de koude lucht die van buiten kwam. Hoorde verre schepen en het incidentele vrachtverkeer op de weg achter de twee pakhuizen. Waarna al die geuren en klanken oplosten en ik me mijn eigen hartslag gewaar werd en het ruisen van mijn bloed in mijn oren. Langzaam geraakte ik in een staat van concentratie.

Ik ben dood. Daar lig ik, op de bankbaar. Ik kijk de zaal in. Wie staat er achter het katheder? Iemand moet een praatje houden. Ik besluit dat het Carlos moet zijn, de Spaanse emigrantenzoon met wie ik optrok op de middelbare school. Ik zie hem van opzij. Hij staat voor de volle/halflege/uitpuilende zaal met genodigden te speechen over onze experimenten op de drempel van de volwassenheid. Het eerste bier dat we stiekem haalden bij de supermarkt en opdronken en uitkotsten op de dijk.

Carlos is geen groot spreker. "Het meest heftige wat we ooit samen gedaan hebben," zegt hij, "was het bezoek aan een bordeel. Waarom een bordeel? zult u uzelf afvragen. Een idee van Sjoerd was dat. Hij barstte altijd van de plannen en vond dat je alles een keer meegemaakt moest hebben en dat hij geen tijd te verliezen had. Achteraf bezien heeft hij daar gelijk in gehad. De keuze viel op een hoerenkast aan de rand van het centrum. Het was op loopafstand van Sjoerds huis. Op de pui stond de naam van de club en het gestroomlijnde silhouet van een naakte vrouw op naaldhakken. Eenmaal binnen was het met onze stoere praatjes gedaan. We werden direct aangesproken door een prostituee, die in niets leek op het sexy silhouet op de pui. Ze was klein, dik en veel te zwaar opgemaakt. In gebrekkig Engels vroeg ze ons om champagne en schoorvoetend bestelden we voor haar en onszelf. Ik geloof dat het een tientje per glas was en we schrokken ons rot van het bedrag. Als de drank hier al zo duur was… Er begon een moeizaam gesprek, vooral op gang gehouden door Sjoerd. Ze bleek stokoud, wel een jaar of dertig, met een kind in Brazilië. We vroegen de zwijgende barman, een getatoeëerd type met paardenstaart, om nog een glas en slobberden het in toenemende onrust op. Het gesprek stokte. Toen begon Sjoerd over *some important business* die we nog te doen hadden, en misschien later *the more serious stuff*, maar nu hadden we geen tijd. Ze haalde haar schouders op en we rekenden af en vluchtten de zaak uit. Dat was mijn meest heftige herinnering aan Sjoerd. Altijd veel bravoure, veel initiatief, veel plannen. Maar… eh, *au fond* een goede vent, met een klein hartje. Bedankt voor uw aandacht."

Het publiek roezemoest en ik zie Carlos schuin achter Chantal plaats nemen. Wanneer had ik hem voor het laatst gezien? Volgens mij tijdens ons eindexamenfeest op het strand. Ik herinner me de namen van mijn vaste vriendenkring tijdens mijn mislukte propedeusejaar. Timco, Pim en Jean-Paul. Vincent en Huub. Zijn ze hier? Waarom zitten ze zo ver naar achteren? Ik kan hun gezichten niet zien. Achter Chantal is er ruimte genoeg, allemaal lege rijen. We zworen eeuwige vriendschap maar daarna kwamen de vriendinnen en het werk en de verhuizingen en de vrouwen en de kinderen eerst.

Chantal zie ik nu achter het spreekgestoelte. Wat kijkt ze bitter.

"Sjoerd," zegt ze met gebroken stem. "Sjoerd."

"Ja," fluister ik, "ik ben hier."

"Lieve Sjoerd." Ze kijkt naar het papier dat voor haar op het katheder ligt.

"Ik ben hier," snik ik. "Hier!"

"Ik weet dat je me niet horen kunt. Toch wil ik je zeggen dat ik het zo… erg…"

Ze begint te huilen en wordt getroost door een tante met zakdoek en herpakt zichzelf. Leest dingen voor over vroeger en vertelt over een grappig voorval met Karel. Zegt dan:

"Het doet zo'n pijn te weten dat ik je voorgoed kwijt ben. Te beseffen dat ik je eigenlijk al kwijt *was*. Die gesprekken die we voerden, zonder elkaar te bereiken. Je was zo met jezelf en de toekomst bezig. Met zakelijke dingen. Heel belangrijk, dat begrijp ik wel…" Ze grijpt het katheder aan de zijkanten vast, alsof ze bang is om te vallen. Zegt: "Het was tussen ons als in dat verhaal dat je vader ooit eens vertelde. Hij zat op de Noordzee en riep Scheveningen Radio op. Er was een ongeluk gebeurd aan boord en er was direct radiocontact nodig met een arts. Hij hoorde hen luid en duidelijk antwoorden, alsof ze naast hem in de radiohut stonden, maar andersom kwam zijn eigen stem slechts in flarden door. Het lukte hem niet om contact te maken, terwijl dat bemanningslid lag te creperen op dek. Zo verliepen onze gesprekken soms ook en…"

Met een schok kwam ik uit mijn trance. Waarom zei ze dit? Was het zo erg geweest om met mij te leven? We hadden samen toch ook goede tijden gekend? Het was toch niet allemaal onzin geweest, die relatie van ons?

Ik sprong overeind en schopte tegen de muur. Pakte mijn stoel en gooide hem tegen de baar en pakte hem opnieuw en sloeg ermee op de vloer tot er een wiel afbrak. Ik bleef slaan tot het vloerzeil scheurde en stukken cement opspatten en...

"Hou op!" schreeuwde Carla, "Wind je niet zo op!"

Gooide de stoel aan de kant en liep naar het getekende kruis en begon met mijn voorhoofd tegen de muur te bonken.

"Doe rustig!" riep ze en legde haar handen van achteren op mijn schouders. "Kalmeer! Kalmeer. Probeer alsjeblieft te kalmeren."

Ik duwde haar van me af en trok het behang in repen van de muur. Propte het in mijn mond en begon kokhalzend te kauwen. Ging dan in een hoek zitten met mijn armen om mijn hoofd, als een helm van vlees. Beet hard in mijn knieën. Ze kwam naast me zitten en ik voelde de warmte van haar lichaam tegen mijn zij.

"Gaat het?" vroeg ze na een tijdje.

Ik zweeg. Liet mijn tong over het gelijmde papier gaan. Blies koude lucht uit door mijn neusgaten.

"Al wat rustiger?"

Ze streek met haar vingertoppen over mijn wang en ik knikte langzaam.

"Mooi," zei ze. "Spuug dan dat vieze spul uit. Dat is niet goed voor je. Die pap die je er van kookte kreeg je ook niet door je keel."

Ik deed wat ze zei.

"Haal diep adem en ga verder met de oefening. Kom op, even doorzetten. Niemand had gezegd dat dit simpel zou zijn."

Misschien had ze gelijk. Ik krabbelde overeind en ging in het midden van de kamer staan. Spuugde een stukje behang uit dat aan mijn kies was blijven plakken.

"Zet 'm op, kerel," moedigde ze me aan. "Aan de slag!"

Ik sloot mijn ogen en stelde me opnieuw de aula van het uitvaartcentrum voor. Luisterde naar de stemmen in mijn hoofd. Ze klonken ver weg en er was geen duidelijk beeld meer bij. Maar de ontvangst was helder. *Hij was ambitieus* hoorde ik ze zeggen bij de baar, *snel* en *sportief. Oppervlakkig*, zei mijn schoonouder, *materialistisch*. Dan een stem van lang geleden, de basisschool. Ik kon niet thuisbrengen welke leraar het was: *aardig jongen, niet de slimste maar werkte altijd erg hard*. De meest uiteenlopende dingen werden er gezegd. *Ongedurige knul*, zei iemand, *stortte zich overal in, maar maakte het nooit af*. Mijn voetbalcoach noemde me een *goede hangende middenvelder*. Alles wat ik hoorde noteerde ik op de wand. Ik was een uur bezig, misschien wel twee. De stemmen in de aula klonken allengs zachter om uiteindelijk te verdwijnen, waardoor ik weer alleen in de keuken was. Alleen? Niet helemaal.

"Beetje tevreden?" vroeg Carla. Ze was terug in de kalender.

Ik liep naar het fornuis, boog voorover en keek haar aan. Ze giechelde en liet haar smalle hand voor haar schaamstreek zakken. Ontwapenend vond ik het, dat preutse. Dat verwacht je niet van een naaktmodel. Fijn dat ze naast haar lichaam ook haar conversatie aanbood. In het begin zei ze geen woord tegen me, maar die weerstand was weg.

Ik bekeek mijn aantekeningen en mompelde: "Er staat in ieder geval véél. Maar wat moet ik ermee voor mijn Persoonlijk

Loopbaan Ontwikkel Plan?"

"Als je nu eerst eens bovenaan het papier, onder dat kruis, de woorden *Wie ben ik?* opschrijft," zei ze.

Ik gehoorzaamde.

"En dan op de baan behang ernaast *Wat kan ik?*"

Ik deed het en noteerde op de banen daarnaast *Wat wil ik?* en *Waar doe ik dat?*

Vervolgens vroeg ze me het geschrevene te interpreteren, een analyse te maken. Ik voelde me enthousiast worden. De Wie-ben-ik-baan stond al aardig vol en ik zag dat er een verband leek te bestaan tussen bepaalde begrippen. Trok er cirkels omheen, tekende verbindingslijnen en plaatste pijlen. Nieuwe zaken over mezelf begonnen me te binnen te schieten. Woorden die door Ron of Bea waren gebruikt of die ik me herinnerde uit managementboekjes en assessmentcenters. Wat wist ik eigenlijk veel over mezelf! Wat had ik al veel onderzocht!

Ik schreef en tekende. Praatte ondertussen met Carla over haar baan en mijn baan en de economische recessie van de jaren tachtig vergeleken met de huidige crisis. Wat kon die meid kletsen. En nog verstandig ook! Soms maakte ze een ontzettend rake observatie, die ik meteen opschreef op de muur. En ze wilde wel helpen met de redactie van mijn Loopbaanplan!

Ik had de hele dag gewerkt. Niet eens tijd gehad om te eten. De keukenmuren stonden vol met tekst en ik was begonnen in de gang. Was alleen even gestopt om het schrift bij te werken. Maar ik merkte dat het me uit mijn ritme haalde. Bovendien was de accu al voor meer dan de helft leeg. Het leek me beter voorlopig eerst op de muren verder te gaan. Ik had meer ruimte nodig. Er was zoveel te zeggen. Zo ontzettend veel om over mezelf te zeggen.

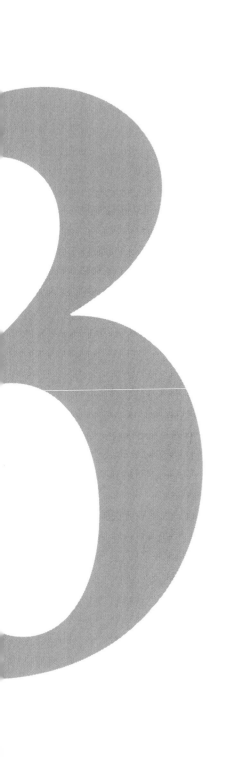

Ik gooide mijn schouder tegen de stalen voordeur van het havenhuis. Geen beweging. Bonkte er gefrustreerd op met het breekijzer. Naarmate ik zwakker werd, kostte het me meer moeite het kreng open te krijgen. En het werd nog erger nu het vroor. Op slot draaien lukte al helemaal niet meer. Nam een kleine aanloop en ramde hem alsnog open. Hoera voor mezelf. "Hallóóó, volluk!" schreeuwde ik door de lege gang. "De baas is thui-hui-huis!!" Liep naar de keuken en mikte mijn vis in de gootsteen. Het was een vet exemplaar en vermoedelijk prima eetbaar. Sinds die eerste vis was ik nooit meer ziek geworden van mijn vangst. Al waren ze zelden echt lekker. Gisteren had ik ook al beet. Het zat me mee! Twee dagen achter elkaar iets te eten. Uit volle borst zong ik het "*Reisje langs de Rijn*", een klassieker van mijn moeder. Ondertussen dacht ik na over de top vijf van mijn kerncompetenties. Ik was al dagen aan het dubben of *doortastendheid* op nummer één thuishoorde. *Initiatief* was immers ook een sterke kandidaat. Vrolijk knipoogde ik naar Carla. Wat was ik gesteld geraakt op die meid. Ze bleef de laatste tijd weliswaar tweedimensionaal, maar die twee richtingen buitte ze dan ook ten volle uit! Verlekkerd stond ik haar aan te staren. Ze knipoogde niet terug.

Wel bewoog ze met haar wenkbrauwen. Die indruk had ik tenminste. Alsof ze ergens mijn aandacht op wilde vestigen. Ik keek achter me. Mijn muffe hok zag er uit als altijd. De slaapbank. De kantoorstoel. De tafel. Mijn Guust-mok. Mijn bloed bevroor. Guust-mok.

Midden op tafel.

Daar hoorde hij niet. Hij had zijn vaste plaats bovenin het linker bovenkastje. Ik ben precies in die dingen. Het is meer iets voor

Chantal om alles te laten slingeren. Ik pakte hem en rook er aan. Jenever, dat kon niet missen. De fles stond op de grond naast de tafelpoot. Die hoorde netjes in de voorraadkast. Ik hield hem tegen het licht. Zo goed als leeg.

Mijn maag begon te draaien als een sapcentrifuge. Ik beende de keuken uit, rende naar de voordeur en pakte het breekijzer. Hij lag koud en zwaar in mijn handen. Keek in de meterkast, voorkamer en de wc. Niets. Inspecteerde het kantoor. Duwde de deur van de wachtkamer open. Het vertrek was donker en mijn ogen moesten een paar seconden wennen. Ik snoof de bedompte lucht op en onderscheidde met moeite de hoekige contouren van iets dat midden in de kamer stond. Het bureau. Dat hoorde daar niet. Het hoorde de deur naar de trap te blokkeren. Die stond wijd open. Wel godverdomme. Godverdomme.

Op mijn tenen ging ik naar de trap. Keek de duisternis in. Bedwong de neiging om weg te rennen en sloop naar boven, zoals ik maanden eerder in tegengestelde richting had gedaan. Het ijzer voor me houdend. Wachtend op elke trede om te luisteren. De stilte versterkte alle geluiden. Het huis dat zuchtte bij elke windvlaag. Het gedrup van het water in de blikken. De dieseldreun van een passerend schip. Op de eerste verdieping hing de geur van schimmel. Loshangende banen behangpapier likten aan grote plassen water op de grond. Bevend inspecteerde ik de kamers. Stapte op de volgende trap. Bovenaan zag ik iets schitteren. Fonkelende brokjes licht. Alsof er diamanten lagen. Ik bleef stilstaan en keek ernaar. Druppels water? Het moesten stukjes glas zijn waar het zonlicht doorheen viel. Ik haalde diep adem, stapte door naar boven en stak mijn hoofd langzaam uit het trapgat. Er was niemand. Maar de tafel die tegen de buitendeur had gestaan was verschoven en het aquarium dat er op had gestaan lag aan stukken op de vloer. Overal glasscherven en gekleurde steentjes. De deur stond half open en bewoog langzaam heen en weer op de tochtstroom. Ik liep er op af. Keek voorzichtig naar buiten. Op de rivier voer een eenzame sleepboot. Ik liet mijn breekijzer zakken en zong fluisterend:

Ja zo'n reisje langs de Rijn, Rijn, Rijn
's Avonds in de maneschijn, schijn, schijn

TAK.

Een harde, metaalachtige klik. Maaiend met het breekijzer draaide ik me om. Er was hier niemand behalve ik zelf. *Me, myself and I.* Langzaam werd ik me bewust van een zacht geruis, dat niet van buiten leek te komen.

TAK.

Waren het de scharnieren van de buitendeur die ik hoorde?

TAK.

Ergens ver weg, onverstaanbaar door de ruis, hoorde ik iemand praten. Mijn benen werden van was en ik zocht steun aan de tafel achter me. "Oké," mompelde ik. "Geweldig. Ik begin stemmen te horen die er niet zijn. Daar zat ik echt op te wachten." Ik keek naar opzij. Boven de tafel hing de marifoon van Radio Holland. Hij zag er hetzelfde uit als een paar maanden geleden. Met alle kabels er los onder hangend, als een gecastreerd metalen dier. Maar het oranje power lampje was aan en uit de speaker weerklonk geruis als van een verre branding.

"Oké," mompelde ik. "Oké, oké, oké, oké."

Ik stak mijn hand uit. Draaide aan de gain knop.

"WHO IS CALLING SCHEVENINGEN RADIO?"

De stem blafte door de holle ruimte en deed de ruiten rinkelen.

"WHO IS CALLING SCHEVENINGEN RADIO?"

Woorden als zweepslagen. Een vrouwenstem. Ze klonk geïrriteerd. Dan het kabaal van duizend brekende takken. Direct draaide ik de gain terug en stelde het volume bij. Het apparaat hoestte rochelend. Schraapte zijn keel. Dan, van ver, een goed articulerende stem. Laag en hees. Slechts een paar woorden kwamen verstaanbaar door.

"*...survey vessel...*" klonk het. "*...forty nautical miles west southwest of...*"

Het breekijzer gleed uit mijn handen en kletterde op de grond.

"*…separation scheme…*" Geruis. "*I want to contact…*"

Mijn knieën knakten. Ik viel op de grond en voelde mijn ingewanden samentrekken als een touw dat onder spanning komt. Ik wist wie dit was. Het was de stem van mijn vader.

"WHAT IS THE NAME OF YOUR SHIP?"

"Weg," dacht ik, "weg, weg, weg!"

Sprong overeind. Trap af. Gang door. Trap af. Keukentje. Blikken, tassen, gordijnen, digitaal schrift. Alles in mijn armen. Alles in de kar.

"WHAT IS YOUR POSITION?"

Het havenhuis was in een keer geen vluchtoord meer. Geen veilige enclave, maar een nieuwe marteling.

Ik trok de deur uit het slot. Stormde naar buiten.

"SIR, WHAT IS YOUR POSITION? YOUR POSITION?!", hoorde ik nog.

Ik galoppeerde over de kade met mijn steigerende ros van ijzerdraad, de wieltjes piepend protesterend tegen dit onverwachte gejakker na maanden van ledigheid. Voelde mijn voeten zwikken in de te grote laarzen. Het huis, de havenkranen, de loodsen: alles keek kil en vijandig op me neer. Vloog langs het dok en rende langs het water. Iemand trok aan de noodrem van mijn kar en ik sloeg over de kop en rolde over de grond.

Ik klauwde naar mijn wagentje, zette hem overeind en zag dat er een voorwiel was afgebroken. Het zat vast in een spleet tussen twee betonplaten. Greep een boodschappentas uit de kar en stopte er mijn spullen in. Keek naar de wagen, zoals hij daar op zijn drie wielen op de kade stond. Kreupel, hopeloos misplaatst in een wereld zonder klanten, caissières en kruidenierswaren. In een impuls greep ik het koude plastic van de duwstang beet, draaide als een discuswerpen om mijn as en slingerde hem in één woeste beweging in het water. Met een sombere plons verdween hij in de diepte. Ik bleef kijken tot de laatste rimpeling was verdwenen en het leek alsof er nooit iets anders was geweest dan het stille zwarte water tussen de onverschillige wanden van steen en staal.

Ik bereikte het hek en schoot er onderdoor. Verderop stond een gedeukte Opel Kadett geparkeerd. Binnen zag ik het silhouet van iemand die zat te telefoneren. Ik sprintte de straat over en vluchtte het industrieterrein aan de overzijde op. Rende langs vervallen loodsen en met onkruid overgroeide parkeerplaatsen. Bleef doorhollen zonder te zien waar ik ging, als een bal die van een helling aftuimelt. Alsmaar door, tot ik buiten adem en met verzuurde benen wegkroop in de smalle ruimte tussen twee oude zeecontainers van Nedlloyd. Ooit daar neergezet om nooit meer te worden opgehaald. Ik liet mezelf tussen de distels zakken, met de tas tussen mijn benen en mijn armen om mijn knieën geklemd. Voelde een verschrikkelijke behoefte om te huilen. Te huilen om mijn kind, mijn vrouw en mijn moeder. Om mijn vader. Om mijn baan en om alles wat me was aangedaan. Maar er kwamen geen tranen en ik wiegde mezelf heen en weer, alsmaar heen en weer, tot het gevoel van wanhoop verminderde en in mijn lichaam neersloeg als een dof, voelbaar mengsel van vermoeidheid en pijn.

Pas toen het nacht was durfde ik uit mijn hol te kruipen. Ik had geen flauw idee waar ik was. Zag een straat en een fabrieksgebouw met een bakstenen schoorsteenpijp. Een terrein met buizen van beton. Ik wilde Giel bellen en pakte mijn mobieltje en drukte op 'on', maar het scherm bleef leeg. Haalde de batterij er uit en wreef ermee over mijn overhemd en stopte hem terug. Niets. Sloeg driftig met de zijkant van het apparaat op de straatstenen, als een folteraar die met zwijgen geen genoegen neemt. Maar mijn slachtoffer was dood en ik gooide het apparaat stuk op de grond.

In de verte, achter de hoge kranen van een containerterminal, zag ik het draaiende schijnsel van een vuurtoren. Een baken voor generaties zeelieden. Ik was geen zeeman, maar het was het enige oriëntatiepunt dat ik had en ik besloot er heen te lopen. Het licht leek dichtbij, maar ik bereikte het pas tegen de ochtend. Het bleek een roodbruine kegel te zijn van een meter of dertig hoog, die op de kop van een zeedijk stond, aan de monding van de rivier.

Ik strompelde de dijk op en betrad het platform aan de voet van de toren. Keek uit over de duistere, eindeloze zee. De vuurtoren trok een onvaste witte wijsvinger over de einder. Lang bleef ik staren naar de zichzelf herhalende golven, denkend aan de film Papillon, waarin de hoofdpersoon op een eiland zit waar hij niet van af kan, omdat de golven ieder vlot terug op de rotsen smijten. Tot hij ontdekt dat elke zevende golf hoger is dan de zes daaraan voorafgaande. Op de top van zo'n golf weet hij te ontsnappen. Ik probeerde de branding met andere ogen te bezien, maar zag geen betekenis. Geen zevende golf. Er was alleen het water, de lucht daarboven, het beton en ik. Ik, alleen in een volstrekt onverschillig universum. "Ja," zei ik tegen mezelf, "dit voelt als de hel."

Ik draaide me om. Met tegenzin hees de zon zichzelf omhoog, veegde haar bloedneus af aan een rafelige zakdoek van kranen, hoogspanningsmasten en schoorsteenpijpen en verdween achter een rolgordijn van asgrijze wolken, niet van plan mij die dag nog een blik waardig te keuren. Een straffe oostenwind hijgde de kleffe damp van de industrie in mijn gezicht. Ik daalde het talud af naar de branding en rookte mijn allerlaatste sigaret.

Ik was er klaar mee. Had mijn best gedaan. Alles gegeven. Zonder resultaat. Het schrijven stopte hier. Had toch geen zin. Voor wie dit horen wilde, mijn laatste noodoproep:

Biedt zich aan:

SJOERD ADMIRAAL

Accountmanager, verkoper.

Ruime ervaring in de verkoop van technische apparatuur, maar ook kennis van algemeen management, accountmanagement en contract-management.
Zowel bedrijfsleven als overheid.
Affiniteit met plaatsbepaling, vissen en het schrijven van teksten.
Gewend om te functioneren in een dynamische omgeving en beslist geen negen-tot-vijf-mentaliteit.
Bereid zich om te laten scholen.

*Ik pak **alles** aan!*

Hij zat aan mijn voeteneinde toen ik wakker werd. Recht en roerloos als een etalagepop, zijn handen rustend op zijn knieën. Zijn ogen waren gesloten, maar zijn ademhaling verraadde dat hij wakker was. Het was alsof Magere Hein aan mijn bed zat. Angst druppelde mijn lichaam in. Ik wendde mijn blik af en bekeek mezelf in de spiegel aan de muur. Het verplegend personeel had alles gedaan om me vet te mesten, eerst via een infuus, daarna met pillen, poeders en prikken en de laatste dagen door me drie warme maaltijden per dag door de strot te duwen. Toch zag ik er nog steeds afschuwelijk uit. Ik bleef een kilo of dertig lichter dan ik was geweest en doordat ze me kaal hadden geschoren, zag je het litteken dat ik aan de zwerver in de garagebox had overgehouden. Ze hadden me een schoon, blauw werkpak aangetrokken, met een vouw in mijn broek en mijn nummer in rood borduursel op een wit stukje stof op mijn linker borstzak. Er hoorde een blauw petje bij, dat op mijn nachtkastje lag. Het resultaat was dat ik oogde als een concentratiekampbewoner na een zwaar weekend stappen.

"Daar ben je dan," hoorde ik Giel zeggen toen ik mijn ogen opendeed.

Ik keek hem aan. Knikte. Kwam stijfjes overeind, zwaaide mijn benen over de rand van het bed en liet ze naar beneden bungelen. Zwijgend zaten we tegenover elkaar, als schakers die geopend hebben met e2-e4/e7-e5 en niet weten hoe het verder moet. Ik wreef met de palm van mijn hand over het litteken. De huid voelde dik en onregelmatig aan, alsof er een worm op mijn hoofd lag. Op de gang liep iemand op hakjes voorbij.

Ik stak mijn hand naar hem uit en spreidde mijn vingers. Zag hem tellen. Hij strandde bij vier. Met mijn nagel krabde ik aan het zwartblauwe stompje, dat de plaats van mijn pink markeerde. "Er vanaf gevroren," verklaarde ik triest. "Ik weet niet wat ze je over me hebben verteld."

"Zomaar op de grond gaan liggen bij een vuurtoren is echt vragen om ongelukken." Hij sprak op de belerende toon die ik hem van hem kende, maar zijn gelaatsuitdrukking was een andere. Alsof hem iets dwars zat.

"Hebben ze me daar gevonden?"

Giel knikte.

"Ik herinner me alleen dat ze me afvoerden in een vuilniswagen. Ik lag gewoon tussen het afval! Op de vuilstort kieperden ze me bij een stel anderen op een grote hoop op de betonnen vloer. Daarna begonnen ze ons in plastic zakken te stoppen. De mijne zat al bijna dicht, toen de cavalerie kwam."

"Je werd er uitgehaald omdat je op de lijst van Vermiste Productie-Eenheden stond. Die vergeten ze soms te controleren, maar dit verwerkingsbedrijf volgde gelukkig de procedures. Ze zijn ISO-gecertificeerd."

Ik beet op het stompje.

"Als die zak al dicht was geweest, was je er nooit meer uitgekomen. Ze worden tegenwoordig veel in spouwmuren gebruikt als isolatiemateriaal. Het nadeel is dat er daarna niemand meer bij kan. Dat is het gejammer geweest, dat je soms in de buurt van gebouwen hoorde."

"Getverdemme." Huiverend wreef ik het kippenvel van mijn armen. "Dat soort dingen kun je me beter niet vertellen. Mijn dromen zijn al naar genoeg."

"Los van die dromen ben je aardig hersteld."

Ik rechtte mijn rug en nam mezelf op in de spiegel naast mijn bed. "Ik geef toe dat de medische staf zijn best heeft gedaan. Mijn complimenten. Ik begon me al af te vragen hoelang deze vakantie nog zou mogen duren." Mijn hand ging naar het glas water op het nachtkastje en bleef hangen boven het digitale schrift, dat ernaast lag.

"Heb je mijn Loopbaanplan gelezen?"

"Natuurlijk."

"Wat vond je ervan?" vroeg ik schuchter. "Voldoet mijn literaire meesterwerk een beetje aan je eisen?" Ik durfde hem niet aan te kijken, bestudeerde de plint onder de spiegel. Ik wist dat het eigenlijk niet af was. Een belangrijk deel stond op de wanden van het havenhuis. Het bleef een tijd stil voor hij antwoord gaf.

Hij sprak bedachtzaam, met gezag. Als een rechter die zijn vonnis uitspreekt. "Het is een leuk plan. Zelfs een aardig tijdsdocument. Ondanks de evidente tekortkomingen, zoals de vlakke stijl, de simpele lineaire vertelvorm van het reisverslag en de voor de hand liggende thematiek van het najagen van een maatschappelijke carrière, geeft deze, eh, autobiografische 'roman', een aardig beeld van het hedendaagse 'leven', zowel voor als na de dood, en dan met name de rol van het fenomeen werk hierin."

"Wauw, Giel!" riep ik nerveus. Ongewild begon ik op en neer te wippen op het bed. Dit klonk positief! "Wat een mooie recensie."

"Het leest vlot weg," zei hij stijfjes.

"Maar is het goed zo? Heb ik voldaan aan je opdracht?" Het stompje van mijn pink jeukte enorm.

"Halverwege gaat de vaart er wat uit. We moeten eens kijken hoe we dat kunnen repareren. Je zou iets vaker hardop tegen jezelf kunnen praten. Zoals je dat met Carla deed. Je kunt ook een dier introduceren dat je tam maakt en waarmee je dan in gesprek treedt. Een muis of mus werkt altijd vertederend bij de lezer. Verder zijn er onjuistheden die gecorrigeerd moeten worden."

"Onjuistheden?" reageerde ik geïrriteerd. "Hoezo onjuistheden?" Misschien had ik sommige dingen wat onhandig opgeschreven, maar hij moest niet gaan lopen beweren dat het niet klopte. Voor de waarheid durfde ik mijn hand in het vuur te steken, al zaten er nog maar vier vingers aan.

"Kleine foutjes," zeurde hij door. "Niet belangrijk, wel storend. Je haalt bijvoorbeeld ergens de Verenigde West-Indische Compagnie en de Verenigde Oost-Indische Compagnie door elkaar. Zoiets valt op."

"Bij jou misschien, Giel. Een ander leest daar overheen."

"Bovendien ontbreken er scènes."

"Wat mij betreft staat alles er in," antwoordde ik dwars.

Hij stond op en trok het schrift uit mijn handen. "Wat bijvoorbeeld totaal ontbreekt zijn de gesprekken met onze beroemde medereizigers. We zijn toch een paar grote namen tegen gekomen. Zoals de schrijvers Heller, Ilf en Petrov en Céline."

Ik groef in mijn geheugen. "Altijd beter geweest in gezichten dan in namen… Je bedoelt die lui waar je mee stond te praten in de metro?" Er was een stelletje schooiers geweest, waar hij afwisselend in het Engels, Frans en in een andere taal mee had staan te kleppen, terwijl ik tevergeefs een tukje probeerde te doen. "Ik geloof dat je me inderdaad aan ze hebt voorgesteld."

"En óf ik je voorgesteld heb," antwoordde hij gepikeerd. "En we hebben Dante gezien. Je weet wel, bij de roltrappen op het perron van Central Hub. Dat was voor mij ook héél lang geleden."

"Klopt, ja. Ik herinner me dat je daar erg opgewonden over deed. Je probeerde een handtekening te scoren."

"Je zegt er geen woord over."

"Zou kunnen. Weet je, ik heb het plan met opzet kort en bondig gehouden."

Ik zag zijn teleurstelling en herstelde me. "Misschien heb je gelijk. Ik had die kanjers van je tenminste kunnen noemen. Nu ik er over nadenk: professor Pim ben ik ook vergeten."

Hij fronste zijn wenkbrauwen en vroeg me de naam te herhalen. Het zei hem niets.

"Zo zie je maar dat jij ook wel eens wat mist! Pim Fortuijn was een politicus, die zei wat we allemaal dachten. Dus kreeg hij van links een kogel door zijn kop! Hij liep te ijsberen in een van de overheidsvakken. Ik herkende hem meteen aan de tulband om zijn hoofd. Hij werd vergezeld door die vetzak met bretels, die ze ook omgelegd hebben." Ik krabde aan mijn litteken en keek hem vanuit mijn ooghoeken aan.

Hij bladerde verder in het schrift, bleef ergens hangen en begon te blozen als een schooljongen.

"Wat lees je nu?" vroeg ik nieuwsgierig. Ik schoof wat op en boog me voorover om te zien waar hij zat.

"Oh, eh, over dat meisje van het testbureau," mompelde hij.

"Esterella?"

Hij knikte.

"Je had haar moeten zien. Voormalig fotomodel, denk ik. Met zo'n lichaam ga je geen wiskunde studeren."

"Wat me tegenstaat is dat je vrouwen op vrij stereotype wijze neerzet," vervolgde hij stug. "Kenau of lustobject, iets anders kom ik nauwelijks tegen."

"Sorry hoor," mompelde ik. Ik stond op en zag dat er werkschoenen met stalen neuzen onder mijn bed stonden. "We hoeven hier toch niet politiek correct te doen? Ik ben gek op vrouwen, alleen niet vanwege het goede gesprek. Ik stel me overigens altijd beleefd en voorkomend op."

"Dat van dat overspel in motel Akersloot was toch niet erg 'beleefd en voorkomend', als je het mij vraagt." Hij hield het schrift omhoog en toonde me de bewuste pagina.

"Overspel? Wie zegt dat? Bea en Ron zeker." Ik probeerde mijn opgezwollen voeten in de werkschoenen te wrikken. Schopte met de stalen neus tegen het ijzeren bed. "Weet je wat er in werkelijkheid op die hotelkamer is gebeurd? Nada! Niets, rien, zilts. Nop! Ik had mijn broek amper uit of mevrouw begon te janken. Wat flirten op kantoor had ze 'best spannend' gevonden. Maar ze wist niet 'of dit verstandig was'. Ze wilde eigenlijk geen stiekeme sex in een motel. Ze wilde met me trouwen."

Hij schoot in de lach en riep: "Nee toch?" Gaf met zijn vlakke hand een kletsende slag op zijn bovenbeen en vervolgde: "Het is ook altijd hetzelfde gedonder met die dames."

"Precies! Vergeet wat de mannenbladen zeggen. Vergeet wat de vrouwenbladen zeggen. Mannen willen sex en vrouwen willen een relatie."

"Dat is altijd zo geweest…"

"… en zal altijd zo blijven." Ik trok mijn sokken omhoog. "Geloof me: ik heb een half uur lang tranen zitten drogen en haar neus zitten snuiten en zitten te liegen dat ik het 'helemaal niet erg vond' en 'het me goed kon voorstellen' en dat 'we misschien beter even konden wachten' omdat we 'meer tijd nodig hadden'."

Simultaan schudden we onze hoofden. Trokken verontwaardigde gezichten naar elkaar en grinnikten. Hij pakte het bekertje automatenkoffie dat naast zijn voeten op het linoleum stond. Nam een slok, trok een vies gezicht en rilde zichtbaar.

"Ik weet het," zei ik, "het is net motorolie."

Giel wierp een lange, lege blik in het bekertje en zette het terug op de vloer. Wreef met zijn handpalmen over zijn dijen en zei: "Ik moet je een bekentenis doen."

"Oké."

Aarzelend ging ik verder met veters strikken. Mijn vingers trilden en ik had moeite een knoop te maken. Voelde zweet opwellen onder mijn oksels. Dit was het dan. Hij ging me vertellen dat hij was gekomen om me opnieuw op straat te zetten. Dat bezwaar was natuurlijk afgewezen, ondanks de literaire kwaliteiten van mijn Loopbaanplan. Het was over en uit! Dit gesprek verliep precies zoals ik had gevreesd: eerst wat gebabbel over koetjes en kalfjes, en net als het wat meer ontspannen wordt: Het Slechte Nieuws.

"Mijn naam is niet Vergilius, maar Van Vilvoorde. Of eigenlijk Mineur."

Nerveus schoot ik in de lach en liet de knoop schieten.

"Wacht, dat zijn wel erg veel identiteiten tegelijk. Daar kun je tegenwoordig een hoop gedonder mee krijgen. Ik zou er één kiezen en daaraan vasthouden."

"Ik druk me blijkbaar onduidelijk uit," zei hij zuinig. "Mijn echte naam, die van mijn ouders dus, is Han van Vilvoorde. Theodoor Mineur was het pseudoniem waaronder ik op middelbare leeftijd debuteerde met de dichtbundel '*Voor wie mij lezen wil*'."

"Er gaat geen bel rinkelen."

"Dat begrijp ik. Er zijn slechts twintig exemplaren van verkocht. Ik had de tijdsgeest tegen. Mijn latere werk, twee dichtbundels en een roman, werd niet gepubliceerd. Noodgedwongen bleef ik leraar Nederlands en verbitterd stierf ik in de winter van 1963."

"Vervelend voor je."

"Dat van Vergilius leek me destijds een commercieel sterk concept: een legendarische figuur uit de oudheid die mensen door de onderwereld leidt. Helaas levert het tegenwoordig nauwelijks herkenning op bij mijn klanten."

"Ach, of je nu de ene of de andere vergeten literaire superheld bent, ik blijf je gewoon Giel noemen."

Er viel een ongemakkelijke stilte en hij bladerde verder in het schrift.

"Aan het begin zit een surrealistisch stukje. Je bent net aangekomen in de kamer van Bea en Ron en je beschrijft die gouden deur, de hemelpoort, die ze open hebben laten staan. Heb je die deur werkelijk gezien?"

"Ik verzin niks." Ik schoof terug naar mijn oude plek op het bed, trok de lade van mijn kastje open, keek er in en deed hem weer dicht. Keek gespannen langs hem heen naar de gesloten kamerdeur.

"Opmerkelijk. Nooit eerder zoiets gehoord. Moet een virtuele illusie zijn geweest."

"Voor mij voelde het verdomd reëel," reageerde ik nors. Waar wilde hij toch naartoe met dat gewauwel van hem?

"Je hebt gezien wat je hebt gezien, daar twijfel ik niet aan. Het gaat me om de bereikbaarheid van die prachtige kamer. Wees eens eerlijk: denk je werkelijk dat je daar ooit naar binnen mag?"

Ik keek hem verbouwereerd aan. "Dat moet wel. Anders is er geen hoop."

"Dat is geen logische redenering."

"Sorry hoor, wat is dan wel een logische redenering?"

Er gleed een gluiperige glimlach over Giels gezicht. "Sinds ik deel één van jouw tekst heb gelezen, heb ik daar veel over nagedacht. Jouw woorden dansten door mijn kop toen ik je belde in het havenhuis. Maar ik wist op dat moment niet hoe het verder moest."

"Ik geloof niet dat ik je kan volgen," zei ik behoedzaam.

"Het zwakke aan jouw tekst is het ontbreken van een duidelijke conclusie. Er is geen ontknoping."

"Maar daarom ben jij hier," gokte ik, "om die knoop er uit te halen."

Giel knikte half en al heen en weer lopend praatte hij verder: "Er is nog nooit iemand door die deur is gegaan. Het najagen van carrières leidt tot niets. Ook hier niet. Die deur is een illusie, een fata morgana, gezichtsbedrog. Tegelijkertijd hebben we de hemel nodig. We kunnen blijkbaar niet zonder. We hebben een deur naar een beter leven nodig. Een deur die ons wegleidt van de hel waarin we leven. Het moet en kan beter. Maar dat wordt het vaak niet. Het is zoals het is. Maar er is een oplossingsrichting. Een andere deur dan waar jij en ik eerst aan dachten. Dat is het goede nieuws!"

"Goed nieuws kan ik best gebruiken. Kom maar op met dat goede nieuws." Ik pakte het petje van het nachtkastje, hing het aan mijn wijsvinger en liet het rondtollen. Ondertussen probeerde ik het zenuwtrekje bij mijn linkeroog te onderdrukken.

"We kunnen ontsnappen aan onze wereld van angst en pijn," ging hij op gedragen toon verder. "Niet door de strijd aan te gaan met het systeem, maar door vriendschap te sluiten. Door te kijken naar wat we gemeenschappelijk hebben en samen aan de slag te gaan. Laat dat onze hemeldeur zijn."

Ongelovig staarde ik hem aan. Het petje vloog van mijn vinger, kaatste met een bons tegen het nachtkastje en rolde onder het bed.

"Begrijp me niet verkeerd, maar dit klinkt als iets van de dominee. Waar komt die… *vriendschap* opeens vandaan? Was jij niet degene die me van de rand van het zwembad afduwde, de hel in?"

"Niet zo bitter," reageerde hij verongelijkt. "Ik voerde gewoon mijn orders uit. Net als iedereen. Dat kun je me niet kwalijk nemen. Dat was puur zakelijk." Hij kneep zijn kin fijn tussen duim en wijsvinger en wreef over de rode plek die onmiddellijk was ontstaan. "Luister goed, want ik heb een voorstel. Laten we stoppen met deze gekte. Jij handhaaft jouw semi-illegale status, ik neem een sabbatical en samen duiken we onder in het havenkantoor. Dat dak laat ik door een paar dooie Polen repareren, er staan er nog een paar bij me in het krijt. Die laat ik ook de benedenverdieping schoonmaken en opknappen. Met een vers behangetje tegen de muur ziet het er gelijk een stuk beter uit."

"Wacht even, wacht even…" stribbelde ik tegen. "Je overvalt me… We kennen elkaar nauwelijks. Om dan gelijk te gaan samenwonen…"

"Niet zo afhoudend, Sjoerd. Durf een risico te nemen! We knijpen er gewoon tussenuit! En we gaan ons daar niet te vervelen, want jij gaat schrijven en ík redigeer. Het lijkt me fantastisch om weer aan de slag te gaan met mijn echte passie: de literatuur! Met mijn netwerk krijgen we je boek nog gepubliceerd ook. We moffelen het manuscript gewoon in de handbagage van een mooie meid met een 'bijna-doodervaring'. Met een sexy stoeipoes in rode jurk op de omslag, wordt het zeker verkocht. Eén bloot been boeit beter dan tien toprecensies. Maak je geen zorgen over de zakelijke kant. Ik heb het allemaal al uitgewerkt in een ondernemingsplan! Dit wordt mijn tweede literaire leven."

"Ik weet het niet," antwoordde ik. Ik staarde naar mijn veters, die als verwaaide vogelnesten op mijn schoenen lagen. "Ik zie eerlijk gezegd de lol van dat schrijven niet zo in. En mag dit wel? Je had het over een 'semi–illegale status'. Ik houd me graag aan de regels."

Hij kwam iets te dichtbij naast me op het bed zitten. Het zou toch geen homo zijn?

"Ik begrijp je bedenkingen, maar ik zie werkelijk kansen voor dit Loopbaanplan als boek, ondanks alle losse eindjes. Zoals die relatie met je vader." Snel begon hij te zoeken, maar hij kon de passage die hij zocht niet vinden. "Ergens hoor je zijn stem via de marifoon. Daar zit ongetwijfeld een hoop symboliek in. Maar dat gegeven werk je onvoldoende uit."

"Is dat belangrijk dan?" Voorzichtig schoof ik een stukje van hem vandaan.

"Ik denk dat daar een cruciaal stukje psychologische verklaring ligt voor jezelf als personage. Je moet dat meer uitdiepen, anders raak je je lezers kwijt."

Ik stond op en stapte houterig op mijn nieuwe schoenen naar de andere kant van de kamer. Leunde met mijn rug tegen de deur van een metalen kledingkast, die met een klikkend geluid doorboog.

"Wat is dat toch steeds met die lezers? Die interesseren me niet. Je vroeg me nooit om een roman. Je vroeg me een Persoonlijke Loopbaan Ontwikkel Plan te schrijven en dat heb ik gedaan. En waarom negeer je de hele tijd mijn vraag over… *aaah*". De zin liep vast in een kreun, mijn hoofd viel opzij en mijn mond open. Ik zag het voor me. Hij had het zojuist zelf gezegd. Hij had het verdomme zelf gezegd!

"Je zei daarnet dat mijn woorden door je kop dansten, toen je me belde in het havenhuis. Dus je had een deel van mijn verhaal al gelezen, weken voordat het vuilnispersoneel bij de vuurtoren mijn digitale schrift in beslag nam en mij bij het afval gooide. Hoe is dat mogelijk?"

Hij keek betrapt en ik zag hem op de bekende wijze van kleur verschieten. Eerst spikkels, dan vlekken, dan volledig rood. "Oh eh, als eh, als je het schrift een langere periode niet gebruikt, maakt het systeem een automatische back-up. Volgens mij na een dag of tien. Of acht, ik weet het niet precies. Die back-up ontving ik."

Ik kwam los van de kast en de terugverende deur maakte het geluid van een blikken gong, die het hele vertrek deed mee resoneren. Begon langs de muur te bewegen. "Je las dus gewoon met me mee."

"Met een zekere vertraging. Het kan ook veertien dagen zijn. Daarom kwam ik in het havenhuis bij je langs."

"Je… kwam… langs?" Ik stond achter de stoel en greep de leuning beet om mijn evenwicht te bewaren. "Ben je bij me langs geweest?"

Giel keek van me weg en staarde naar het bord dat naast de spiegel hing. Onwillekeurig las ik met hem mee.

SPELREGELS VOOR EEN AANGENAAM VERBLIJF

Niet roken. Niet spuwen. Niets stuk maken.

Interzorg helpt mensen voor zichzelf te zorgen.

"Dat is wellicht een andere bekentenis," mompelde hij.

Ik stapte om de stoel heen en liet me er op neerzakken. Mijn schoenen maakte een piepend geluid op het zeil.

"Nou?"

"Ik ben naar je toegegaan in het havenkantoor om je het voorstel te doen samen te gaan schrijven. Had je geweigerd, dan had ik je afgeleverd bij sales."

"Me afgeleverd bij sales?"

Hij zuchtte diep. "Omdat het bezwaar was toegewezen en…"

"Toegewezen?" riep ik verbluft uit. "Toegewezen? En dat zeg je nu pas?" Ik zette mijn petje op en weer af en weer op. Ging staan en weer zitten. "Maar dat is toch goed nieuws? Daar ging het toch allemaal om?"

"Rustig, ik ga het je uitleggen. Ik breng het helemaal verkeerd.

Ik had dit beter moeten voorbereiden." Hij kwam van het bed en stapte naar het raam, dat uitkeek op een blinde muur vijf meter verder. "Er heeft een onafhankelijke audit plaatsgevonden van de selectieprocessen van PMS, in het kader van een afspraak bij de aanbesteding. Vanwege je bezwaar zat jouw dossier in de steekproef. De auditor vond de casusbeschrijving weinig consistent en een aantal tijdens de intake gelegde causale verbanden dubieus. Nader onderzoek toonde aan dat door onoordeelkundig handelen van een procesbegeleider een aantoonbaar foutieve doorverwijzing heeft plaatsgevonden, die de verdere procesgang heeft verstoord. De geleverde dienst is daarmee niet normconform verricht. Het bleek noodzakelijk een correctie aan te brengen."

"Nu in het Nederlands, alsjeblieft," kreunde ik.

"Bea heeft je formulier verkloot. Ze heeft de verkeerde vakjes aangekruist, waardoor je uit drie plaatsingen mocht kiezen, met het assessment als vangnet. Dat verbaasde me al zo, toen je me het formulier liet zien. Je had gewoon rechtstreeks naar sales moeten worden verwezen."

Mijn hart sloeg een slag over. "En de uitkomst van het assessment?"

"Niet rechtsgeldig. De resultaten zijn vernietigd en de betrokkenen hebben een andere functie gekregen. Daar zijn ze heel grondig in."

"Dus die twee jokers bij de hemelpoort hebben een fout gemaakt, waardoor ik ten onrechte op straat ben beland?" stamelde ik.

"Klopt."

"En je mocht me ophalen uit de hel?"

"Er was inderdaad een ontheffing voor je verleend. Daarom stond je bij de vuilstort op die lijst van Vermiste Productie-Eenheden."

Ik kneep mijn petje samen tot een bal en kauwde hard op mijn wangen. "Maar je hebt me niet opgehaald. Of heb ik iets gemist?"

"Klopt, terechte constatering," klonk het ongeduldig. "Ik kon je namelijk niet vinden."

"Je hád me verdomme gevonden!" ontplofte ik. Ik sprong op van mijn stoel en gaf een schop tegen het bed. "Je ging langs bij het havenkantoor, dat zeg je net zelf! Ik snap er helemaal niks meer van!"

"Wind je nou niet zo op. Ik ga dit stap voor stap voor je uitleggen, zoals televisie-inspecteurs doen aan het eind van een aflevering," probeerde hij luchtig. "Al in een vroeg stadium zag ik de zakelijke mogelijkheden van het manuscript. Maar ik zat met onvoltooide einde. Daarom belde ik je in het havenhuis. Vervolgens ging je met horten en stoten door met deel twee, maar op het laatst werd het warrig en stopte je opnieuw. Ik dacht: "Die heeft last van een *writers block*." en wachtte af. Maar er kwam niets meer. Toen kreeg ik dat idee om je te helpen met schrijven. Ik moest sowieso bij je langs, omdat een maand of twee eerder dat bezwaar was toegewezen. Je bleek even weg om te vissen, dus keek ik binnen wat rond. Ik moet zeggen dat ik schrok van wat ik aantrof. Die volgeschreven wanden en vloeren. Overal troep en afval. Uitwerpselen. De stank!"

"Ik heb nooit beweerd dat het het Hilton was."

"Vervolgens stond jij opeens met dat breekijzer op de voordeur te rammen. Ik schrok me rot! Je maakte een verwarde indruk en ik had geen idee hoe je op me zou reageren. In paniek ben ik er vandoor gegaan." Hij schraapte zijn keel. "Ik geef toe dat dat wel een beetje dom was."

Ik sloeg met mijn vuist hard op mijn voorhoofd. "Dus jij was de insluiper. Ongelooflijk…"

"In mijn auto heb ik het hoofdkantoor gebeld voor instructies en die zeiden dat ik terug moest gaan en je moest meenemen."

"Daar werken blijkbaar wél logisch nadenkende mensen."

"Maar je was verdwenen en omdat je de kar had gedumpt, kon ik je niet meer terugvinden. In de duwstang zit namelijk een transponder, waarmee we werkweigeraars kunnen volgen. Ik heb de hele omgeving uitgekamd. Zelfs nog laten dreggen in dat bassin. Geloof me, ik was enorm ongerust. Het spijt me dat het zo gegaan is. Echt heel vervelend, voor mij ook. Mijn manager was pissig en enkele privileges zijn me afgenomen."

"En ik heb voor nop een paar weken met uitzicht op zee in de kou liggen creperen," gromde ik. "Om maar een detail te noemen."

"Maar dat is nu allemaal voorbij," zei hij, mislukt monter. "We kunnen een frisse start maken. Samen schrijven! Zullen we het proberen? Alsjeblieft?"

Het klonk klunzig en ik reageerde er niet eens op. Lang bleef ik naar de vloer staren. Mijn hart klopte in mijn keel en ik had het gevoel dat het litteken bij elke slag meetrilde.

"Laat me het samenvatten," zei ik, toen ik mijn ademhaling voldoende onder controle had. "Jij hebt de opdracht gekregen om me op te halen en bij sales af te leveren. Toch?"

"In feite klopt dat, maar…"

"Maar dat doe je niet. Nee, je laat me aan een overbodig geworden Loopbaanplan werken, leest stiekem mee en komt pas langs als ik stop. Je breekt bij me in, drinkt mijn jenever op en jaagt me zo de stuipen op het lijf dat ik de straat op vlucht en uiteindelijk bijna in iemands spouwmuur beland. Zeg nou zelf: klinkt dat als de basis voor een vruchtbare samenwerking?"

"Ik begrijp dat het wat onhandig verlopen is. Een vervelend misverstand. Maar laten we het proberen. We kunnen het een hele tijd volhouden en we zullen vrij zijn. Geen baan, geen dwingende carrière. Samen leven voor de letteren!"

Minachtend schudde ik mijn hoofd. Nam die oude bedrieger op, plotseling breekbaar ogend in zijn vuile nachtjapon. Voelde een merkwaardig soort medelijden opkomen, maar de woede sloeg er al als een golf overheen en ik stond op, trok mijn schouders omhoog en balde mijn vuisten. Liep naar de kledingkast en griste er een blauwe Syntex regenjas uit, die kraakte van nieuwigheid. Begon hem met hoekige bewegingen aan te trekken.

"Lever me maar gewoon af waar je me hoort af te leveren. Dat is al moeilijk genoeg voor je."

Zonder hem een blik waardig te gunnen liep ik naar de deur. Deed hem open en stapte de kamer uit. Ik groette een langslopende verpleegster, die me had gewassen toen ik dat nog niet zelfstandig kon. Giel kwam achter me aan, het schrift in zijn hand. Ik nam hem op in mijn ooghoek. Zijn schouders hingen af en hij staarde verslagen voor zich uit.

We liepen zwijgend de gang door en namen een trap naar de begane grond. Tekenden bij de balie in de centrale hal de formulieren voor mijn ontslag en voor mijn nieuwe kleding en voor het feit dat het ziekenhuis in geen enkele vorm aansprakelijk kon zijn voor een eventuele terugval in mijn gezondheid, op welk moment in de toekomst dan ook. We passeerden een glazen draaideur. Buiten stond een taxi klaar en Giel bromde dat ik moest instappen.

Tijdens de rit hield ik mijn hoofd afgewend en keek door het zijraam naar de gebouwen die langsflitsten en naar de schimmen op straat, die bruine en grijze krijtstrepen trokken op het vensterglas. We passeerden betonnen flats, een voetbalstadion en een lange rij parkeergarages. Stonden een tijdje stil in een verkeersopstopping bij de oprit naar de snelweg. De taxi reed door een tunnel en nam een afslag richting het centrum. We gingen langs een energiecentrale, een transferium en een scholencomplex. Een rij grijze flatgebouwen. Daarna een brede straat die me vaag bekend voor kwam en vervolgens passeerden we het station, dat ik herkende aan het bord CENTRAL HUB op het dak. Een paar honderd meter verder sloegen we linksaf. We wurmden ons door wat smalle straten en parkeerden recht voor de toren. Giel betaalde de chauffeur en opende de deur met zijn pas.

De ruimte rook sterk naar chloor en het was er tropisch warm. Ik trok de klittenbandsluiting van mijn jas los. De magazijnbeheerder was nergens te bekennen en we liepen over de zwembadtegels door naar de lift. Uit de luidsprekers in het plafond

klonk de stem van Ramses Shaffy, die "Laat me… la-haat me!"
zong. Mijn gids drukte op de knop.

"Daar staan we dan weer," zei hij.

Ik knikte en bracht mijn gewicht van het ene been over naar
het andere. Draaide aan mijn trouwring, die aan een stuk touw
om mijn nek hing.

"Hier," sprak hij hees, en met een onbeholpen gebaar probeerde
hij me het digitale schrift te geven. Ik stak mijn handen omhoog, als iemand die onder schot gehouden wordt.

"Het is van jou," drong hij aan.

"Nee, dank je. Ik hoef het niet meer."

"Misschien dat je later alsnog voor het schrijven kiest."

"En waar kies jij dan voor?" vroeg ik. "Je schreef vroeger toch
zelf?"

Hij keek naar het gehavende ding in zijn hand, terwijl de bel
van de lift ging. De deuren schoven open en ik stapte naar binnen.

"Je kunt mijn verhaal afmaken," stelde ik voor, terwijl ik me
omdraaide. "De zaak wat redigeren en je eigen sausje er overheen doen. Er passages aan toevoegen of juist schrappen. Dat is
je wel toevertrouwd. De eerste pagina's heb je volgens mij zelf
al stiekem gewijzigd. Die herkende ik niet eens meer. Voor mijn
part zet je er je eigen naam onder. Of je maakt er een 'dubbel
vertelperspectief' van, zoals bij de Multatuli van Max Havelaar.
Leraren Nederlands zijn toch gek op dat soort trucs?" Ik grinnikte. "Ik weet wel iets van literatuur."

De deuren begonnen dicht te gaan en ik blokkeerde ze met
mijn voet.

"Nou, kom je nog mee?"

Hij kwam in beweging, legde zijn linkerhand op de liftdeur en
hield stil. Keek me diep en intens in de ogen, trok toen met een
abrupt gebaar zijn toga omhoog en haalde twee dubbelgevou-
wen brieven tevoorschijn. Hij streek ze recht en duwde ze in
mijn handen. De lift begon hard te zoemen.

"Dit is de ontheffing en de verwijsbrief voor sales," zei hij somber. "Stap uit op etage zesenzestig en meld je daar bij "CONNECTIONS". De balie zit schuin tegenover de lift. Daar is altijd iemand beschikbaar om je naar je bestemming te brengen."

"En jij dan?"

Hij liet de deur los. Zijn hand viel naar zijn heup en hij deed een stap naar achteren.

"Ik ga terug naar buiten. Je verhaal afmaken. En dan een uitgever zoeken."

"Gestoord!" flapte ik eruit. "Jezus man, je bent echt gestoord."

Ik kwam naar voren en blokkeerde op mijn beurt de schuifdeur.

"Giel, het is een keiharde wereld daar buiten. Je komt makkelijker de straat op dan er van af. Geloof me, ik kan het weten. Ik ga je straks echt niet lopen redden."

"Mijn besluit staat vast," zei hij en hij beet met zijn gele tanden op zijn onderlip.

"Deur vrijmaken," kraakte een elektronische stem uit de wand van de lift. "Direct deur vrijmaken ter voorkoming van technische storing. Schade wordt verhaald op veroorzaker."

Ik schudde mijn hoofd en zei: "Adieu." Verplaatste me naar achteren, als iemand die wegschuift van het speelbord wanneer het spel gedaan is. Hij stootte een geluid uit dat klonk als "Vaarwel," terwijl de deuren opnieuw dicht begonnen te schuiven.

Misschien dat het anders had kunnen lopen. Misschien. In een andere tijd. Een andere mentaliteit. Een andere wereld. Maar dat is blijkbaar niet hoe de dingen gaan. Dat is niet hoe die dingen gaan. Dat is gewoon niet hoe die dingen in werkelijkheid gaan.

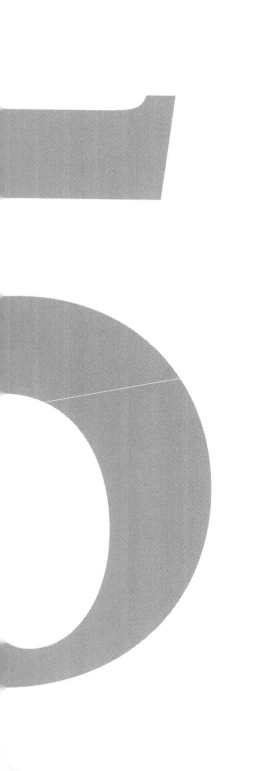

"Zo Admiraal, eindelijk je passie ontdekt?"

Een dikke twintiger in glimmend zakenpak trad me vanuit de hoofdingang van de Vale Reiger tegemoet. Hij tilde zijn bovenlip op bij wijze van welkomstgrijns en bedankte mijn gids met een hoofdknik. Die ging er zonder wat te zeggen achter me vandoor.

Ik stak mijn hand ter begroeting uit.

"Goedemorgen, Sjoerd Admi…"

"Je naam is bekend. Hier, pak aan." Hij duwde me een laptop met het gewicht van een betontegel in mijn handen. Knoopte mijn borstzakje open en propte er een mobieltje in. Kneep met zijn vlezige vingers in mijn wang en zei: "Kom vriend, we gaan je nieuwe auto ophalen."

Onderweg vertelde hij me dat ik ging werken voor ICT4U, een bedrijf dat systemen verkocht voor organisaties in de financiële sector. Als regiomanager was hij verantwoordelijk voor de prestaties van 20 salesmanagers, waarvan ik er één zou worden. Hij praatte in *soundbites* van een woord of zes: "Jaaromzet: 50 miljoen Genezijdse Dollars. Doel: *customer value*. Omgevingsmodel: *survival of the fittest*. Slogan: *high performance through cutting edge technology*! Werkwijze: *lean and mean*. Werkrelaties: *performance based*." Vast goed voor mijn Engels, deze betrekking.

We arriveerden bij vak D. Er stond een lange rij auto's geparkeerd.

"De achterste is voor jou," zei de man en hij liep die kant op. Ik volgde hem. Het waren allemaal roestige barrels, maar die laatste was nieuw en blonk me tegemoet. Mijn maag keerde zich om toen ik hem van wat dichterbij zag. Mijn manager keek me verwachtingsvol aan en zei: "Nou?"

Huiverend sjokte ik naar de wagen. Cirkelde er zwijgend om heen. Opende het portier en liet mijn vingers over de bekleding gaan. Boog voorover en snoof de geur op van het leer.

"Het is hem," stelde ik vast.

"Inderdaad: de BMW waarin jij verongelukt bent. Geinig, hè?"

"Geinig."

"Het was het idee van SkilledPeople4U: de HR-toko waar we ons personeelsgebeuren aan uitbesteed hebben. Het leek ze een leuke *incentive* voor je. Nieuwe start enzo… Doorgaan waar je gestopt was… Ze zijn goed in die gevoelskant." Hij grijnsde tevreden. "Stap maar vlug in. Ik neem onderweg contact met je op. Je krijgt een vol half uur om je in te werken, daar doe ik niet moeilijk over."

Vijf minuten later zat ik op de snelweg.

Tien minuten later belde ik mijn eerste klant.

Van de eerste weken weet ik weinig meer. De werkdruk was verpletterend. Eerst deed ik alleen koude verkoop: bellen met bedrijven waar we nooit eerder zaken mee hadden gedaan.

Dat ging me goed af en ik zweepte mezelf op. "Knallen met die bak," riep ik tegen mezelf. "Gaan met die banaan!" Ik had recht op zes uur slaap, maar hield het op vijf. Mijn doel was de medaille te krijgen voor hoogste nieuwe binnenkomer ('*most dashing young talent*'), omdat je dan automatisch promotie naar de C-klasse kreeg. Het zou me zijn gelukt als er niet vlak na mij zo'n klote-Indiër van vijfentwintig was binnengekomen, die aan twee uur slaap voldoende had en de rest van het etmaal door-werkte. Hij verongelukte een paar weken na ontvangst van zijn onderscheiding, maar toen was mijn kans al voorbij.

Fysieke sancties - zoals ik gezien had in het callcenter - beston-den hier niet. "Dat hebben we niet nodig, want hoogopgelei-den zoals jullie zijn intrinsiek gemotiveerd," had mijn manager uitgelegd. "Bovendien werkt belonen beter dan straffen. Wij moedigen jullie liever aan!" Dat deden ze met behulp van de autoradio, waar voortdurend bedrijfspropaganda doorheen schalde. "*Exceeding expectations is our core competence,*" brulden ze. "*High performance through cutting edge technology! We make IT happen!*" Het volume stond zo hoog dat je nauwelijks kon bellen en de radio uitschakelen was onmogelijk.

Daarnaast belde mijn manager dagelijks voor een '*motivational interview*'. Hij stelde me daarbij vragen die hij duidelijk voorlas van een briefje:

Hoe beoordeel je je eigen ontwikkeling?

Wat voeg je toe voor de klant?

Wat ga jij de komende vier weken voor ons bereiken?

Waarom vind je dat we je in dienst moeten houden?

Daarna stelde hij mijn *target* naar boven bij en sloot het gesprek af met zijn vaste uitsmijter: "Stel jezelf niet teleur!"

Ik wilde niemand teleurstellen. Toch begonnen mijn prestaties na een tijdje tegen te vallen. Van de kopgroep zakte ik terug naar de middenmoot. Eerst dacht ik dat het aan de ondervoeding lag. Je kreeg bij de Vale Reiger slechts twee waterige kommen soep per dag en op zondag een schaaltje appelmoes met een kers. Die paar kilo die er in het ziekenhuis bij waren gekomen, gingen er net zo snel weer af. Ik vond manieren om aan extra eten te komen via de zwarte markt, maar de tijd die ik daar in moest steken ging ten koste van de verkoop. Ook ging ik terug van vijf uur slaap per nacht naar zes, met het idee om krachten te winnen en daarna weer ouderwets te gaan vlammen. Maar het is me nooit gelukt mijn oude werktempo op te pakken.

Ik begreep niet wat er met me aan de hand was. Dit was toch wat ik wilde? Een baan met pit en kansen voor groei. Wat je er uithaalde was wat je er zelf in stopte: dat stond overal op billboards langs de snelweg. Ik vloekte mijn onrust weg en bleef duwen op het gaspedaal. Dit was beter dan het havenhuis, hield ik mezelf voor. Er was promotie mogelijk! En ik was niet meer alleen, want het was altijd vol op de weg.

Elke week was er een promotiefeestje en ik vroeg de winnaars naar het geheim van hun succes. "Geloof in jezelf," zei de een.

"Ontdek je *unique selling point*," suggereerde een ander. De nummer twee van klasse B bood aan om me te coachen voor een tarief van vier kommen soep per sessie. Ik heb het nog serieus overwogen ook. Wat ik wel van hem kocht was een stapeltje beduimelde managementboeken met titels als 'De zeven eigenschappen van effectief leiderschap', 'Gebruik je hersens' (ondertitel: 'Werk slimmer, win tijd') en 'Dromen Durven Doen'. Alles wat ik las leek me goed doordacht, aannemelijk en soms zelfs inspirerend. Maar terug achter het stuur merkte ik dat ik er niets mee kon. Blijkbaar was er iets mis met mij.

Uiteindelijk kwam ik terecht in de achterhoede. Het werd steeds spannender om me heen. De slechtsten werden tijdens het ontbijt opgehaald door het management en zag je nooit meer terug. Men fluisterde dat ze "een trajectje" kregen aangeboden. Wat voor trajectje en waarheen zei niemand er bij. Sommigen wachtten dit moment niet af. Ze stuurden in volle vaart hun auto van de snelweg af en crashten in een bal van vuur tegen de betonnen vangrail. "De eer aan jezelf houden," noemden ze dat. Maar de meesten stompten apathisch door, dromend van het keren van de kansen, of simpelweg uit gewoonte.

Ik was één van hen. Als een ezel mijn rondjes draaiend. Continu moe. Door de druk en het constante gejakker. Door dat leven voor getallen: het aantal rondes, het aantal geslaagde transacties, het aantal kilometers per uur. Alles wat ik waard was werd in cijfers uitgedrukt. Continu gemeten, continu beoordeeld. En altijd schoot ik tekort. De toppers wilden niet langer met me spreken en ook de middenmoot nam voorzichtig afstand van me. Tijdens de wekelijkse voortgangsbesprekingen bleven de stoelen naast me meestal leeg. Ik was niet meer bezig met winnen, maar met niet verliezen.

Steeds meer moeite kreeg ik om de schijn op te houden tijdens die dagelijkse bullshitgesprekken met mijn baas:

"We maken ons kleine zorgjes, Sjoerd. Ga je onze hoge verwachtingen als *high potential* ook werkelijk waarmaken?"

"Geen probleem," blufte ik dan. "Er zitten wat vette deals in de pijplijn. Dit is effe een stap terug…"

"…voor een sprong vooruit? Gaan we je aan houden, maatje. Ha, ha."

"Ha, ha."

Traag ontwikkelde zich een gevoel van walging. Ik werd onpasselijk van dingen die me vroeger niet eens opvielen. De koelte onder dat vrolijke '*can do*'-toontje dat iedereen hanteerde. Het feit dat alles altijd zakelijk was en hulp alleen maar verkrijgbaar in ruil voor een tegenprestatie. Dat iedereen alleen in de auto zat. Was dit hoe een verliezer dacht?

Ik weet dat ik geen wonder van zelfinzicht ben. In het havenhuis moest ik mezelf zoeken, maar vond alleen maar verwarring en angst. Ook hier, terug op de snelweg, begreep ik niet goed wat er met me aan de hand was. Maar er was wel iets veranderd. Ik onderhandelde met een klant, maar piekerde over mijn huwelijk. Probeerde een concurrent af te snijden en vroeg me af hoe het met Giel zou zijn.

Maakte me zorgen over Chantal.

Dacht na over mijn moeder, zo hulpeloos en alleen in dat verpleeghuis.

Over Kareltje. God, wat miste ik dat kleine lieve minimannetje.

Over mijn vader.

Van schrik reed ik bijna tegen een bestelbusje aan.

Was dat niet mijn vader? In een oranje hesje was hij bezig met een schep in een modderige geul. Maar hij zat toch op zee? Het klopte niet. Ik had zijn stem gehoord toen hij de naam van zijn schip bekendmaakte aan Radio Scheveningen. Gitzwart haar zag ik en een bril gemaakt van kachelpijpen. Verderop stond het kabellegkarretje van een communicatiebedrijf. Ik kwam bijna tot stilstand en nu zag ik hem nog beter. Het was hem. Het moest hem zijn.

Dus stopte ik, stapte in *slow motion* uit en wandelde naar de loopgraaf.

Muziek wordt zachter. Het verkeerslawaai sterft weg. Ik trek mijn jas recht en schuif mijn gouden Rayban zonnebril omhoog. Mijn schouders zijn breed, mijn pak scherp gesneden. Op mijn kaak staat een stoere stoppelbaard. Ik zie er keicool uit.
Hij stopt met werken. Recht zijn rug. Staart me aan en zijn mond valt open en zijn schep op de grond. Klats.
De achtergrondmuziek stopt.
Volkomen stilte.
"Vader?" zeg ik schor.
Nu wordt één enkele snaar van één enkele viool aangestreken. IJle toon. Wordt luider. Daar komt viool nummer twee. En drie!
"Zoon," kreunt de man.
Drama, drama! Een compleet symfonieorkest knalt in perfect Dolby Surround Sound door de geluidsbarrière heen, terwijl vader en zoon zich in elkaars armen storten en…
Ha, ha.

Ik stopte niet. Ik reed gewoon door. Vestigde mijn aandacht op het verkeer voor me en gaf gas. Waarom? Omdat ik achter op schema lag? Omdat je daar niet mocht parkeren? Omdat ik mijn vader niet wilde zien? Ik negeerde mijn vragen, concentreerde me krampachtig op weg en werk. Stortte me in een telefonische onderhandeling over een korting voor een onderhoudscontract. Het gesprek duurde bijna een uur en toen ik ophing realiseerde ik me dat ik een rekenfout had gemaakt in het nadeel van mijn bedrijf. Ook dat nog.
Daar ging de telefoon alweer, maar ik reageerde er niet op. Mijn hoofd tolde teveel. Ik probeerde me mijn vader te herinneren, zoals ik hem de laatste keer thuis had gezien. Omdat ik zo lang mijn best had gedaan om niet aan hem te denken, kostte me het nu moeite het tegenovergestelde te doen. Tergend langzaam stelde ik in mijn hoofd een soort compositietekening van hem samen, zoals de politie dat voor verdachten doet. Mager gezicht, bijna kaal, breekbaar postuur. Die bril natuurlijk. Vreemd, die

tekening leek helemaal niet op de man aan de kant van de weg. Ik realiseerde me dat die wegwerker vooral goed had geleken op mijn vader, zoals ik hem op de film bij Bea en Ron had gezien. De op de muur geprojecteerde scène van ons samen op de fancy fair voor Rwanda. Daar was hij midden dertig geweest, maar toen hij stierf was hij achtenvijftig. De wegwerker moest iemand anders zijn geweest, die toevallig leek op een jongere versie van mijn oude heer. Dit besef gaf me een gevoel van opluchting.

Ik liet mijn snelheid verminderen en zakte relaxed onderuit in mijn stoel. Tot ik me realiseerde dat dit niets afdeed aan de vraag waarom ik was doorgereden.

Opnieuw zag ik hem voor me. Niet scherp, maar meer als een schaduw. Uitgeblust zat hij bij het raam. Een holle man. Zich vastklampend aan een vak dat niet meer bestond. Alleen maar pratend over marconisten en oud-marconisten en zijn vereniging van zendamateurs. Niet in staat om iets nieuws te beginnen. Een verliezer. Een angsthaast.

Angst, daar ging het om. Angst. Ik proefde het woord: angst, angst. Mijn angstbeeld. Zo had ik nooit willen worden. Ik zou wel succesvol zijn. Toch waren er meer dan tweehonderd mensen op de begrafenis van mijn vader. Die begrafenis herinnerde ik me goed. De rit naar het uitvaartcentrum met een colonne volgauto's achter ons aan. De zaal waar de plechtigheid plaatsvond. Onbewust had ik diezelfde zaal in het havenhuis gebruikt als decor voor mijn begrafenisoefening. Bij mijn vader zat hij stampvol, terwijl het zaaltje op mijn eigen uitvaart niet eens voor een kwart gevuld was geweest. Onbekenden schudden op de begrafenis van mijn vader mijn hand en vertelden me hoeveel hij voor hen had betekend. Er waren warme, lovende woorden tijdens de vele speeches van familieleden en oud-collega's. En er was zelfs een koor bij van de kerk. Was dat de begrafenis van een *loser* geweest? Wie was er hier mislukt?

Getoeter links van me deed me opschrikken uit mijn overpeinzingen. Ik slingerde terug naar mijn rijstrook en herkreeg de controle over het stuur om een moment later bijna in te rijden op het staartje van een file. Dat ging niet goed zo. Beter om van de snelweg af te gaan, voordat ik straks lag te bloeden in de berm. Even tot rust komen. Tot tien tellen. Misschien tot honderd.

Ondertussen reed ik stapvoets de tuibrug op. Daar in de verte wist ik het havenkantoor. Daar had ik via de marifoon mijn vaders stem gehoord. Het kon hem niet echt zijn geweest, evenmin als de wegwerker werkelijk mijn vader was geweest. Gewoon het zoveelste waanbeeld. Maar wat was hier echt en wat niet? Het was mijn enige aanknopingspunt. Het leek me ook geen toeval dat de eerstvolgende afslag juist die kant op leidde. Ik ging op de rechterbaan rijden en nam de afslag.

Het schemerde al toen ik het grimmige gebied inreed. Mijn manager belde, maar ik negeerde zijn oproep. Ik wist dat het intens stom was om dat te doen. Een klassieke doodzonde uit de eerste categorie. Echt superonverstandig. Maar ik kon het niet opbrengen die dweil te woord te staan. Achter een verlaten overslagterrein pauzeerde ik voor een sigaret. Daarna ging ik verder, het donkere water volgend van de rivier.

Al snel was ik bij het haventje waar ik aan mijn Loopbaanplan had gewerkt. Ik herkende het nauwelijks. De oude afrastering van kippengaas was vervangen door een nieuw stalen hek van zeker drie meter hoog. De loodsen waren gesloopt en de havenkranen daarachter waren fel oranje geverfd en werden door schijnwerpers aangelicht. Mijn ogen zochten naar het havenkantoor, dat daar ergens achter moest staan. Ze bleven zoeken. Het was verdwenen. Op de plaats waar het gebouw zich had bevonden, stond nu een appartementencomplex in aanbouw.

Onverwacht kwamen de tranen. Mijn leven was ik kwijt, mijn vader was weg en nu hadden ze mijn schuilplaats ook al neergehaald. Het was alsof er voortdurend iemand met een grote bezem achter me aanliep, om elk spoor van mij uit te wissen. Ik legde mijn hoofd op het stuur. Door de geluidsboxen knarste een oproep: "*Mister Sjoed Edmirul, working for ICT4U and driving a blue BMW: please contact your manager immediately! This is an order, not a request. If any…*" Ik schakelde de motor uit en het geluid stierf weg.

Buiten een beweging. Ik schoot overeind en legde mijn hand op de contactsleutel. Een perfecte plek was dit om beroofd te worden. Ik kon er beter vandoor gaan. Toch bleef ik waar ik was. Ik tuurde in het donker. Schuin tegenover me zag ik de toegangspoort. Daarnaast ontwaarde ik een hondenhok. Naast het hok stond de magerste vrouw ooit.

Het was een takkenbos, een knokenkasteel, een skelet met anorexia. Een fotomodel uit Vogue-magazine. Kortom: de vrouw die ik bij de ingang van de hel met mijn kar omver had gereden. Ik stapte uit.

"Hallo, wat komt u doen?" vroeg ze achterdochtig. *What are you up to?* Ze tilde een honkbalknuppel omhoog die te zwaar voor haar was. Ze had moeite om haar evenwicht te bewaren.

"Goed volk," antwoordde ik. "Nou ja, goed…"

Langzaam, om haar niet te laten schrikken, stapte ik de straat over. Ik zag dat ze op een kruk steunde en dat haar rechtervoet ontbrak. Zo was ze dus aan dit gehandicaptenbaantje gekomen. Ik begroette haar. Ze herkende me niet.

"Heeft u een sigaret?" vroeg ze, direct ter zake. De knuppel had ze alweer weggelegd. Het beveiligen zat haar duidelijk niet in het bloed. Misschien moest ze het nog leren.

Ik gaf haar een pakje Marlboro en gebaarde dat ze het houden mocht.

"Een heel pakje zelfs! Gestopt?" Ze graaide er een sigaret uit en stak het kartonnen doosje weg onder haar gore sweater. Ik zag haar naakte huid. Ze was zo mager dat ze het pakje tussen haar ribben had kunnen steken. "Ontzettend bedankt. Wilt u hier niet komen wonen? Mensen als u heb ik graag in de buurt!"

"Komen wonen?" lachte ik. "Hoe dat zo?"

Ze stak haar peuk aan en wees ondertussen achter zich, naar een bord dat aan het hek bevestigd was. Het was zo ontzettend groot dat ik het over het hoofd gezien had. '*Riversight Plaza: exclusive living near the sea, 20 condominiums for sale, GD 499.000*' stond er op. Er stond een afbeelding bij van het complex: een witte flat van zes verdiepingen hoog, met wat weelderige, hoge bomen er bij, een zootje zeemeeuwen en een azuurblauwe versie van de rivier.

"Pittige prijzen," stelde ik vast.

Ze grinnikte. "De verkoop loopt dan ook voor geen meter. Wat wil je: geen winkels in de buurt, alleen maar kapotte gebouwen. Dat hadden ze van tevoren kunnen weten. Dan hadden ze die meneer die zich hier had verstopt ook niet weg hoeven te jagen."

Ik nam haar scherp op.

"Die meneer? Welke meneer?"

Ze vertelde het in detail, maar de man die ze beschreef leek niet op mijn vader. Niet op de oude en niet op de jonge versie. Ze had het over Giel. De toga. De badslippers. Zelfs zijn ontbrekende hoektand noemde ze.

Ze vertelde dat hij door de bouwvakkers van het terrein was verwijderd. Hij had flink veel stampij gemaakt: gescholden, gespuugd en met een advocaat gedreigd. Daarna had hij nog een tijdje in de buurt rondgehangen en zelfs een keer geprobeerd over het nieuwe hek te klimmen. Daarom herinnerde ze zich hem zo goed. Toen het havenhuis eenmaal tegen de vlakte was gegooid, was hij ook verdwenen. Dat was maanden geleden en ze had geen idee waar hij gebleven was. Ik bedankte haar uitgebreid voor de informatie en wilde net vertrekken, toen ze me vroeg of ik de man uit het digitale schrift was.

"Wat weet u daarvan?" reageerde ik verrast.

Ze grinnikte. "Ik merk dat u die meneer kent. Dan moet u die Sjoerd zijn."

"Ja, dat klopt. Maar hoe..."

Ze legde uit dat ze het digitale schrift had gevonden tussen de troep uit het havenkantoor.

"Het zat in een envelop. Het begin vond ik best aardig, maar ik kwam er uiteindelijk niet doorheen. Het was een beetje te deprimerend naar mijn smaak. Sorry."

Ze haalde de envelop tevoorschijn vanonder een stapel smerige vodden in het hondenhok. Voor een extra pakje sigaretten mocht ik er even in kijken.

Ik ging op haar hok zitten en vond in de envelop een stapeltje papieren. Het waren brieven aan Nieuw Amsterdam, Anthos, De Arbeiderspers en een dozijn andere uitgevers. Kennelijk was het hem gelukt om het manuscript aan een vrouw met een bijna-doodervaring mee te geven.

Ik opende het digitale schrift en zag dat er een hoofdstuk aan mijn verhaal was toegevoegd. Het eindigde niet langer bij de vuurtoren, maar bij de lift. Ik nam de nieuwe tekst door. Het was beschreven vanuit mijn perspectief en klopte heel redelijk. Ik las de laatste alinea. Waren dat zijn gedachten geweest? Opnieuw las ik dat laatste stukje.

Er verschoof iets in mijn hoofd en abrupt legde ik het digitale schrift naast me neer. De vrouw zat naast me op de grond, in een grote wolk sigarettenrook. Liet me door de rookwolk heen van het hok glijden en slenterde naar mijn wagen. Legde mijn handen op het autodak, zoals iemand doet die door de politie wordt gefouilleerd.

Ik keek de vrouw aan en snapte eindelijk waarom ik niet voor mijn vader was gestopt. De waarheid was dat ik hem niet onder ogen had durven komen. Ik schaamde me niet langer voor hem. Ik schaamde me voor mezelf. Want wat had ik hem over mezelf moeten vertellen, als ik uitgestapt was? In welke type auto ik reed? Wat een fantastische vader en echtgenoot ik was geweest? Hoe ik was als vriend? Vriend voor wie? Voor Albert? Voor Giel? Voor hem?

Ik trok met mijn autosleutel een zilveren spoor door de lak, als van een vis die door het wateroppervlak snijdt. Ik had hem veracht, maar wat had ik er zelf van gebakken? Ook niet veel. Minder. Bij mij waren er zeker geen tweehonderd mensen op de begrafenis geweest. Zelfs in het hiernamaals had ik gefaald. Ik had gefraudeerd tijdens mijn assessment. Ik had deze oude vrouw overhoop gereden met mijn kar. Er niet over gepiekerd mijn chocolade te delen met dat uitgehongerde meisje dat ik bij de volkstuintjes tegenkwam. Ik liet mijn voorhoofd op het dak rusten.

"Nu snap ik het, Giel," zei ik zachtjes. "Nu pas snap ik wat je bedoelde dat ik naar mezelf moest kijken. Dat had ik in mijn Persoonlijke Loopbaan Ontwikkel Plan moeten zetten."

Ik pakte mijn telefoon en toetste zijn nummer in. Direct kreeg ik een computerstem die meldde dat dit nummer niet meer bestond. Dus probeerde ik het bij zijn coachingsbedrijf. Daar deden ze alsof ze nog nooit van hem gehoord hadden en probeerden me gelijk een coachingtraject aan te smeren. Ik verbrak de verbinding en belde JungFreud & Partners. Kreeg Céline aan de lijn. Ze leek opgetogen dat ik haar belde, al vermoed ik dat ze eigenlijk niet wist wie ik was. Ze vertelde me dat Mauve Kraagje was weggesaneerd en Esterella haar plaats had ingenomen. Zelf was ze nu testassistente en iedereen zei dat ze het heel goed deed en als ze zou doorgaan met achttien uur per dag werken kreeg ze toestemming om er een psychologiestudie naast te gaan doen en dat was natuurlijk een geweldige uitdaging en enzovoorts. Ik was bijna door mijn beltegoed heen toen ik eindelijk de kans kreeg om naar Giel te informeren. Ze wist niets of wilde niets zeggen.

Ik liep terug naar de vrouw, die onverstoorbaar zat door te roken. Ze grijnsde gelukzalig naar me. In ieder geval was er iemand die ik een goede dag had bezorgd. Ik hield het schrift omhoog en vroeg wat ze ervoor wilde hebben.

"Je auto?" grapte ze.

Ik keek naar mijn bolide, zoals hij daar aan de straatkant stond. De motor nog zacht tikkend, de rug gekromd naar het schijnsel van de straatverlichting. In de ruiten de weerspiegeling van de tralies van het stalen hek. Een rijdbare gevangenis.

"Akkoord," zei ik droog.

Ze stikte bijna in de rook van het lachen. "Het was een grapje," hoestte ze. "Je bent een rare. Ik kan niet eens rijden: geen rechtervoet! Bovendien mag ik hier niet weg."

"Dat begrijp ik. Maar wat er in mijn auto ligt, kan ik je wel geven."

Ik nam twee wollen dekens uit de kofferbak, mijn reservevoorraad voedsel en de sloffen sigaretten die ik voor mijn handel op de zwarte markt gebruikte. Legde alles op haar hok, samen met de autosleutels. Alleen een zakmes, een gewatteerde winterjas en wat vitaminetabletten hield ik voor mezelf.

"Geef de autosleutels maar aan de politie," zei ik. "Die komt morgen vast wel langs. De rest is voor jou. Ik zou het wel een beetje verstoppen."

Verbijsterd keek ze naar het stapeltje spullen. Haar onderkaak begon te trillen. Ze krabde onbeholpen met haar nagels aan haar bijna kale schedel.

"Maar moet je dan niet voor jezelf zorgen?" vroeg ze ten slotte.

Ik trok de jas aan en stopte het mes en de pillen weg. Begon in de richting van de tuibrug te lopen. Na een paar meter hield ik stil en draaide me om.

"Weet je," antwoordde ik, "misschien heb ik dat net gedaan."

Dank, dank, dank.

Ik bedank mijn vrouw Mirelle en vriend Guido Craenen voor
het lezen van de allereerste versie van het manuscript. Anne-
miek Straatsma, Ruud Hisgen, René van Loen en Ilse Koning
bedankt voor aanmoediging en kritiek. Bijzondere dank voor
schaduwredacteur Taco Paul Reijer. Dank Guus Pijpers voor het
zien van mogelijkheden die ik niet zag. Leo Klaver en Cok de
Zwart voor geduldig redactiewerk en liefde voor literatuur. Daar
begint en eindigt het mee.

Verder bedank ik iedereen met wie ik sollicitatiegesprekken
voerde en al die inspirerende coaches, loopbaanadviseurs,
trainers, assessmentcenterslaven, HR-adviseurs en management-
boekenschrijvers: de opperstalmeesters, vuurvreters, jongleurs,
trapezewerkers, drollenvegers en clowns van het circus van het
Moderne Werken.